Das Leben einer Kenianerin

Roman

von

Kister S.

und

Hans-Peter Brill

Wenn man so arm ist, dass man Deutschland für das Paradies hält ...

Bibliografische Information der Deutschen Nationalbibliothek:
Die Deutsche Nationalbibliothek verzeichnet diese Publikation
in der Deutschen Nationalbibliografie, detaillierte bibliografische
Daten sind im Internet über http://dnb.dnb.de abrufbar.

Impressum

Copyright (2016) Hans-Peter Brill

Walter-Möller-Platz 1, 60439 Frankfurt am Main

Alle Rechte bei den beiden Autoren

Covergestaltung: Hans-Peter Brill

Foto: Kister S.

Erstauflage Juli 2016

Herstellung und Verlag: BoD – Books on Demand, Norderstedt

9,95 € (D)

ISBN 978-3-74124-122-2

Inhaltsverzeichnis

Teil 1: Vihiga 9
Mzungu 10
Krismasi 14
Ein großes Ziel 18
Es sei denn, sie wären mit Dir geboren 24
Eine Frau werden 29
Bürgerkrieg in Kisumu 35
Sex für Fisch 41
Secondary School 48
Itumi (Beschneidungsfest) 52
Maisdiebe 56
Letzter Schultag 61

Teil 2: Nairobi 65
Die Uni beginnt 66
Malaya 77
Der Furaha-Club 87
Oper, nicht Radio 93
Mein erster Gast 102
Daktari 107
Die Show 112
Ajuza 117
Shopping 126
Die Versteigerung 133
Ingo 140
Edgar der Barchef 149
Razzia 155
Ein turbulenter Abend 157
Der Club ist geschlossen 162
Erfahrungen von der Straße 167
Bikira-Club 170

Teil 3: Mombasa 179
Kenyan Railway 180
Frank, der Deutsche 184
Unbeschwerte Tage 191
Die Zeit mit Frank 195
Die Zeit ohne Frank 199
Ernst 204
Roger 219
Luxus pur 225
Safari 231
Mwabura 237
Der Notar 247
Westlands 251

Über die Entstehung dieses Romans 260

Karibu Nairobi

„Hallo! Mein Name ist Kister. Ich bin eine Luhya." So begann ich meinen Vortrag. Das Goethe-Institut hatte eingeladen. Im Saal saßen etwa 120 Menschen, die einzig gekommen waren, um sich meine Geschichte anzuhören. Das gab mir den Mut, den Mund aufzumachen, und alles zu erzählen. Und es war nicht nur Angenehmes, was ich diesen Menschen zu erzählen hatte. Mein Leben verlief bis heute sehr holprig und meine Erfahrungen sind teilweise sehr bitter. Ich hatte es wahrhaftig nicht leicht. Aber ich beklage mich nicht. Mit Gottes Hilfe habe ich es immerhin bis hierher geschafft. Dafür bin ich dankbar.

Das Goethe-Institut in Nairobi ist ein seltsamer Ort. Hier gelten Regeln wie in Deutschland. Während in ganz Kenia der Samstag ein gewöhnlicher Arbeitstag ist und oft auch an Sonntagen gearbeitet wird, hat das Institut am Wochenende geschlossen. Die Menschen arbeiten wirklich nur acht Stunden – unfassbar. Hier gelten deutsche Spielregeln mitten im Herzen von Kenia. Auf dem Flur muss man aufpassen, dass man mit anderen nicht zusammenstößt, denn die Deutschen gehen vorzugsweise rechts statt wie jeder vernünftige Mensch links. Ich habe gehört, dass sie genauso falsch Auto fahren in diesem fernen Deutschland. Immerhin sind ihre Straßen und Bürgersteige sauber – unvorstellbar in Nairobi. So richtig kann ich es mir nicht vorstellen, wie die Menschen da leben. Ich habe seltsame Bilder gesehen. Bäume färben ihre Blätter und verlieren diese dann. Ein Teil des Jahres ist kalt und grau. Im Winter haben sie da Schnee. Im Sommer kann es hingegen heißer werden als in Nairobi. Dennoch ist es mein Traum, eines Tages dieses ferne Land zu besuchen. Es ist gleichermaßen eine Flucht vor dem Elend und Leid hier wie eine Sehnsucht. Dabei weiß ich nicht, was überwiegt.

Nun stehe ich hier alleine vor diesen vielen Menschen. Ja, ich bin schon etwas nervös. Aber ich habe kürzlich meine Geschichte schon einmal erzählt: dem Direktor des Goethe Instituts. Und er meinte, das sei so interessant, dass ich es noch viel mehr Menschen erzählen sollte. Er sagt, meine Geschichte könne andere Mädchen davor bewahren, das selbe Schicksal zu erleiden. Und sie könne für mehr Verständnis werben, für Verständnis der übrigen Menschen für Mädchen, die in die gleiche Situation geraten sind wie ich. Und meine Geschichte könne denjenigen Mut machen, die in einer bösen Lage sind, wie ich sie einst erlebte, und ihnen helfen, da wieder heraus zu finden. Wenn ich mit meiner Geschichte anderen Menschen helfen kann, dann soll mir das Motivation genug sein.

Deshalb stehe ich heute hier und weiß nicht wirklich, woher ich die Kraft dazu nehme. Und dabei erzähle ich in einer Sprache, die ich erst seit wenigen Monaten lerne: deutsch. Auch das macht es nicht leichter. Oder doch? Manchmal, so denke ich, hilft mir diese fremde Sprache, die Distanz zu finden, die ich brauche, um gewisse Teile meines Lebens überhaupt erzählen zu können.

Meine Erzählung beginne ich im wilden Westen unseres Landes bei meinen frühesten Erinnerungen. Damals in Vihiga ...

Teil 1: Vihiga

Ng'ombe bingwa huanza Ikizaliwa!
A champion bull starts from birth!
Ein Prachtbulle beginnt mit seiner Geburt!

Altes Sprichwort aus West-Kenia

Mzungu

Ich war fünf Jahre alt. Es war das erste Mal, dass ich einen Mzungu sah. Mit dem Wort Mzungu bezeichnen wir in unserer Sprache Kisuaheli einen weißen Europäer. In den Augen der ländlichen Bevölkerung in Kenia sind alle Mzungus unvorstellbar reich. Ihre Geldquelle versiegt niemals. Wenn sie Geld haben wollen, dann gehen sie zu einer Bank und bekommen so viel sie verlangen. Man sieht sie nie arbeiten. Und sie besitzen Dinge, die wir nie zuvor gesehen haben: Smartphones, Laptops, Kameras, teure Uhren. Wie die anderen ging auch ich vorsichtig zu diesem Mzungu hin, um ihn anzufassen. Er sah so ganz anders aus als die Männer hier. Seine helle Haut, das glatte, blonde Haar, der feine Anzug. Aber seine Haut fühlte sich ganz normal an. So wie Haut sich immer anfühlt. Ich weiß nicht, was ich erwartet hatte. Aber das offensichtlich nicht.

Es war meine erste Begegnung mit einem weißen Mann, damals auf dem Markt in Cheptulu. Es kamen nicht oft Europäer in diese abgelegene Gegend. Auch dieser hatte sich verfahren. Er suchte die Kaimosi Mission. Unterhalten konnte ich mich damals nicht mit ihm. Ich sprach nur Tiriki, die Stammessprache des hiesigen Unterstammes der Luhya, und Swahili. Der Fremde mit der weißen Haut sprach nur Englisch. Er zeigte uns ein Bild der Mission und wir bedeuteten ihm mit Händen und Füßen, wie er dort hinkäme. Dann fotografierte er uns. Als Dank gab er meiner Freundin Felister und mir je einen Schokoladenriegel. Es war der erste in meinem Leben. Diese unspektakuläre Begegnung muss mich damals sehr beeindruckt haben, sonst wäre sie mir nicht so deutlich in Erinnerung geblieben.

Wenn ich heute daran zurück denke, überrascht mich vor allem, dass ich als kleines Mädchen alleine 4 km entfernt von zu Hause in Cheptulu auf dem Markt spielte. Das ist ganz schön weit für ein kleines Kind – besonders barfuß. Aber was sollte ein Kind den ganzen Tag machen, wenn die Eltern weit weg arbeiten und beide früh morgens aus dem Haus gehen und erst abends spät zurückkehren. Oft begrüßte ich meine Mutter an der Bushaltestelle, wenn sie aus dem Bus von Kakamega stieg. Wir gingen dann zusammen nach Hause und sie kochte für uns. Meist war es Ugali, ein Maisbrei. Manchmal gab es dazu Sukuma Wiki, ein Gemüse das etwa so schmeckt wie der deutsche Grünkohl. Ein riesiger Bund dieses Gemüses schrumpft beim Garen mit Zwiebeln und einer Tomate zu einer Portion. Der Name Sukuma Wiki bedeutete soviel wie 'Woche verlängern'. Das bezog sich auf den niedrigen Preis dieses Gemüses, das bei uns wie Unkraut aus dem Boden schießt. Das hilft dabei, mit dem Haushaltsgeld besser über die Woche zu kommen. Besonderer Luxus war es, wenn wir Dagaa zum Ugali bekamen. Dagaa ist ein Kleinfisch, der in mondlosen Nächten im Viktoria-See gefangen wird, um dann im Ganzen gebraten und verzehrt zu werden.

Viel später, es war immer schon dunkel, kam dann auch mein Vater nach Hause. Er arbeitete damals in Kisumu. Und am nächsten Morgen mussten beide schon wieder sehr früh aus dem Haus. Mein Vater arbeitete jeden Tag. Urlaub gab es nie. Meine Mutter hatte immerhin am Sonntag frei. Dann gingen wir in die Kirche. Es waren beeindruckende Gottesdienste und ich ging immer gerne in die Kirche. Besonders gefiel es mir, wenn wir alle zusammen sangen. Ist es nicht seltsam, dass ich heute noch alle Lieder von damals auswendig kann? Nur dass ich damals nicht wirklich verstand, worum es in den Liedern ging und wer dieser 'Herr' war. Ich erfreute mich einfach nur daran, dass so viele Menschen unseres Stammes hier so fröhlich beisammen waren. Dass es uns damals viel besser ging als den meisten Menschen hier in Vihiga County, erkannte ich daran, dass meine Mutter als eine der wenigen jeden Sonntag etwas für die Gemeinde spenden konnte. Wie ich heute weiß, sicherten diese kleinen Geldspenden das Überleben vieler Stammesbrüder und -schwestern, die noch weitaus weniger hatten als wir.

Unser Haus war sehr einfach. Ein Zimmer war das Schlafzimmer. Hier schliefen meine Eltern und ich in einem Bett. Ob das auch der Grund war, weshalb ich keine Geschwister habe? Der zweite Raum war eine Art Wohnzimmer, aber sehr einfach eingerichtet. Gekocht wurde draußen unter einem Vordach. Die Spüle wurde auch zum Waschen genutzt. Zähne wurden mit einem Stückchen frischen Zypressenholzes geputzt. Zahnpasta hatten wir keine. Nebenan, in einem separaten Häuschen war die Toilette. Natürlich hatten wir kein Toilettenpapier. Stattdessen nutzten wir Blätter von Bäumen. Stimmt es, dass andernorts Frauen darüber diskutieren, dass man von vorne nach hinten wischen müsse? Diese würden sich hier sicher nicht wohlgefühlt haben.

An der Rückseite des Hauses, nur mit einer Plane versehen, war unsere Dusche. Wir hatten weder Strom noch einen Brunnen. Unser Trinkwasser bekamen wir durch Auffangen des Regens oder aus dem nahe gelegenen Fluss. Das hört sich sehr primitiv an, doch war es schon weitaus mehr als die meisten Nachbarn hatten. Viele lebten mit mehr Personen in einem einzigen Raum. Diese Region Kenias ist sehr ländlich. Familien leben von dem Ertrag ihrer sehr kleinen Felder. Da bleibt nichts zum Verkaufen. Die wenigsten beenden die Schule. Und damit gibt es dann auch kein Entkommen aus diesem Zustand. Noch während der Primary School haben viele Mädchen den ersten Freund, viele werden schwanger bevor sie 16 sind und sehen sich kurz darauf vom Vater ihres Kindes verlassen, weil der in der Ferne – Nairobi oder Mombasa - hofft, Geld verdienen zu können. Alle träumen von wenigstens einem ganz kleinen bisschen Luxus. Aber am Ende sind die meisten froh, wenn sie nicht hungern müssen. Drei Tage nichts zu essen, zählt aber nicht als hungern. Das ist hier leider ganz normal.

Wenn Deutsche an Kenia, unser Land auf dem Äquator denken, dann assoziieren sie sofort Hitze, Dürre und sengende Sonne. Im Norden Kenias oder an der Küste mag das so sein. Tatsächlich haben wir aber in meiner Heimat im Westen Kenias tropisch feuchtes Klima und fünfmal so viel Regen wie Deutschland. Hinzu kommt hier in Vihiga die Höhe von 1.650m über dem Meer. Das beschert uns das ganze Jahr lang sehr angenehme Temperaturen. Eigentlich sind das alles ideale Voraussetzungen für ein wahres Schlaraffenland. Doch wo Licht ist, da ist auch Schatten. Und Licht gibt es viel am Äquator …

Krismasi

Das jährlich großartigste Fest war Weihnachten. Auch solche Verwandten, die das ganze Jahr über fern der Heimat leben und arbeiten, kehren dann in die Heimat zurück. Viele leihen sich Geld oder verkaufen ihre letzte Habe, aber das Busticket für Weihnachten ist einfach ein absolutes Muss. Entsprechend ausgebucht sind die Fernbusse dann oft schon für viele Tage vor Weihnachten.

Es hatte sich über die Jahre so eingespielt, dass sich alle immer bei uns trafen. Auch entfernte Verwandte, von denen ich heute gar nicht mehr weiß, wie wir mit denen überhaupt verwandt waren, kamen alle Jahre wieder zu uns. Für mich als Kind war das die schönste Zeit des Jahres.

Am Morgen des 24. Dezember schmückten wir das ganze Grundstück. Wir hingen Glöckchen draußen an unsere Palmen, die dann im Wind klingelten. Zypressenzweige nutzten wir zur Dekoration. Ein Mangobaum im Haus wurde mit vielen Kerzen geschmückt. Darunter wurde ein altes Erbstück aufgestellt: eine Krippe. Während bei europäischen Weihnachtsfesten wohl Esel und Schafe neben der Krippe zu sehen sind, hatte mein Urgroßvater vor langer Zeit einen Elefanten, eine Giraffe und ein Flusspferd geschnitzt. Niemals durfte ich mit diesen Figuren spielen. Es war ein gut behüteter Schatz, der nur zu Weihnachten aufgestellt wurde – zum Anschauen, nicht zum Spielen.

Am Nachmittag wurde ich in komplett neue Kleider gesteckt und musste dann sorgsam aufpassen, dass ich mir diese ja nicht schmutzig mache.

Bis in die Nacht hinein kamen dann immer wieder neue Gäste an und es gab unendlich viel zu erzählen. Die meisten hatten wir zuletzt zu Weihnachten des Vorjahres gesehen und gesprochen. Jeder Ankommende wurde begrüßt mit „Heri ya Krismasi" (Fröhliche Weihnachten) und er antworte: „Wewe pia!" (Dir auch)

Spät in der Nacht gingen wir dann alle zusammen mit zwei Fackeln zur Kirche. Für mich als kleines Mädchen war das jedes Mal ein einziges, großes Abenteuer. Zu Mitternacht begann pünktlich der weihnachtliche Gottesdienst in unserer Kirche. Der Pastor erzählte die Weihnachtsgeschichte auf Kisuaheli und es wurden viele Lieder, vor allem auf Englisch gesungen. Auch wenn ich kein Englisch konnte und den Text der Lieder damals nicht verstand, so war das gemeinsame Singen ein Erlebnis, das mich enorm beeindruckte. Niemals sonst hatte ich die Kirche so voll gesehen wie in der Weihnachtsnacht. Unser Weihnachtsfest darf man sich nicht so kommerzialisiert vorstellen wie in Westeuropa. Bei uns ist es noch sehr stark religiös geprägt.

Nach mehr als zwei Stunden in der Kirche wanderten wir dann zurück nach Hause. Jedes Jahr schlachtete und grillte mein Vater eine Ziege. Das reichte zusammen mit Chapati für alle Gäste, obwohl einige aßen, als hätten sie tagelang nichts mehr bekommen. Wahrscheinlich war das sogar so, aber das ahnte ich damals nicht.

So lange aufbleiben zu dürfen überforderte mich damals. So schlief ich in den Armen meiner Mutter ein, obwohl diese sich lautstark mit den anderen Gästen unterhielt. Es wurde auch immer wieder gesungen. Aber jetzt waren es mehr die Lieder unseres Stammes als Weihnachtslieder. Niemals sonst fühlten wir uns so sehr als eine große Familie.

Am 25. Dezember ging das Feiern eigentlich fast ununterbrochen weiter. Die Bewirtung dieser vielen Gäste muss meine Eltern viel Geld gekostet haben. Betten für alle hatten wir sowieso nicht. Einige schliefen unter einer aufgespannten Zeltplane auf Stroh. Andere schienen irgendwie ununterbrochen durchzufeiern und nie zu schlafen.

Der 2. Weihnachtsfeiertag war dann der ganz große Tag für alle Kinder. Mein Vater hatte mir damals erklärt, was der Mzungu in Cheptulu gemacht hatte: Fotografieren. Ich hatte ja vorher noch nie einen Fotoapparat gesehen. Das war wohl der Anlass, weshalb er mir eine Kamera aus Holz schnitzte. Damit lief ich den ganzen Tag herum und fotografierte jeden. Natürlich konnte diese Holzattrappe nicht wirklich Bilder aufnehmen. Aber den Unterschied kannte ich damals ohnehin nicht. Ich war so stolz auf mein Geschenk. Ich hatte etwas, was sonst nur die Mzungus besaßen.

Außerdem bekam ich zu Weihnachten des Jahres 2000 Schulbücher für die bevorstehende Einschulung und meine erste Schuluniform.

Aus den Knochen der Weihnachtsziege kochte meine Mutter eine Suppe. Diese aßen nicht nur wir zusammen mit Chapati. Aus der ganzen Umgebung durfte jeder kommen und an diesem Tage mit uns essen. Damit bekamen auch diejenigen ein Weihnachtsessen, die selbst keine Familie hatten oder sich nichts leisten konnten. Es war der große Tag des Gebens, genannt Boxing-Day. Vielleicht kam das auch daher, dass meine Mutter ganz viele kleine Schachteln vorbereitet hatte. Die Reste unseres Essens packte sie in diese kleinen Schächtelchen und gab sie den an diesem Tage zu uns kommenden Mittellosen mit nach Hause.

Kurz darauf, also im Alter von sechs Jahren wurde ich im Januar 2001 in die Siekuti Primary School eingeschult. Ich trug stolz meine Schuluniform und von nun an marschierte ich jeden Tag in unsere Schule. Als eine der wenigen hatte ich sogar Schuhe. Ich ging wirklich gerne in die Schule. Und weil ich alles wissbegierig in mich aufsaugte, war ich der Liebling meiner Lehrer. Vor allem fehlte ich nie. Und damit war ich bereits die einzige in unserer Klasse, die manchmal 50 Schüler hatte. Das hatte ich vor allem meinen Eltern zu verdanken, denn andere Kinder mussten statt Schule oft in den Wald Feuerholz sammeln. Nicht nur das Fehlen in der Schule war verboten, auch das Sammeln von Feuerholz im Kakamega Nationalpark. Aber wer Hunger hat, den interessieren solche Verbote nicht, zumal diese damals nicht kontrolliert und geahndet wurden. So gesammeltes Feuerholz kauften meine Eltern regelmäßig. Das bedeutete zwar, dass Kinder immer wieder in der Schule fehlten, aber sonst hätten die nichts zu essen gehabt.

Ein großes Ziel

Selbst wenn mein Vater abends draußen vor dem Haus saß, hatte er keine Zeit, um mit mir zu spielen. Sein Job war sehr anstrengend und entsprechend müde war er abends. Vor allem wollte er seine Ruhe. Es wurde ohnehin nie spät, denn er ging immer zeitig zu Bett, da er am nächsten Morgen wieder früh raus musste.

„Vater, war es sehr anstrengend heute?" Es war der Versuch eines jungen Mädchens, mit dem eigenen Vater am späten Abend noch ins Gespräch zu kommen.

„Ja, wir hatten heute besonders viel zu tun. Und wir hatten dabei auch noch heftige Probleme. Ich weiß, dass Du gerne spielen möchtest. Bitte habe Verständnis. Ich bin wirklich zu müde dafür. Sei mir nicht böse."

„Natürlich. Das verstehe ich doch." Verstehen und freuen sind allerdings zwei verschiedene Paar Schuhe. „Darf ich Dir trotzdem noch eine Frage stellen?"

„Natürlich darfst Du das, mein kleiner Liebling!" Auch wenn er so müde war, so war er nie abweisend. Er gab sich immer Mühe.

„Vater, wenn Du so viel arbeitest, dann musst Du doch sehr viel Geld verdienen, oder?"

„Leider nicht sehr viel. Die Stundenlöhne in Vihiga sind niedrig, weit geringer als in Nairobi. Es ist nicht leicht heutzutage. Man muss froh sein, wenn man überhaupt einen Job hat."

„Wie viel verdienst Du denn so?"

„Du bist ganz schön neugierig. Wieso möchtest Du das denn wissen?"

„Du sagst immer, ich soll fragen, wenn ich etwas wissen möchte, weil ich nur so lernen könne!"

„Ja, das ist richtig. Und Du sollst auch eine Antwort bekommen. An jedem Tag, den ich arbeite, bekomme ich 3.500 KSH (35 €). Das reicht zusammen mit dem Geld, das Deine Mutter verdient, so gerade um über die Runden zu kommen. Da bleibt leider kein Spielraum."

„Danke Vater." Mein Vater wunderte sich zwar über meine Frage. Aber er war wohl froh, dass ich nicht weiter fragte. Er brauchte einfach nur seine Ruhe, um Kraft zu tanken für den nächsten anstrengenden Tag. Meine Mutter hatte das Gespräch mitbekommen und sie ermahnte mich: „Dein Vater arbeitet jeden Tag sehr hart. Du darfst ihm dafür kein schlechtes Gewissen machen. Er macht das alles nur für uns. Bitte versprich mir das!" Ich nickte. Was sollte ich sonst auch machen?

Am Sonntag versteckte ich mich auf dem Weg zur Kirche. Das fiel nicht weiter auf, denn ich war öfter mit meiner Freundin zusammen zur Kirche gegangen. Und in der Kirche saß ich ohnehin nicht bei den Erwachsenen, und so würde mein Fehlen nicht weiter auffallen.

Statt zur Kirche ging ich in den Wald und sammelte Holz. Das brachte ich dann zu Felister, die das später auf dem Markt verkaufte. Oft schaffte ich noch eine zweite Lieferung. Für jede Lieferung bekam ich bis zu hundert Schilling (1 €). Einige Monate konnte ich das machen, ohne dass mein Fehlen in der Kirche aufgefallen wäre. Doch es war nur eine Frage der Zeit bis jemand bemerken würde, dass ich gar nicht mehr in der Kirche erschien, zumal ich die Kirchbesuche immer sehr mochte, was auch alle wussten. So erwartete mich meine Mutter eines Tages nach ihrem Kirchgang zu Hause und stellte mich zur Rede.

„Du warst heute nicht in der Kirche. Und es hieß, Du seist bereits länger nicht mehr da gewesen. Ich dachte, unser sonntäglicher Kirchgang würde Dir immer viel Freude bereiten?"

„Ja, ich liebe es, besonders wenn wir die Lieder singen." Der gemeinsame Gottesdienst war immer ein besonderer Höhepunkt der Woche für mich.

„Wenn Du es so magst, wieso bist Du dann nicht mehr da?"

„Muss ich das beantworten?" Ich wollte meine Mutter nicht belügen, aber ich wollte ihr auch nicht sagen, was mich bewog.

„Ja, Kister, ich würde wirklich gerne wissen, was wirklich los ist."

„Ich brauche Geld!" Ich hoffte, so aus der Sache raus zu kommen.

„Wofür benötigst Du denn Geld?" Mit der Frage hätte ich rechnen müssen.

„Ich bekomme keinerlei Taschengeld. Und ich habe einen Wunsch. Kannst Du das verstehen?"

„Mir wäre wohler, wenn ich wüsste, wofür Du das Geld brauchst und wie Du es Dir verdienst."

„Ich sammle Feuerholz im Wald und bringe es zu Felister. Die verkauft es auf dem Markt. Ich habe nur den Sonntag dafür. An den anderen Tagen habe ich Schule und die nehme ich ernst. Da möchte ich nicht fehlen."

„Ich finde es sehr gut, dass Du die Schule so ernst nimmst. Deine Ergebnisse in der Schule machen mich sehr stolz. Aber wozu brauchst Du das Geld denn?"

„Mutter, Du sagst immer, ich sei schon ein großes Mädchen und solle Verantwortung tragen. Darf ich denn dann kein eigenes Geld haben?"

„Doch, das darfst Du natürlich. Nur finde ich es schon einen gewissen Vertrauensbruch, dass Du mir nicht sagen kannst, wofür Du das Geld benötigst."

„Das kann ich nicht. Ich spare für ein großes Ziel!" Ich hoffte so sehr, sie könne das akzeptieren.

„Du enttäuschst mich sehr. Geh bitte ins Haus und denke darüber nach, was Du uns als Familie mit Deinem Handeln antust!" Sie klang sehr erzürnt. So war es besser ihrer Aufforderung Folge zu leisten.

Alleine auf dem Bett liegend bedrückte mich der Missmut meiner Mutter schon sehr. Je länger ich darüber nachdachte, desto trauriger wurde ich. Tränen standen mir in den Augen.

Nach geraumer Zeit kam meine Mutter hinein und sah, dass ich weinte. „Kister, vielleicht war ich etwas zu schroff zu Dir. Aber Du verstehst doch sicher, dass ich mir Sorgen mache. Wenn Du schon nicht sagen möchtest, wofür Du das Geld brauchst, kannst Du mir dann wenigstens versprechen, nächsten Sonntag in die Kirche zu kommen?"

„Das geht leider nicht. Oder kannst Du mir 1.200 KSH leihen?"

„Liebling, das ist sehr viel Geld für uns. Ist das denn wirklich so wichtig für Dich?"

„Dann würde ich nächsten Sonntag wieder in die Kirche kommen und danach nur jeden zweiten Sonntag Holz sammeln bis meine Schulden komplett abbezahlt sind. Du bekommst das Geld wirklich zurück. Ich verspreche es."

„Natürlich glaube ich Dir das, wenn Du es versprichst. OK, ich vertraue Dir. Hier sind 1.200 KSH. Und was nun?"

Ich legte das Geld in eine kleine Schachtel zu dem übrigen Geld. Meine Mutter sah das und war sofort wieder aufs Neue erzürnt: „Wie viel Geld hast Du denn da? Das ist ja richtig viel! Wofür brauchst Du denn soviel Geld? Ich hoffe, Du weißt, welchen Wert das hat und wie hart wir für eine solche Summe arbeiten müssen!"

„Mutter, ich verspreche Dir, dass ich das weiß. Vor allem weiß ich, wie oft ich in den Wald musste, um Holz zu sammeln. Ich wäre viel lieber in der Kirche gewesen!"

Meine Mutter hatte kein Verständnis dafür und wandte sich irritiert ab.

Am Abend kam mein Vater nach Hause. Ich wartete bis er in Ruhe gegessen hatte. Dann ging ich zu ihm hin. „Vater, darf ich Dich etwas fragen?"

„Gerne, ich bin zwar sehr müde, aber natürlich habe ich immer Zeit, wenn Du eine Frage hast."

„Kannst Du nächste Woche nicht einfach einmal einen Tag zu Hause bleiben?"

„Das ist leider völlig unmöglich. Gerade im Moment brauchen wir das Geld. Wir müssen bald einige Dinge am Haus ersetzen. Dazu brauchen wir jeden Schilling."

„Oh, am Geld soll es nicht liegen. Du sagst, Du verdienst 3.500 KSH pro Tag. Hier sind 3.500 KSH. Das sollte doch für einen Tag reichen, oder? Bitte verbringe einen Tag mit mir. Bitte!"

Mein Vater war sprachlos. Auch meine Mutter hatte das mitbekommen und ihr war regelrecht die Kinnlade runter gefallen. Mein Vater nahm mich in dem Arm. „Mein kleiner Liebling. Du musst doch nicht dafür bezahlen, dass ich einen Tag mit Dir verbringe. Oh, es tut mir ja so Leid." Es verschlug ihm die Sprache. Nach einiger Zeit meinte er dann: „Das Geld spare lieber. Sicher wirst Du es für etwas anderes einsetzen können. Wir finden auch so einen gemeinsamen Tag. Bald ist unser Nationalfeiertag. An dem nehme ich mir frei. Dann machen wir den ganzen Tag etwas zusammen. Das verspreche ich!" Er hielt mich noch lange in seinem Arm. Ich merkte, dass er Tränen in seinen Augen hatte. Seine Umarmung tat so gut.

Es sei denn, sie wären mit Dir geboren

Jedes Jahr am 12. Dezember feiert Kenia seine Unabhängigkeit von Großbritannien mit einem Nationalfeiertag. Dieser Festtag im Jahre 2006 war der Tag, an dem mein Vater wirklich nicht arbeiten musste und sein Versprechen einlösen konnte. Meine Mutter kochte ein ganz besonderes Essen für den Abend und sie wollte nicht, dass ich ihr helfe. Stattdessen ging ich mit meinem Vater spazieren. Ich war so glücklich, endlich einmal etwas Zeit mit ihm verbringen zu können. Vor allem genoss ich es, dass mir mein Vater viel erzählte.

„Kister, dieses ist der Wald von Kakamega, Kenias einziger wirklicher Regenwald." Als ich ganz klein war, nannte mich mein Vater immer Flora. Es war auffällig, dass er heute meinen richtigen Namen benutzte und nicht den Kosenamen. Vielleicht wollte er damit zum Ausdruck bringen, dass ich mit meinen nun 12 Jahren jetzt erwachsen sei. In seiner Stimme lag heute etwas Bedeutsames.

„Das Gebiet von hier bis zum Berg Elgon ist die Heimat unseres Stammes, der Luhya. Du wirst erleben, dass Du mit den Brüdern und Schwestern unseres Volkes sehr viel mehr gemein hast als mit allen anderen Menschen. Wann immer ein Mitglied unseres Stammes Hilfe braucht, versuche ernsthaft, sie ihm zu gewähren. Wir müssen zusammen halten. Unsere Werte und Traditionen sind auch in einem modernen Kenia von großer Bedeutung. Sie sind es, was uns verbindet. Sie sind wie Mörtel, der die einzelnen Steine zusammenhält. Sei in Deinem Leben neugierig, sei offen für Neues, lerne hinzu. Sei freundlich zu Fremden, lerne von ihnen – auch von den Mzungus, den Europäern. Sei in Deinem Wissensdurst wie ein Schwamm, sauge in Dich auf, was Du über diese Welt lernen kannst, aber vergiss dabei niemals, woher Du kommst. Sei allen auf dieser Welt ein guter Mitmensch, aber erwarte nicht zu viel von ihnen. Nur von den Brüdern und Schwestern Deines Stammes wirst Du Hilfe erfahren, wenn Du sie wirklich brauchst." Dies war das erste Mal in meinem Leben, dass mir bewusst wurde, welche Bedeutung die Stämme in Kenia haben. Diese Stammesfehden, deren ständige Kämpfe gegeneinander, spielten in Kenia seit jeher eine große Rolle. Besonders die Unterdrückung der anderen Stämme durch die Kikuyu, den zahlenmäßig stärksten Stamm Kenias, schaden Kenia bis heute sehr. Damals erfuhr ich von meinem Vater erstmals von diesem ewigen Konflikt.

Ich lauschte den Worten meines Vaters so gespannt, dass mir nicht aufgefallen war, wie weit wir bereits in den Wald gegangen waren. Wir waren auf einem Hügel angekommen. Von hier konnten wir weit über das Land im Westen blicken. Am Horizont war der Viktoriasee zu erahnen.

„Sieh hier. Das ist die Heimat unseres Stammes. Leider ist der Stamm der Luhya seit jeher in seinen siebzehn Untergruppen nicht einig. Das rührt traditionell daher, dass die Luhya, abgesehen von der Wanga-Phase, niemals ein zentralistisches Königreich bildeten. Wir haben immer alles auf Clanebene regeln können. Es gab niemals eine zentrale Verwaltung. Doch dieser mangelnde Zusammenhalt schadet und schwächt uns leider bis heute sehr. Innerhalb unseres Stammes, innerhalb der Luhya, gibt es noch einen besonderen Kreis. Die Tiriki sind Deine wahren Brüder und Schwestern. Unser Stamm bewohnt den Westen Kenias und die Tiriki bewohnen Vihiga. Und wir, die Bashitenye bewohnen den westlichen Saum des Kakamega Nationalparks. Mit diesem Land sind wir untrennbar verbunden. Auch wenn es uns in die Ferne zieht, so ist dies der Ort, an den wir immer zurückkehren können. Dieses Land ist unser Land, und wir sollten es uns niemals nehmen lassen. Und es kann der Tag kommen, dass wir dafür mit allem kämpfen müssen, was wir haben – vielleicht auch mit unserem Leben."

„Vater, wem gehört dieser Wald?", wollte ich wissen.

„Dieser Wald gehört unserem Volk!" Es klang wie Stolz, so wie er das sagte.

„Einige gehen in den Wald, um Feuerholz zu sammeln. Doch es heißt, das sei verboten. Es heißt, sie werden hart bestraft, wenn sie erwischt werden. Wie kann es unserem Stamm verboten sein, abgestorbene Äste im Wald zu sammeln, wenn es doch eigentlich unser Wald ist?"

„Kister, siehst Du da unten den Waldrand? Nur wenige Bäume sind dort und zwischen ihnen kleine Büsche und Gras. Wenn immer mehr Bäume getötet werden, dann haben wir hier bald keinen Wald mehr. Deshalb müssen wir unseren Wald schützen. Deshalb ist es verboten, Bäume zu fällen. Schulkinder, die abgestorbene Äste sammeln, schaden dem Wald nicht wirklich. Unsere Polizisten werden sie auch nicht bestrafen. Das Problem beginnt dann, wenn jemand in den Wald geht und mit der Kettensäge Bäume fällt, weil ihm das Aufsammeln der toten Äste zu mühsam ist. Das darf nicht sein. Leider haben unsere Politiker diesen Unterschied verkannt. Sie haben in Sorge um unseren Wald jegliches Holzsammeln verboten. Es ist schade, wenn die Menschen, die wir wählten, unser Wohl zu mehren, das rechte Augenmaß verlieren. Leider geschieht das immer wieder. Viele haben dadurch das Vertrauen in unsere Politiker verloren. Früher war das anders. Die gewählten Ältesten unseres Stammes kannte jeder persönlich. Und die Ältesten kannten auch die Stammesmitglieder. Wenn man Menschen persönlich kennt, dann fällt man Entscheidungen viel gewissenhafter. Natürlich kann man nicht alle Entscheidungen auf Stammesebene fällen. Dazu ist unsere Welt inzwischen zu groß geworden. Dennoch müssen wir dafür Sorge tragen, dass diejenigen Entscheidungen, die nur uns hier betreffen, auch von uns hier getroffen werden und nicht in Nairobi. Auch das meinen wir, wenn wir fordern: zurück zu unseren Wurzeln."

Wir wanderten den Hügel hinab zum Fluß Yala. Hier war er richtig wild, seine Ufer stark zerklüftet. An einer Stelle oberhalb des Flusses stand eine Hütte. Vor der Hütte saß ein alter Mann. Mein Vater erklärte mir, dass dies der Älteste unseres Stammes sei.

„Hallo Mkuu. Die Welt ändert sich, doch einige Dinge ändern sich niemals. Schön, dass Du immer noch hier bist. Wir haben uns lange nicht mehr gesehen."

Der alte Mann begrüßte meinen Vater sehr freundschaftlich. Dann stellte mein Vater mich vor. „Mkuu, dies ist meine Tochter Kister. Sie ist mein ganzer Stolz." Der alte Mann begrüßte auch mich sehr herzlich, ganz so als würden wir uns schon ewig kennen. Außer einer angemessen förmlichen Begrüßung sprach ich kein Wort, getreu einem alten Kenianischen Sprichwort: 'Ein Wort zu einem Weisen ist genug.' Das soll uns sagen, dass Unerfahrene den Mund halten sollten im Kreise der Älteren, denn sie können keine Ratschläge geben. Wir setzten uns zu ihm vor sein Haus, und er teilte sein Ugali mit uns. Mein Vater und Mkuu erzählten sich vieles. Sie mussten sich sehr gut kennen. Dann wandte sich Mkuu an mich:

„Kister, da gibt es ein altes Swahili-Sprichwort: Mla nawe hafi nawe ila mzaliwa nawe. Es bedeutet so viel wie: 'Diejenigen, die mit Dir essen, werden nicht mit Dir sterben, es sei denn, sie wären mit Dir geboren.' Du wirst in Deinem Leben viele Menschen kennen lernen. Einige davon werden Dir sehr nahe sein. Aber nur eines bleibt in Deinem ganzen Leben konstant: Deine Familie wird immer für Dich da sein. Vergiss das niemals. Und vergiss niemals Deine Familie!"

„Das verspreche ich gerne!" Ich fühlte, dass dieser Moment etwas ganz Besonderes war.

Auf dem Rückweg erläuterte mir mein Vater die Botschaft des alten Mannes noch weiter:

„Viele Menschen hier sind religiös. Seit alters her spielen unsere Stammes-Religionen eine große Rolle. Es gibt viele alte Riten. Nicht zu vergessen die Vielzahl überlieferter Geschichten. Daneben gibt es unseren christlichen Glauben. Beides steht nicht im Widerspruch zueinander. Du kannst an einem Itumi, dem Beschneidungsfest der Männer, teilnehmen. Das ist keine Teufelstat, wenn Du es in Deinem Inneren als das siehst, was es ist: harmlose Folklore. Dein Glaube in Deinem Herzen jedoch wird Dir sagen, dass es neben dem Spaß solcher Feste noch etwas Wichtigeres gibt. Das wirst Du jeden Sonntag in der Kirche erfahren. Manche verehren Nyasaye. Andere verehren Were als den, der seit ewigen Zeiten seinen Thron auf dem Berg Elgon hat, den Berg, den sie Masaba nennen. Nach ihrem Glauben beschützt er von dort das Land. Doch vergiss niemals: Egal wie wir ihn auch immer nennen. Es gibt nur einen Gott und dieser ist in uns."

Eine Frau werden

„Kister, ab Montag wirst Du nicht mehr mit uns sein können!" Felister war seit jeher meine beste Freundin. Deshalb traf mich dieser Satz von ihr völlig unerwartet.

„Felister, was habe ich Böses getan?" Ich war mehr als besorgt. Wieso wollten mich meine besten Freundinnen nicht mehr bei sich haben?

„Du hast nichts Böses getan. Aber am Sonntag Abend werden wir alle Frauen sein, nur Du nicht. Du wirst dann weiter mit den Kindern spielen. Wir Frauen aber werden unter uns sein." Ihre Stimme klang stolz und gewichtig.

„Felister. Wenn Ihr alle eine Frau sein werdet, warum dann nicht ich?" Niemand hatte mich bislang informiert.

„Kister, am Sonntag kommt die Mwanga. Danach werde ich kein Kind mehr sein, sondern eine Frau. Ich werde die vollen Rechte in unserem Stamm haben und ich werde einen Mann heiraten können." Sie gab ihrer Stimme einen gewichtigen Ton.

„Kommt die Mwanga nicht auch zu mir?" Auch ich wollte vollwertig sein. Über das Thema Mann hatte ich nie wirklich nachgedacht. Aber Frauen heiraten nun mal. Warum nicht auch ich?

„Deine Mutter hat Dich nicht angemeldet. Wahrscheinlich denkt sie, Du bist noch nicht reif genug, um eine richtige Frau zu sein." Das klang spöttisch und herablassend.

Ich hatte keine Ahnung, was das für eine Zeremonie sein mochte, an der die anderen Mädchen alle teilnahmen. Keiner der Lehrer hatte uns darauf hingewiesen. Normalerweise werden alle wichtigen Ereignisse auch am schwarzen Brett bekannt gemacht. Doch da stand nichts. Ich war völlig ratlos. Am Abend fragte ich deshalb meine Mutter.

„Mutter, die anderen Mädchen in meiner Klasse gehen am Sonntag zum Initiierungsfest. Sie sagen, sie seien dann richtige Frauen, und ich könne nicht mehr mit ihnen sein. Sie sagen, Du hältst mich nicht für reif, ebenfalls eine Frau zu sein. Warum muss ich ein Kind bleiben? Warum soll ich aus der Gemeinschaft ausgeschlossen sein? Tue mir das bitte nicht an!"

„Kister, ich hätte mit Dir längst darüber reden sollen. Es tut mir Leid." Meine Mutter sah mir lange in die Augen. Es schien mir, als müsse sie erst nach den richtigen Worten suchen. Dann erklärte sie mir: „Das Initiierungsfest ist ein uraltes Stammesritual der Tiriki. Unsere alten Stammestraditionen sahen vor, dass Jungen und Mädchen ein Initiierungsfest durchlaufen. Während das für die Jungen völlig in Ordnung ist, ist es für die Mädchen grausam und gefährlich. Bei den Jungen wird ganz vorne an ihrem Penis ein Stück Haut entfernt. Richtig gemacht ist das nicht besonders schmerzhaft und auch nicht gefährlich. Wer mag, soll solch eine alte Tradition ruhig fortführen. Dagegen ist nichts zu sagen. Doch bei den Mädchen ist das anders. Mädchen wird dabei die Klitoris und ein Teil der Schamlippen entfernt. Das ist Verstümmelung! Dies ist sehr schmerzhaft. Es ist gefährlich. Und die Narben erschweren es, wenn Du später Kinder bekommen wirst. Es gibt keinen sinnvollen Grund, dass einem Mädchen so etwas angetan wird."

„Etwas Schmerz werde ich schon aushalten." Wenn die anderen das ertrugen, dann würde ich das auch.

„Es ist nicht nur etwas Schmerz. Und wenn Du den richtigen Mann triffst, dann wird er Dich auch ohne Beschneidung akzeptieren. Oder vielleicht gerade deshalb. Wieso sollte ein Mann gut für Dich sein, der erwartet, dass Du Dich grundlos verstümmelst? Bitte mache das nicht. Du würdest es Dein Leben lang bereuen. Glaube mir."

„Aber Mutter, ich werde keinen Mann bekommen, wenn ich das nicht mitmache. Sie sagen, sollte ich unbeschnitten ein Kind bekommen, so sei dies ein Frevel gegen Gott und ich würde damit aus dem Stamm verstoßen."

„Niemand wird Dich heutzutage mehr verstoßen. Leider werden immer noch 30 % der Luhya-Frauen beschnitten. Aber es wird langsam weniger. Und Du kannst mit unserem Pastor darüber sprechen, wenn Du möchtest. Er wird Dir ganz sicher sagen, dass es keine Freveltat gegen Gott ist. Im Gegenteil. Wer sich selbst verstümmelt, der handelt gegen Gott, denn Gott möchte, dass wir so bleiben wie wir von ihm geschaffen wurden!"

„Vater sagt, dass es wichtig ist, dass wir unsere Traditionen leben." Er hatte zwar niemals diese Beschneidung erwähnt. Aber immer noch waren die Erinnerungen an jenen Waldspaziergang in mir wach. Das hatte mich damals sehr beeindruckt.

„Ja, unsere Traditionen sind wichtig. Da hat Dein Vater völlig Recht. Sehr wichtig sogar. Aber in diesem Falle ist etwas ganz Schlechtes überliefert worden. Wir müssen das erkennen und dürfen nicht einfach weiter etwas so Grausames machen, wissend dass es falsch ist. Frage Deinen Vater. Er sieht das ganz genauso. Bitte halte Dich von der Mwanga fern. Glaube mir, Du wirst später sehen, dass ich Recht habe. Bitte, mein Liebling, begehe nicht diesen Fehler!"

Doch die Warnungen meiner Mutter waren mir unverständlich. Wie konnte etwas falsch sein, wenn es unseren Traditionen entsprach? Wie konnte etwas falsch sein, wenn es ringsum alle machten? Vor allem wollte ich nicht ausgeschlossen werden. Wenn meine besten

Freundinnen das machten, so wollte ich ihnen nicht nachstehen.

Am Sonntag waren die anderen Mädchen nicht in der Kirche. Ich ahnte, wo sie sein würden. Deshalb verließ ich die Kirche unauffällig und lief zum Haus von Felister. Mehrere Frauen, wahrscheinlich die Verwandten von Felister, waren vor dem Haus versammelt. Ich schlich mich von Büschen gedeckt heran. Die Mwanga war ganz offensichtlich bereits im Haus. Mit so vielen Verwandten, musste es ein bedeutendes Fest sein. Die Initiierung war mithin so wichtig wie Weihnachten – nur dann kamen wirklich alle Verwandten zusammen. Meine Mutter mag Recht damit haben, dass es schmerzhaft sein würde. Aber Schmerzen vergehen wieder. Für immer aus der Gruppe meiner Freundinnen ausgeschlossen zu sein, wäre sehr viel schlimmer und dauerhaft. Ich überlegte, was ich machen könnte, um ebenfalls eine richtige Frau werden zu können. Das einzige, was mich zögern ließ hinzugehen, war die Ungewissheit, wie die Mwanga darauf reagieren würde. Sie war eine furchterregende, alte Frau. Alle hatten Angst vor ihr.

Felister wirkte in der Schule so stolz. Gleich würde sie eine respektierte Frau unseres Stammes sein. Natürlich würde sie sich dann mit mir nicht mehr abgeben. Und auch die Männer würden sich immer nur für richtige Frauen interessieren, nie für mich. Ich war sehr traurig und fühlte mich jetzt schon isoliert.

Aus dem Haus drangen fürchterliche Schreie. Offenbar war es Felister. Sie war immer schon etwas weichlicher als die anderen Mädchen. Offensichtlich vertrug sie die Schmerzen nicht so gut. Einige Zeit später kam ihre Mutter hinaus. Sie hatte mit Blut befleckte Leinen in den Händen, die sie hinter das Haus brachte. Dann ging sie wieder in das Haus zurück und kam mit Felister hinaus, um sie stolz der Familie zu präsentieren. Ich konnte sehen, dass Blut an Felisters

Bein hinunterfloss. Als ich ihr Gesicht sah, schauderte es mich. Nie hatte ich es so schmerzverzerrt gesehen. Sie musste auch jetzt noch ganz fürchterliche Schmerzen haben.

„Na, was machst Du denn da?" Ich erschrak fürchterlich ob dieser Stimme hinter mir. Eine ältere Frau, die ich zuvor nur gelegentlich gesehen hatte, stand hinter mir. Ich wusste, dass sie sehr zurückgezogen bei der Mwanga lebte.

„Ich, ich, ich wollte sehen, was diese Menschen da alle machen." Ich fühlte mich ertappt.

„Solltest Du nicht eigentlich zu Hause auf die Mwanga warten, statt hier aus der Ferne zuzusehen?"

„Meine Mutter möchte nicht, dass ich das mache."

„Du bis eine Luhya. Es ist Deine Bestimmung gemäß unseren Stammestraditionen, das Initiierungsritual mitzumachen."

„Meine Mutter sagt, es sei grausam!"

„Das sind alles nur Gerüchte. Alle Frauen haben das erlebt. Und hat es uns geschadet? Ja, es gibt grausame Varianten in anderen Kulturen. Bei uns gibt es keine Infibulation. Ja, es zwickt ein Wenig. Aber das geht vorbei. Dafür sieht es danach besser aus. Du möchtest doch einmal einem Mann gefallen, oder?"

Natürlich wollte ich das. Aber ich hatte immer noch Felisters Gesicht vor Augen. Plötzlich hatte ich Angst. Ich wich dem Gespräch aus, indem ich davon rannte.

Ich rannte nach Hause. Am nächsten Tag fehlten einige Mädchen in der Schule. Felister kam ganze drei Wochen nicht zum Unterricht. Das Thema war tabu. Niemand sprach darüber. Aber das hatte den Vorteil, dass ich nicht so ausgegrenzt war, wie ich zunächst befürchtet hatte. Bis heute bin ich sehr froh, dass meine Mutter mich davor bewahrt hat, mich verstümmeln zu lassen.

Bürgerkrieg in Kisumu

In den Jahren 2005 und 2006 gab es in Kenia zahlreiche Finanzskandale. In der Folge wurden zahlreiche Minister entlassen, darunter auch Raila Odinga vom Stamm der Luo. Die Luo und mein Stamm, die Luhya, sind eng befreundet. So war es nicht weiter verwunderlich, dass mein Vater ein großer Unterstützer von Raila Odinga war. Die Auseinandersetzungen zwischen den einzelnen Stämmen spielen seit jeher eine sehr große Rolle in unserem Land und bindet bei uns Politiker sehr viel mehr als beispielsweise politische Grundüberzeugungen wie Liberalismus, Sozialismus etc. Nur wer bereits in der zweiten oder dritten Generation im Ausland lebt, vergisst seine Stammesbindungen. So ist es für Barak Obama nicht mehr relevant, dass er ein Luo ist. Aber für uns alle hier in Kenia ist die Stammeszugehörigkeit von enormer Bedeutung.

Als es im Dezember 2007 zu Wahlen kam, gewann diese der amtierende Präsident und Kandidat der mit uns verfehdeten Kikuyu, Mwai Kibaki, durch massive Wahlfälschung. Nach seiner Vereidigung kam es im ganzen Land zu schweren Auseinandersetzungen. Diese hatten auch auf unsere abgelegene Gegend große Auswirkungen.

An Abend des 28. Dezember kamen Männer zu uns, die ich vorher noch nie gesehen hatte. Sie saßen in unserem Garten auf Baumstämmen und diskutierten erregt. Normalerweise sind erregte Menschen laut – aber diese nicht. Sie waren sorgsam darauf bedacht, dass die Nachbarn keinen Argwohn hegten. Aus ihren Diskussionen bekam ich nur einzelne Fetzen mit:

„Die Wahl wurde manipuliert. Kenias Bevölkerung kann das nicht tolerieren. Wir werden das nicht hinnehmen! Kibaki wird keine Freude haben an seiner Präsidentschaft. Wir werden ihn aus seinem Amt verjagen und wenn es sein muss mit Gewalt!"

„Unser Widerstand ist nicht eine Frage eines Tages. Nicht einer Woche. Nicht eines Monats. Wir werden kämpfen bis der Wille des Volkes erfüllt sein wird! Dies ist unser Versprechen. Das ist unsere Position. Und davon rücken wir keinen Meter ab."

„Heute haben wir ganz normal und friedlich demonstriert. Doch das scheint nicht zu beeindrucken. Unsere Stimmen wurden gestohlen. Wir werden sie uns mit Gewalt zurückholen!"

„Kibaki, Du hast nur eine Möglichkeit: tritt zurück!"

„Lasst uns überall Reifenstapel anzünden. Unsere Fackeln werden Kibaki ermahnen!"

Aber damit war mir klar, was sie für den nächsten Tag planten. Und mein Vater war ein Teil dieser Gruppe. Ich wusste, dass es Unrecht sein würde, was sie tun. Vor allem aber bekam ich Angst. Angst um meinen Vater. Angst um unsere Zukunft. Ich war noch zu jung, um zu verstehen, weshalb wir nicht einfach Kibaki Präsident sein lassen konnten. War es wirklich notwendig, einen Bürgerkrieg zu entfachen?

Als ich am nächsten Morgen aufstand, waren alle Männer schon fort – auch mein Vater. Aus ihren Gesprächen wusste ich, wohin sie fuhren: nach Kisumu. Statt zur Schule ging ich nach Cheptulu und stieg dort in den Matatu nach Kisumu. Ich wollte wissen, was dort passiert. Wenn die Zukunft unseres Landes heute in Kisumu entschieden werden sollte, dann wollte ich dabei sein.

Die Stadt war voll – viel mehr Menschen als sonst. Bereits auf der Jomo Kenyatta Allee zogen Menschenmengen, die mit großen Ästen wedelten. Ich schloss mich dem Zug an, ohne zu wissen, was diese Menschen wirklich wollten. Gemeinsam skandierten wir die Forderungen und sangen kurze Lieder. Es war ein schöner, sonniger Tag.

Wir marschierten zusammen durch die Stadt. An einem so schönen Tag könnte doch nichts Böses geschehen, dachte ich.

Auf ihrem Weg wurden die Menschen immer mehr und die schiere Menge gab ihnen Selbstbewusstsein. Bald brannten Fahrzeuge, die am Straßenrand abgestellt waren. Ihre Fahrer hatten nichts verbrochen, sie waren vielleicht sogar von unserem Stamm. Ihr einziger Fehler war es, ihr Fahrzeug an diesem Tag dort abgestellt zu haben. Die Menschenmenge war nicht mehr zu bändigen. Jedes gelegte Feuer wurde wie ein großer Triumph bejubelt. Es wurden immer mehr Menschen. Viele von ihnen wussten nicht einmal wofür hier demonstriert wurde. Sie wollten einfach nur ihrem Unmut, ihrer Wut auf diese Regierung Luft verschaffen. Und so zog die Menge weiter über die Achieng' Oneko Hauptstraße bis zu einem Kreisverkehr. Dort sah ich meinen Vater mit den anderen Männern vom Vorabend. Sie schwenkten in die Oginga Odinga Straße und der gesamte Zug folgte ihnen. Inzwischen waren die Menschen aber dermaßen unkontrollierbar, dass nunmehr nicht mehr nur Autos brannten. Ein Supermarkt wurde angezündet und es wurde geplündert. Überall brannte es und Menschen, die mit dem Demonstrationszug nichts zu tun hatten, schnappten sich, was immer sie tragen konnten und brachten es weg. Sie hatten nichts mit den Zielen der Demonstration gemein. Sie suchten nur einfach ihren eigenen kleinen persönlichen Vorteil aus dem ganzen Chaos. Ich wagte es nicht, zu meinem Vater zu laufen. Ich wusste einfach nicht, wie er reagieren würde. Also beobachtete ich nur aus einiger Entfernung.

Von einem Mann wurde ich umgerannt. Er hatte zwei Sack Maismehl erbeutet und rannte mit diesem Ballast völlig außer Atem davon. Mich hatte er dabei einfach übersehen.

Andere zerbrachen mutwillig Sachen aus den Häusern auf der Straße und verschafften so ihrem Missmut Luft. Es war stellenweise reine Zerstörungswut. Der ganze Hass, die ganze Wut über die Korruption in Kenia, die Wirtschaftsskandale und die Wahlmanipulationen brach mit einem Mal aus den Menschen heraus. Überall gab es Explosionen, auch in den Gebäuden. Wahrscheinlich explodierten dort die Gasflaschen, die die Menschen zum Kochen brauchten.

Immer mehr Geschäfte wurden aufgebrochen und deren Waren davongetragen. Aus einem anfangs friedlichen Protest war wilde Plünderei und Zerstörungswut geworden. Am schlimmsten betroffen war der Ukwala Supermarkt. Die tobende Menge stahl Fernseher, Kühlschränke, Mikrowellen, Schuhe – einfach alles, was sie erreichen konnten.

Dann brachen einige die Zweigstelle der Nationalbank auf. Allerdings gelang es ihnen nicht in den Tresorraum zu kommen und Geld zu stehlen. Sie verwüsteten nur die Büro- und Schalterräume.

Plötzlich kam die Polizei. Sie schossen ohne Vorwarnung mit scharfer Munition auf die Plünderer. Sie jagten die Flüchtenden wie Hunde. Überall lagen plötzlich Tote. Vor mir sah ich eine hochschwangere Frau auf dem Boden liegen. Sie hatte nicht einmal geplündert. Ihr einziger Fehler war es, an diesem Tag hier gewesen zu sein.

Als ich um eine Ecke bog, standen plötzlich zwei Polizisten mit Gewehren vor mir. Ich blieb wie versteinert stehen. Der Polizist vor mir hob die Waffe. Er rief etwas. Doch ich war völlig unfähig zu reagieren.Ich schloss meine Augen und erwartete, dass die Polizisten nun auf mich schießen würden. Dann hörte ich den Schuss. Ich wunderte mich, dass ich keinen Schmerz spürte. Unweit neben mir sackte ein Mann zusammen. Er hatte versucht einen Fernseher aus einem Geschäft zu rauben. Ich drückte mich in eine Nische und die Polizisten gingen weiter. Diesmal war mir nichts passiert.

Das Chaos wurde immer schlimmer. Die Polizei schoss inzwischen wahllos auf Menschen, nicht nur auf Plünderer. Wir zahlen Steuern. Davon wird die Polizei bezahlt. Wir erwarten, dass sie uns beschützen und nicht, dass sie auf uns schießen. Ein Präsident, der auf sein eigenes Volk schießen lässt, hat kein Recht, dieses Land zu regieren. Mit einem Mal verstand ich, wofür mein Vater hier kämpfte.

Mir kam nicht in den Sinn, dass ja auch ich in Gefahr war. Wie in Trance lief ich durch diese Menschengruppen auf der Suche nach meinem Vater. Ich war fast froh als ich etwas entfernt sah, dass sie meinen Vater abführten. Auf der Polizeiwache, so glaubte ich, wäre er immerhin in Sicherheit. Dort könne er wenigstens nicht erschossen werden. Es war das letzte Mal, dass ich ihn sah. Er war einer der nicht gezählten Toten, deren Leichnam man später nie fand, damit die Folter nicht offenbar wurde. Aber das habe ich erst sehr viel später begriffen. Dabei wusste die Polizei sehr genau, dass die Demonstranten rund um meinen Vater nicht die Plünderer waren. Aber ohne die Unruhe in der Stadt durch die Demonstrationen hätte es keine Plünderungen gegeben. So gaben die Polizisten den Organisatoren der Demonstration die Schuld für alles. Spätere Ermittlungen gegen die Polizisten verliefen im Sande – aus Mangel an Beweisen.

Als ich viel zu spät zu Hause ankam hatte ich schon Sorge, meine Mutter würde mit mir schimpfen. Doch niemand war daheim. Ich suchte überall, doch nichts war von ihr zu sehen. Ich wartete die ganze Nacht ohne ein Auge zu zu tun. Ich hoffte, sie würde jeden Augenblick kommen. Plötzlich wäre mir alle Schimpfe meiner Mutter Recht, wenn sie nur wenigstens käme.

Der 30. Dezember war ein Sonntag. Ich hatte die ganze Nacht kein Auge zugetan und lag heulend vor unserem Haus.

„Mama kommt heute nicht nach Hause." Hinter mir stand meine Tante.

„Warum?" Ich zitterte am ganzen Leib. War meine Mutter tot?

„Kister. Du bist doch schon ein großes Mädchen. Du hast doch gehört, was gerade im Land passiert. Mama und Papa müssen sich eine Weile verstecken." In diesem Moment fürchtete ich, meine Mutter wäre tot, und meine Tante würde mir nur nicht die Wahrheit sagen wollen. Meinen Vater hingegen wähnte ich in Sicherheit bei der Polizei. Erst sehr viel später erfuhr ich von seinen Mitstreitern, dass mein Vater das Polizeigebäude nie mehr lebend verlassen hatte und ihn nach seiner Inhaftierung niemand mehr gesehen hatte. Mein Vater war für die Freiheit unseres Volkes, für Recht und Demokratie auf die Straße gegangen. Er hat für seine Ideale sein Leben gelassen. Das war nicht nur ein bitterer Verlust für mich. Niemanden auf dieser Welt verehrte und achtete ich mehr als meinen Vater. Sein Tod veränderte alles und prägte mich für mein ganzes Leben.

Meine Mutter hingegen musste sich wirklich 'nur' verstecken. Aber es sollte sehr viele Jahre dauern, bis sie ohne Gefahr zu uns zurückkehren konnte.

Von da an lebte ich bei meiner Tante und meiner Großmutter, der Mutter meines Vaters. Das Haus meiner Eltern wurde verpachtet. Die kleine Pacht half uns immerhin ein Wenig, über die Runden zu kommen.

Sex für Fisch

Nach acht Jahren Schule, ich war damals 15 Jahre alt, hatte ich die Primary School abgeschlossen. Es gab einen zentralen Test und als Klassenbeste hatte ich eine Empfehlung, die Secondary School zu besuchen. Solange meine Leistungen so gut blieben, hätte ich auch nur die halbe Schulgebühr bezahlen müssen. Doch auch dies war damals sehr viel Geld – Geld, das meine Großmutter und meine Tante nicht hatten. Aus diesem Grunde nahm mich meine Tante an einem Sonntag nach der Kirche zur Seite. Auf dem Heimweg besprachen wir die Zukunft.

„Kister, Du bist nun 15 Jahre alt. Das ist alt genug, um bereits Geld zu verdienen. Du weißt, dass ich in Kisumu Fisch verkaufe. Ich habe mich dafür eingesetzt, dass Du in Zukunft ebenfalls dort arbeiten darfst. Es wird Dir gefallen, eigenes Geld zu haben. Einen Teil davon wirst Du allerdings abgeben müssen für Kost und um Oma zu versorgen. Wir brauchen gerade jeden Bob." Bob war der Slang-Ausdruck für unsere Währung, den Kenianischen Schilling.

„Tante Ester, ich weiß, wie sehr wir Geld brauchen. Ich bekomme das doch jeden Tag mit." Besonders bitter war es an den Tagen, an denen Tante Ester nichts verdiente. Das kam immer mal vor. Es bedeutete, dass wir dann nichts zu essen kaufen konnten. Glück war es dann, wenn noch etwas Maismehl vom Vortag übrig war und wir wenigstens Ugali machen konnten. Beilagen gab es dann natürlich keine.

„Du wirst sehen, wie angenehm es ist, Geld zu haben." Meine Tante machte mir die neue Arbeit offensichtlich schmackhaft. Sie merkte wohl, dass ich eigentlich andere Zukunftspläne hatte.

„Tante, ich habe eine Empfehlung für die Secondary School. Nur zwei aus unserer Klasse von 50 Schülern haben das geschafft. Der Direktor sagt, das sei eine riesige Chance. Mit einer guten Ausbildung kann man später viel mehr verdienen."

„Kister, schau. Wir Luhya Frauen sind weit und breit die schönsten Frauen Afrikas. Und wir können hart arbeiten. Das macht uns so schnell niemand nach. Natürlich ist Bildung etwas Gutes. Honig ist auch etwas Gutes. Und Schweizer Uhren sind etwas ganz Besonderes. Wenn Du nun aber Honig in eine Schweizer Uhr träufelst, machst Du sie dadurch nicht besser. Im Gegenteil: Das Uhrwerk verklebt und am Ende ist die Uhr kaputt. Genauso ist es mit uns Luhya-Frauen. Wir sind wie kostbare Schweizer Uhren. Aber Bildung ist für uns wie Honig und kann uns unbrauchbar machen. Deshalb solltest Du die Idee vom weiteren Schulbesuch lieber aufgeben und stattdessen rasch gutes Geld verdienen. Wolltest Du nicht immer schon Schminke haben? Einen Lippenstift? Nach der ersten Woche Arbeit wirst Du Dir alle diese Sachen kaufen können, das verspreche ich Dir."

„Tante, was genau muss ich denn da machen?" Eigentlich hatte ich keine Vorstellung davon, was meine Tante den ganzen Tag machte. Ich wusste, dass es etwas mit Fisch zu tun hatte.

„Wir holen morgens den Fisch von den Fischerbooten, bereiten ihn zu und verkaufen ihn dann an die Menschen in Kisumu. Am Abend besprechen wir das Tagwerk dann mit den Fischern. Danach fahren wir nach Hause." Ich wusste, dass meine Tante oft sehr spät abends heim kam und dennoch am nächsten Morgen wieder zeitig fort musste.

„Wir braten und verkaufen Fisch?", wollte ich genauer wissen.

„Ja, genau das machen wir. Aber in Wirklichkeit ist das viel spannender als es gerade klingt. Es wird Dir gefallen. Du kommst morgen früh einfach mit."

Ich anerkannte meine Pflicht, der Familie zu helfen. Auch hatte ich das Gefühl, dass es der Wunsch meines Vaters gewesen wäre, jetzt meiner Familie etwas von dem zurück zu geben, was sie die ganzen Jahre in mich investiert hatte. Auch Mkuu hatte gesagt: „Vergiss niemals Deine Familie!"

Am nächsten Morgen saß ich auf der ungefederten Gepäckablage des Mofas meiner Tante und wir fuhren zusammen nach Kisumu. Nach einer Stunde schmerzte mein Hintern sehr und die Vorstellung, dass von nun an jeder Tag mit dieser Fahrt beginnen und enden sollte war nicht besonders verlockend.

Wir gingen zum Fischereihafen. Dort angekommen wurde meine Tante begrüßt mit den Worten: „Ester, für Dich haben wir heute leider keinen Fisch." Gleichzeitig verkaufte er Fisch an ein anderes Mädchen.

„Gregory, bitte, ich brauche Ware. Wovon soll ich sonst leben?" Langsam wurde mir klar, dass die Tage, an denen meine Tante nichts verdiente, die Tage waren, an denen die Fischer nur wenig gefangen hatten und dann ihren Fang an besonders bevorzugte Abnehmer vergaben. Ester ging dann leer aus. Sie war offensichtlich nicht besonders bevorzugt.

„Ester, heute war unser Fang leider sehr schlecht. Wir haben nichts mehr für Dich."

„Gregory. Ich bin heute nicht alleine wie Du siehst. Ich habe Kister mitgebracht." Bei diesen Worten schob sie mich vor sich, zu ihm hin, als ginge es darum mich anzupreisen statt Fisch zu kaufen.

„Ester, wird sie heute Abend dabei sein?", fragte der Fischer.

„Natürlich, Gregory. Sie ist mit mir hergekommen und wird auch erst mit mir wieder zurück fahren."

Der Fischer musterte mich genüsslich. Ich hatte keine Ahnung davon, was ihm dabei durch den Kopf ging. Schließlich willigte er ein. Meine Tante kaufte Fisch zum üblichen Preis und bezahlte diesen sofort mit 1.000-Schillingnoten. Dann gingen wir mit dem Fisch zu einem kleinen Verschlag auf dem Marktplatz. Hier brieten wir den Fisch auf einem Gaskocher und verkauften ihn als 'Kisumu Boys' in Papiertüten zu je 100 Schilling (1€). Auf den ersten Blick war das ein gutes Geschäft. Aus dem Einsatz von 5.000 Schilling (50€) am Morgen hatten wir am Abend 15.000 Schilling (150,-€) gemacht. Was ich dabei nicht bedacht hatte, war die Standmiete für diesen kleinen Verschlag, das Bestechungsgeld für den Platzwart und die Kosten für das Gas, um den Fisch zubereiten zu können. Dabei waren die Fahrtkosten noch nicht eingerechnet und schon gar nicht das Risiko, dass wir am Ende auf Ware hätten sitzen bleiben können. Aber an diesem Tage blieb nichts übrig. Wir hätten problemlos noch mehr verkaufen können, hätten wir nur mehr Ware gehabt. Unsere Tätigkeit konnte normalerweise eine von uns beiden alleine machen. Ich war nur dahingehend eine Hilfe für meine Tante, dass ich weitermachen konnte, wenn meine Tante einmal auf Toilette musste. Ansonsten hätte sie das problemlos alleine machen können und das hatte sie ja auch lange Zeit alleine geschafft. Warum sie mich hier brauchte, ahnte ich nicht.

Am Abend verschlossen wir unseren kleinen Verschlag sorgfältig. Aber wir gingen noch nicht nach Hause.

„Wir haben noch eine Besprechung mit den Fischern!", meinte Ester nur. Wir gingen zu einer billigen Spelunke. Hier saßen die Fischer und versoffen ihr verdientes Geld. Als sie uns hereinkommen sahen, war das Geröle groß. Ich hatte nicht wirklich verstanden, was wir hier noch wollten. Schließlich hatten wir den Fisch sofort am Morgen bezahlt.

„Setz Dich einfach!", wies mich meine Tante an. Natürlich folgte ich der Anweisung. Die Fischer waren alle schon sehr alkoholisiert. Offensichtlich hatten sie schon eine ganze Weile hier gezecht.

„Na, wie heißt Du denn?", erkundigte sich einer der Fischer.

Als ich nicht sofort antwortete, meinte der Fischer von heute morgen: „Das ist Kister! Sie ist heute das erste Mal hier." Die anderen Fischer grölten. Ich hasste diese Umgebung und wollte hier so schnell wie möglich wieder weg. „Tante, kannst Du bitte rasch erledigen, was Du hier zu erledigen hast, und wir fahren heim?"

„Kister, wir brauchen noch etwas. Habe Geduld. Es wird Dir am Ende vielleicht sogar gefallen!" Ich hatte keinen blassen Schimmer, was sie damit meinte.

Einer der Fischer hatte sich hinter mich gestellt. Von dort ließ er seine Hände an mir herabgleiten. „Na, Kister, Busen hast Du ja noch keinen. Wie alt bist Du denn?" Ich hatte wirklich noch keinen Busen. Mit meinem 1,67m wog ich gerade einmal 42kg. Da blieb nichts für Fettpolster übrig.

„Sie ist 15.", antwortete meine Tante statt mir. „Sie ist mit der Schule fertig. Damit ist sie jetzt eine richtige Frau!"

Der Mann hinter mir hob mich hoch und legte mich quer über die Beine dreier nebeneinander sitzender Fischer. Sofort hatte ich sechs Hände, die mich heftigst begrapschten. Als ich mich wehren wollte, hielten sie meine Arme und Beine einfach fest. Ich hatte keine Chance gegen drei starke Fischer.

„Tante, hilf mir. Ich will das nicht!" Ich hoffte, meine Tante würde sofort einschreiten und das unterbinden. Stattdessen beschwichtigte sie mich. „Kister, das gehört zum Job dazu. Es ist nicht schlimm." Ganz offensichtlich wollte sie diese Männer gewähren lassen. Und während sie das sprach, hatte mir bereits jemand meine Hose ausgezogen. Ein anderer hatte seine Hand unter meinem T-Shirt. Einen BH besaß ich damals noch nicht – und ich hatte auch nichts, was einen BH auch nur ansatzweise hätte füllen können. Aber dem Fischer gefiel es offensichtlich, unter meinem T-Shirt meine Brustwarzen zu zwirbeln während unten jemand seine Hand in meinen Slip schob. Ich wandte mich mit aller Kraft und schrie ganz fürchterlich. Das zeigte seine Wirkung. Ich fiel vor den sitzenden Fischern auf den Boden. Beim Fallen hatte ich mir richtig weh getan. Sowohl eine Beule am Kopf schmerzte als auch mein Knie. Mit beiden war ich wohl gegen den Tisch gestoßen. Ein Fischer hob mich auf. Während ich schon hoffte, damit das Schlimmste überstanden zu haben zog mir jemand von hinten den Slip herunter. Ich riss mich los und rannte, so wie ich war, aus der Spelunke. Da stand ich dann nur im T-Shirt auf der belebten Straße. Meine Tante kam sofort hinterher und zog mich wieder in die Spelunke. „Kister, nicht. Die Polizei könnte das sehen!" Das war offensichtlich ihre einzige Sorge.

Der Wirt hatte augenscheinlich ebenfalls Sorge, dass dies schlecht für ihn ausgehen könnte. Er brachte meine Sachen und ließ mich diese wieder anziehen. Ich durfte sodann hinter der Bar bei ihm warten während meine Tante mit einem der Fischer in den Hinterraum verschwand. Nach einiger Zeit kam der ohne meine Tante wieder und ein anderer ging nach hinten. Danach kam sie wortlos raus, nahm mich an die Hand und wir fuhren heim ohne ein einziges Wort miteinander zu sprechen. Erst viel später begriff ich, dass alle Mädchen, die Fisch kauften, einen Teil des Preises mit Schilling bezahlten und einen anderen Teil mit Sex. Wer nicht gewillt war, mit Sex zu bezahlen, oder wie meine Tante langsam zu alt dafür wurde, der bekam keine Ware mehr, denn es gab genug Nachfrage – mehr als Angebot. Noch heute graut mir, wenn ich ein hübsches, junges Mädchen an einem Dagaa-Stand sehe, denn ich weiß, was sie am Abend machen muss, um am nächsten Tag wieder Ware zu bekommen. Prostitution ist in Kenia verboten. Sex mit Minderjährigen ebenfalls. Aber es kontrolliert eigentlich niemand.

Am nächsten Morgen sprach meine Tante kein Wort mit mir. Ich war sehr froh, dass sie nicht einmal fragte, ob ich mitkommen wollte. Sie fuhr alleine nach Kisumu. Und nun wusste ich, was genau sie da machte.

Am Abend kam sie ohne Geld zurück. Offensichtlich hatte sie diesmal keine Ware bekommen. Und wir hatten nichts zu Essen. Mein Verhältnis zu meiner Tante hatte sich danach für sehr lange Zeit nicht wieder normalisiert. Ich konnte es ihr nicht verzeihen, was sie sich selbst immer wieder antat und mir ohne Vorwarnung auch antun wollte.

Einige Tage später sah ich meine Tante mit meiner früheren Klassenkameradin Cathy zur Arbeit fahren. Wie ich später erfuhr, teilten die beiden sich die Einnahmen. Cathy übernahm offensichtlich die vorher mir zugedachte Rolle. Von nun an kam sie Sonntags gut gekleidet und geschminkt in die Kirche. Sie spendete jeden Sonntag etwas für die Gemeinde. Ich glaube, jeder wusste, wie sie ihr Geld verdiente. Niemand sprach darüber. Sie war ein respektiertes Mitglied unserer Gemeinde. Hatte sie eine andere Wahl?

Secondary School

Der Direktor der Primary School kam zu uns nach Hause. Er hatte aufgrund meiner hervorragenden Leistungen empfohlen, mich auf die Muhudu Secondary School zu schicken. Nachdem keine Anmeldung für mich erfolgte, kam er zu uns nach Hause und erkundigte sich nach den Gründen. Unseren Pastor hatte er zu seiner Unterstützung gleich mitgebracht. Offenbar ahnte er bereits, dass ihn hier keine leichte Aufgabe erwarten würde. Meine Großmutter, meine Tante, der Pfarrer und der Direktor saßen am Tisch im Haus. Ich stand daneben, denn wir hatten nur vier Stühle.

„Ester, es ist schön, Dich hier im Kreise Deiner Familie zu sehen," eröffnete unser Pfarrer das Gespräch. Es war eigentlich ein Affront gegen meine Großmutter. Als Älteste ist es eigentlich ihre Familie. Ganz offensichtlich wollte er meine Tante auf diese Weise für etwas gewinnen oder an ihre Verantwortung appellieren.

„Großmutter und ich heißen Euch beide herzlich willkommen. Darf ich Euch eine Tasse Tee anbieten?" Meine Tante antwortete, nicht meine Großmutter. Damit akzeptierten beide die vom Pastor gewollte Vorgehensweise. Es war an mir, den Tee zu servieren.

„Ester, das neue Schuljahr beginnt und wir machen uns Sorgen, dass Kister die Anmeldefrist versäumen könnte. Diese Familie hat sich viele Jahre lang sehr verdient gemacht um unsere Gemeinde. Da wäre es besonders traurig, wenn eine so gute Schülerin wegen einer Säumnis ein ganzes Jahr verlieren würde. Gibt es etwas, bei dem wir behilflich sein könnten?"

„Tatsächlich machen wir uns Gedanken darüber, wie wir das Schulgeld aufbringen können."

„Solange Kister so gut in der Schule ist, wird nur das halbe Schulgeld notwendig sein. Ich bin davon überzeugt, dass dies bereits eine große Hilfe ist."

„Wir haben das durchgerechnet. Selbst in diesem Falle schaffen wir es nicht." Zwar brachte meine Tante inzwischen wieder jeden Tag verlässlich Geld nach Hause. Aber da sie die Hälfte an Cathy abgeben musste, reichte es kaum für uns alle. Wie sollten wir davon auch noch das Schulgeld abzweigen, das etwa 100 Schilling pro Tag, also umgerechnet 1€ betrug. Zusätzlich würde ich eine Schuluniform und weitere Sachen benötigen.

„Ester, können wir einmal unter 4 Augen sprechen?" Unser Pastor hatte wohl noch eine Idee, wie er Ester überzeugen konnte. Meine Großmutter und ich gingen mit dem Schuldirektor hinaus. Wir unterhielten uns ganz unverfänglich draußen über das Wetter. Nach gut fünf Minuten wurden wir wieder hinein gerufen. Ich weiß bis heute nicht, was unser Pastor meiner Tante in diesen fünf Minuten gesagt hat. Aber danach erklärte sie: „Kister, Du darfst zur Secondary School. Es ist alle geklärt." Ich war überglücklich.

Tatsächlich verliefen die beiden nächsten Jahre recht unspektakulär. Das Verhältnis zwischen meiner Tante und mir bleib weiterhin kühl, aber tatsächlich schaffte sie es, uns zu ernähren und mein Schulgeld zu bezahlen. Weihnachten brachte ich das auch ganz deutlich zum Ausdruck:

„Tante Ester, ich möchte mich ganz herzlich bei Dir bedanken, dass Du so viel für uns alle tust, vor allem für mich. Ohne Deine Hilfe könnte ich nicht zur Schule gehen."

Sie antwortete nicht. Sie blieb kühl wie immer. Unser Problem war noch nicht gelöst, obwohl der Vorfall nun schon zwei Jahre zurück lag.

Ich war nach Form 3 versetzt worden. Das entspricht auf einem deutschen G12-Gymnasium der 11. und somit vorletzten Klasse. Kurz nach Weihnachten verstarb unser Pastor. Ich erinnere mich, dass es auch mir sehr nahe ging. Nicht nur, weil er es war, der mir den Schulbesuch ermöglicht hatte, sondern auch weil er ein sehr guter Mensch war. Ich kannte ihn, seit ich auf der Welt war. Warum müssen die besten Menschen immer viel zu früh sterben? Der neue Pastor war zwar auch nett, aber es war einfach kein Vergleich.

Kurz darauf verschärfte sich unsere Situation. Ester kam immer öfter ohne Geld aus Kisumu zurück. In der Schule rief mich der Lehrer zur Seite: „Kister, ich muss Dich leider wieder nach Hause schicken. Dein Schulgeld wurde nicht bezahlt. Bitte bringe es morgen mit!"

Auch am nächsten Tag hatte ich das Schulgeld nicht dabei. Erneut wurde ich heim geschickt. Meine Tante sagte dazu nur: „Ich kann nicht!" Ich sah ihr an, dass sie wirklich nicht konnte. Sie fuhr zwar weiterhin jeden Tag mit Cathy nach Kisumu. Aber immer öfter kamen die beiden ohne Geld zurück. Es schien meine Tante ganz krank zu machen. Großmutter hätte es nicht betonen müssen, denn es war mir auch so völlig klar: „Es ist nicht, weil sie nicht wollte. Sie kann es im Moment wirklich nicht!"

Eine Woche lang wurde ich jeden Tag wieder nach Hause geschickt. Danach gab der Lehrer auf. Ich hatte eine Woche Unterricht verpasst, aber das tat meinen Leistungen keinen Abbruch. Ich erarbeitete mir den verpassten Stoff rasch wieder. In den nächsten Wochen fragte niemand mehr nach dem Schulgeld.

Das Problem begann jedoch erneut zu Beginn des nächsten Monats. Auch für März hatte die Schule kein Schulgeld erhalten. So wurde ich erneut wieder heim geschickt. Wieder ging das mehrere Tage so bis der Lehrer Ruhe gab. Das Spiel wiederholte sich immer wieder in den beiden letzten Jahren meiner Schulzeit. Von den 24 Monaten konnte ich gerade einmal 6 Monate bezahlen. Aber ich schaffte am Ende den Abschluss dennoch als Beste unserer Schule.

Itumi (Beschneidungsfest)

Alle fünf Jahre gibt es ein Beschneidungsfest der Tiriki, so auch im Spätherbst 2010. Die Beschneidung der Jungen ist eine uralte Tradition und es ist ein lang herbei gesehnter, großer Schritt im Leben eines jeden Jungen beschnitten zu werden. Alle Jungen des selben 5-Jahres-Zeitraums, eines Likhula, werden Teil der selben Gruppe und führen einen gruppenspezifischen Titel.

Für die Jungen bedeutet dies, ein vollwertiges, respektiertes Mitglied der Gemeinschaft, ein Omutiriki, zu werden, sozial aufzusteigen und Verantwortung zu übernehmen. Unsere Geschichtswissenschaftler gehen davon aus, dass diese Tradition der Beschneidung vor mehr als 500 Jahren von nilotischen Stämmen übernommen wurde. Davor soll es angeblich keine Beschneidung bei uns gegeben haben.

Ursprünglich bedeutete die Beschneidung, dass der junge Mann nun ein Krieger sein würde. Seine Aufgabe war es, den Stamm zu verteidigen und gelegentlich auch andere Stämme anzugreifen. Sex wurde als etwas Schwächendes betrachtet. Deshalb durften die jungen Krieger auch nach ihrer Beschneidung keinen Sex haben. Erst wenn der Kriegerdienst nach fünf Jahren beendet war und das Ausscheiden nahte, waren Männer berechtigt, Sex zu haben und Kinder zu zeugen.

Auch heute noch ist die Beschneidung von großer Bedeutung. Unbeschnittene haben den sozialen Rang eines Kindes. Zeugen unbeschnittene Jungen Kinder, so gilt dies als Freveltat, als Verstoß gegen göttliche Gebote. Der Ausstoß aus der Stammesgemeinschaft ist die zwangsläufige Folge, um Schaden für den Stamm abzuwenden. Derart Geächtete ziehen dann oftmals nach Nairobi, um dort ihr Glück im Exil zu suchen. Auch ansonsten christlich erzogene Kenianer glauben das fest. So können sich Angehörige derjenigen Stämme, die Beschneidungen durchführen, nicht vorstellen, dass Kenia einmal einen unbeschnittenen Präsidenten haben könnte, denn das würde ja bedeuten, Kenia würde von einem Kind regiert. Damit hat diese Tradition auch heute noch Einfluss auf Wahlen und die aktuelle Politik.

Die Beschneidung der Männer ist, anders als die grausame Beschneidung der Frauen, ein harmloser Akt bei dem ein Stückchen Haut an der Spitze des Penis entfernt wird. Das ist bei uns eine völlig unumstrittene Tradition. Es gibt keine Gruppen, die sich für die Rechte der Jungen einsetzen würde. Die Beschneidung ist respektiert, wenngleich von den noch nicht beschnittenen Jungen mitunter gefürchtet. Allerdings traut sich niemand diese Furcht einzugestehen. Denn jeder sehnt den Tag herbei, an dem auch er beschnitten wird.

Es ist der Stolz jedes Jungen, zu beweisen, dass er die Prozedur angstlos erträgt und keine Schmerzen zeigt. Am ersten Tag tanzen die Jungen, die dafür alt genug sind, nackt durch die Straßen. Ein lauter, ausgelassener Spaß. Die Mädchen tanzen für sie und erweisen ihnen so Ehre zu ihrem großen Lebensereignis. Es war das erste Mal, dass ich einen Jungen völlig nackt sah und beobachtete, wie sein Ding beim Tanzen herumbaumelte. So war es auch für mich ein Spaß und die Chance die Jungs mal von etwas näher zu betrachten, wenngleich auch nur tanzend.

Am Morgen des zweiten Tages beginnt das Tanzen zunächst erneut. Nun erfolgt die Beschneidung. Ab da zeigen sie sich nicht mehr nackt. Sie sind nun stolze Männer, die beispielsweise auch nichts mehr essen, was auf den Boden gefallen ist. Sie dürfen das Schlafzimmer der Mutter nicht mehr betreten, nicht mehr mit den Mädchen spielen, sie müssen fortan sauber sein, und sie müssen beim Essen warten, bis an der Reihe, und sich nicht einfach selbst bedienen. Niemandem dürfen sie erzählen, was im Wald geschieht.

Wenn die Jungs das nächste Mal ins Dorf zurückkommen haben sie große Holzmesser, die ihren Kampfeswillen symbolisierten. Sie sind dann in farbenprächtige Kostüme gekleidet. Diese haben sie sich selbst geschneidert aus den Häuten verschiedenster Tiere des Waldes wie Buschbock, Affen oder Kälber. Für westliche Augen und Ohren sind das tierquälerische Aktionen, die da im Wald passieren. Würde dies bekannt, würden Tierschutzorganisationen wahrscheinlich lautstark dagegen protestieren, wie mit dazu eigentlich ungeeigneten Waffen beispielsweise Affen erschlagen werden, um aus ihren Häuten diese Kostüme zu schneidern und ihr Fleisch gemeinschaftlich zu verzehren. Doch es passiert nur alle fünf Jahre und gefährdet in diesem kleinen Umfang sicher nicht den Bestand dieser Tierarten. Sie haben auch prächtige Ingolole-Masken, Armreifen sowie Hüft- und Fußbänder, hergestellt aus den Materialien des Waldes. Derart geschmückt ziehen sie erneut durch die Straßen und schwingen ihre Holzstäbe, Holzschwerter und Fliegenquasten. Jetzt tanzen sie stolz den Vukhulu, den sie im Wald zusammen geübt haben. Nun sind sie Krieger – auch wenn das heute keine gewalttätigen Folgen mehr hat.

In historischen Zeiten waren diese jungen Männer die Gruppe aus denen sich die Kämpfer mehrerer Dörfer rekrutierten. Verteidigung und Angriffe wurden gemeinsam übernommen. Fiel einer der Krieger im Kampf, so blieb keine Familie unversorgt zurück, denn alle waren unverheiratet. Die für heutige Vorstellungen bestialischen Jagden auf Affen und andere Tiere im Wald waren früher nichts anderes als das Üben der gemeinsamen Jagd und der kriegerischen Handlungen. Wenn man heute die Feiern sieht, so ist es vor allem Folklore, überliefert aus Urzeiten unseres Volkes. Die Kampfübungen waren früher für das Überleben des Stammes unverzichtbar. Egal aus welchem Teil des Stammes, aus welcher Region jemand kam: Wer am Itumi Teil genommen hatte, war ab da für immer ein Omutiriki, Teil einer verschworenen Gemeinschaft. Für die jungen Männer bedeutet dies bis heute: Wer mit seinen gleichaltrigen Freunden diese Wochen gemeinsam im Wald verbracht hat und lebenslang Stillschweigen darüber bewahrt, was dort geschah, der fühlt sich auch selbst als Teil dieser Gemeinschaft. Solche Freundschaften bleiben ein Leben lang bestehen und bedeuten mehr als alle anderen Kontakte, die ein Mann in seinem Leben noch haben wird.

Maisdiebe

Seit dem einen gemeinsamen Arbeitstag mit meiner Tante in Kisumu war unser Verhältnis sehr abgekühlt. Wir redeten kaum miteinander. Ich fühlte, dass sie mir insgeheim die Schuld dafür gab, dass wir kein Geld hatten. Meine Großmutter war damit meine einzige Bezugsperson. Aber sie wurde erkennbar älter. Das war nicht mehr zu übersehen. So blieb mir nur Fluffy, mein Hund. Niemand konnte genau sagen, welche Rassen in ihm steckten. Er lebte vegetarisch und bekam die Reste unseres Ugali. Wenn wir hungerten, so hungerte auch er. Fleisch war für uns absolut unbezahlbar. Wenn wir selbst uns schon kein Fleisch leisten konnten, so hatten wir schon gar keines, um es an den Hund zu verfüttern. Fluffy versuchte auch nicht, sich selbst eine fleischhaltige Mahlzeit zu verschaffen. Unsere Hühner waren absolut sicher vor ihm. Mehr noch, er stürzte sich stets wie wild auf den Habicht, der ab und an eines der Küken stahl. Zwar hatte Fluffy nicht wirklich eine Chance, den Habicht zu erwischen. Aber alleine seine Anwesenheit und Entschlossenheit reduzierten unsere Verluste. Fluffy patrouillierte Tag und Nacht über das Grundstück. So trug er zu unserer Sicherheit bei. Gleichzeitig schloss ich ihn immer mehr in mein Herz. Und er war ein schlauer Hund. Oft verbrachten wir die Abende zusammen, indem ich ihm kleine Kunststücke beibrachte. Er war so viel mehr als nur ein Hund für mich. Er war ein Familienmitglied.

Seitdem meine Tante immer weniger Geld verdiente, lebten wir vor allem von dem Ertrag unseres kleinen Feldes. Vor allem Mais und Bohnen bauten wir an und es schützte uns zumindest vor dem Verhungern. Den Mais ließen wir gegen einen Anteil im nächsten Ort zu Maismehl mahlen. Zusätzlich ging ich gelegentlich in den Wald, um Feuerholz zu sammeln. Längst wurden nicht mehr die kleinen Kinder dorthin geschickt. Der Wald war seit den Unruhen zu gefährlich geworden. Einerseits hatten sich zwielichtige Gestalten in den Wald zurückgezogen, die seit den Plünderungen in Kisumu von der Polizei gesucht wurden. Andererseits waren dort diejenigen Männer, die daheim kein Land hatten. Sie rodeten einen Teil des Waldes, um dort Mais anzubauen. Natürlich war das streng verboten und sie mussten wie die flüchtigen Plünderer ständig die Polizei fürchten. Nur anders als die Plünderer können Maisfelder nicht einfach tiefer in den Wald rennen, wenn die Polizei kommt. Die Waldbauern mussten aber auch Besucher aus den Dörfern fürchten, die ihre Ernte stahlen, wenn sie nicht aufpassten. Sie konnten sich ja schlecht bei der Polizei darüber beschweren. Also bewachten sie ihre Felder Tag und Nacht und wurden sofort aggressiv bei jedem, der sich ihren Feldern näherte. Da ich nie wusste, wo gerade wieder ein neues Feld entstanden war, wurden meine Besuche im Wald immer gefährlicher. Auch wurde diesen Männern nachgesagt, dass sie junge Mädchen wie mich gerne vergewaltigten, denn sie lebten lange alleine im Wald. Manches Mal hatte ich mein gesammeltes Holz fallen lassen, um schnellst möglich davonlaufen zu können, wenn einer der Maisbauern näher kam.

Eines Tages stiegen Rauchwolken über dem Wald auf. Die Polizei vernichtete in einer großen Aktion alle illegalen Felder im Wald. Die meisten der Bauern konnten entkommen, aber sie wurden so kurz vor der Ernte um den Ertrag ihrer Arbeit gebracht. Das bedeutete für sie Hunger leiden zu müssen. Die Polizei feierte dies als großen Erfolg gegen Wilderer und gegen die Zerstörung des Nationalparks. An das Leid der Bauern dachte dabei niemand. Es ist schwierig etwas Gutes im Thema Naturschutz zu sehen, wenn dadurch Menschen hungern müssen.

Diese hungernden Bauern zogen nun nachts über die Felder und raubten die Ernte. Sie brachten dabei ihrerseits die ansässigen Bauern um den verdienten Ertrag ihrer Felder. Eines nachts bellte Fluffy. Vor allem war er ein guter Wächter, der genau wusste, wo unser Grundstück begann. Wenn er des nachts bellte, dann versuchte jemand auf unser Land zu kommen. Ich lief hinaus und sah mehrere Männer, wie sie unsere Felder abernteten. Laut schrie ich, um sie zu vertreiben, doch sie hatten rasch erkannt, dass ein einziges Mädchen nichts ausrichten könnte. Auch als meine Tante hinzu kam, beeindruckte sie das wenig. Fluffy war mutiger als wir und lief immer wieder auf die Männer zu. Als einer von ihnen kurz unaufmerksam war, biss er ihn ins Bein. Daraufhin schlug ein anderer ihn mit seinem Stock. Fluffy jaulte laut auf und humpelte weg. Doch der Mann konnte ihn einholen. Gleichzeitig lief auch ich dorthin, um meinen Hund zu schützen. Die Angst vor diesen Männern war gewichen vor der Angst um meinen Hund. Das Einzige was ich damit bewirken konnte, war, dass der erste Stockhieb mich traf statt Fluffy. Danach begann der Mann mit seinem Stock auf Fluffy einzuschlagen. Ich wollte erneut dazwischen gehen, aber bekam nur einen weiteren sehr schmerzhaften Schlag ab. Der Mann prügelte auf Fluffy ein, bis dieser sich nicht mehr rührte und sein Wimmern verstummte. Als er endlich abließ, ging ich zu Fluffy. Doch mein geliebter kleiner Freund atmete nicht mehr.

Waren wir nicht alle Mitglieder des selben Stammes? Wie konnten diese Männer uns das antun? Mein Hund war tot. Ich selbst blutete. Auf dem Feld war mehr zerstört als sie tatsächlich hatten ernten können. „Sollten nicht alle Tiriki Brüder und Schwestern sein?", rief ich ihnen wutentbrannt hinterher.

„Kister, das waren keine Tiriki. Horch, sie sprechen Kikuyu. Unsere

Stammesbrüder wären gekommen und hätten etwas erbeten. Dafür hätten sie uns bei der Ernte geholfen. Diese Männer aber kennen wir hier nicht. Dabei hätten wir auch ihnen geholfen. Denn wer die Not kennt, wie wir sie kennen, der weiß auch, wie andere leiden. Aber diese Männer rauben lieber, als etwas zu erfragen. Und wir Frauen haben keine Chance gegen sie und müssen froh sein, wenn nicht noch Schlimmeres passiert."

Tatsächlich gab es von anderen nächtlichen Überfällen auch Berichte von Vergewaltigungen.

Am nächsten Tag in Cheptulu bettelte ein Mann. Er hatte eine nur sehr unprofessionell versorgte, blutende Bisswunde an seinem Bein.

„Woher hast Du diese Wunde?", wollte ich wissen. Mit den vielen Menschen ringsherum fühlte ich mich relativ sicher.

„Ein wildes Tier hat mich angegriffen!" Sein Ton war bereits sehr unfreundlich.

„Kann es sein, dass das kein wildes Tier war, sondern mein Hund?"

„Nein, kann nicht sein!", knurrte er zurück.

Doch ich war fest davon überzeugt, dass dies kein Zufall sein konnte. Natürlich hatte ich in der Nacht nicht sehen können, wie der Mann aussah, den Fluffy gebissen hatte. Aber für mich war der Fall klar: „Mörder! Du bist ein Mörder! Du hast unser Feld zerstört, mich verwundet und meinen Hund getötet!"

Meine Tante kam hinzu und zog mich weg. „Kister, lass es. Du machst es nur noch schlimmer. Die Polizei wird nichts unternehmen und wir wollen doch nicht, dass sie zu uns zurück kommen, um sich zu rächen. Komm!"

Ich war so traurig. Da kamen diese Menschen, die schon in Kisumu

Fremde waren, zu uns, zerstörten unseren Wald, töteten meinen Fluffy, verletzten mich, verwüsteten unser Feld und kamen am Ende dann ungeschoren davon? Mein Vertrauen in das Funktionieren des Systems war zutiefst erschüttert. Alles war so fürchterlich ungerecht.

Letzter Schultag

Ich war stolz darauf, das KCSE-Zertifikat in meinen Händen zu halten. Es entspricht in seiner Bedeutung am ehesten dem deutschen Abitur: allgemeine Hochschulreife. Nur dass die Universitäten in Kenia sehr teuer sind. Jeder Student zahlt rechnerisch ein halbes Professorengehalt als Studiengebühr. Als Beste meines Jahrgangs sollte mir mein KCSE allerdings ein Stipendium in Nairobi sichern. Mein großer Traum war es, einen Bachelor of Science in Nursing (Krankenschwester) zu machen.

Bevor wir unsere Abschlusszeugnisse erhielten, wandte sich unser Direktor an alle Schüler mit seiner Rede:

„Wenn ich Popcorn mache, dann erhitze ich alle Maiskörner im selben Topf, im selben Öl, zur selben Zeit und unter den selben Bedingungen. Dennoch gleicht anschließend kein Popcorn einem anderen.

Bei Hochwasser fressen Fische Ameisen. Bei extremer Trockenheit fressen Ameisen Fische. Der Zeitpunkt macht hier den Unterschied.

Um Seife herzustellen, braucht man Fett (Öl). Um Fett zu beseitigen, verwendet man Seife. Ironie?

Jeder benötigt jemand anderen an einem bestimmten Punkt seines Lebens. Jedes Ding und jeder Mensch hat seinen individuellen Zeitpunkt. Wer kontinuierlich und hart arbeitet, der wird unweigerlich auch seinen spezifischen Zeitpunkt erleben, an dem er als Popcorn aufpoppen wird. Mit dem KCSE-Zertifikat habt Ihr die optimalen Startvoraussetzungen dafür."

Doch bis zum Studienbeginn würde es noch geraume Zeit dauern. Die Schule hatte im Dezember geendet. Aber erst im August begann die Uni. Die Zeit bis dahin schien schier endlos. Gleichzeitig sah es wirtschaftlich bei uns schlecht aus. Meine Tante brachte oft kein Geld mit. Um selbst etwas beisteuern zu können, ging ich oft in den Wald und sammelte Feuerholz. Anfangs ging auch Felister mit mir dorthin. Es war sicherer, nicht alleine zu sein. Man wusste nie, wer sich alles im Wald herumtrieb. Und es war auch abwechslungsreicher.

Einmal kamen die Polizisten. Sicherlich kamen die nicht wegen uns in den Wald. Sie werden wohl jemand anderen gesucht haben. Aber als sie uns sahen, kamen sie auf uns zu gerannt. Wir beschlossen nicht abzuwarten, was sie von uns wollten. Stattdessen rannten wir in verschiedene Richtungen davon. Wenn schon, sollten die Polizisten nur eine von uns erwischen. Wir waren damals beide sehr schlank und leicht. Das hatte den Vorteil, dass wir sehr schnell und ausdauernd rennen konnten. Tatsächlich entkamen wir beide, nachdem die Polizisten die Verfolgung ziemlich rasch und völlig außer Atem abbrachen. In deren Montur war das Rennen in der Mittagssonne kein Vergnügen. Als wir vier Stunden später wieder an die Stelle zurück kehrten, an der wir das bereits gesammelte Holz hatten fallen lassen, war niemand mehr zu sehen. Es war in der ganzen Zeit das einzige Mal, dass wir im Wald von den Polizisten entdeckt wurden.

Unser Feuerholz verkauften wir dann in Cheptulu auf dem Markt und bekamen zwischen 80 und 150 KSH (1,50 €) für eine Ladung, die so groß und so schwer war, dass man sie gerade noch auf dem Kopf geschnürt tragen konnte. An vielen Tagen gingen wir zwei mal in den Wald, denn neben dem Verkaufserlös brauchten wir auch daheim Holz zum Kochen.

Oft saßen wir mehrere Stunden auf dem Markt bis wir unser Feuerholz verkauft hatten. Es war nicht ungewöhnlich, dass dabei eine von uns beiden mal ein paar Schritte lief und die andere für kurze Zeit alleine zurück ließ. Jeder musste beispielsweise mal auf Toilette. Freundlicherweise durften wir die Toiletten der Bar nutzen, die immer erst am Abend öffnete. An einem der Tage kam Felister von Toilette zurück und meinte, sie würde heute nicht mit mir zurück gehen. Sie habe noch etwas in Cheptulu vor. Ich vermutete, dass sie sich wohl mit einem Jungen treffen würde.

Am nächsten Tag kam sie nicht zum Treffpunkt. Ich ging alleine in den Wald. Sie kam auch nicht mehr am Sonntag zur Kirche. Ihre Eltern erklärten, sie habe einen Job in Cheptulu. Nachdem ich einmal mein Holz ziemlich rasch verkauft hatte, suchte ich ganz Cheptulu nach ihr ab. Ich fragte jeden, bis mir eine alte Marktfrau erklärte, Felister arbeite nun in der Bar. Tatsächlich fand ich sie dort in einem kleinen Zimmer. Sie schickte mich fort. Sie wollte nicht über ihren Job reden. Damals dachte ich, dass sie dort wohl kellnern würde. Später hatte sie mir einmal anvertraut, dass sie für 500 KSH mit Männern schlief und dem Wirt für das Zimmer 2.000 KSH (20 €) im Monat Miete zahlte. Jede Nacht saß sie in der Bar und hoffte auf Kunden. Drei bis vier mal pro Woche, so erzählte sie später, hatte sie Kunden über Nacht. Manchmal kam auch nur jemand für eine Stunde mit ins Zimmer. Dafür gab es noch weniger Geld. Manchmal gab es ein extra Trinkgeld. Trotz der geringen Entlohnung konnte sie in den verbleibenden Monaten bis zum Studienbeginn einiges Geld sparen, denn Ausgaben hatte sie keine. Außerdem bekam sie in der Bar in Cheptulu einen Kontakt, wie sie in ähnlicher Weise in Nairobi würde Geld verdienen können.

Natürlich blieb ihre Prostitution in der Gegend nicht geheim. Es redete nur niemand darüber. Zwar war Prostitution verpönt, aber wenn man es tat, damit man selbst oder die Familie überleben konnte, so wurde es von allen toleriert. Auch war Prostitution in Kenia offiziell verboten. Aber niemand verfolgte Verstöße. In Cheptulu waren einige der Polizisten sogar gelegentliche Kunden.

An einem Nachmittag kurz vor Studienbeginn kam sie zu mir auf den Marktplatz. Felisters Eltern hatten uns ein Zimmer in einem Mädchen-Hostel in Nairobi organisiert. Sie meinten, es sei gut, wenn wir beide auch in Nairobi zusammen blieben. Zwischenzeitlich hatte ich schon die Befürchtung gehabt, Felister würde nicht mehr studieren wollen, sondern sich ganz dem Job in der Bar verschreiben. Aber sie bestätigte, dass sie pünktlich da sein werde. Stolz zeigte sie mir, was sie sich von ihrem Geld gekauft hatte: ein Smartphone. Heimlich schauten wir uns auf diesem Smartphone kurze Videoclips an. Erstmals sah ich, was Männer und Frauen so machen, wenn sie alleine sind. Ich fand das relativ abstoßend. Wie kann eine Frau nur das Teil von einem Mann in den Mund nehmen? Wieso wollten Männer Sex nicht nur mit der Vagina einer Frau, sondern auch mit dem Anus? Ich verstand nicht, was daran reizvoll sein sollte. Irgendwie hielt ich die Videos für unecht oder zumindest untypisch und hoffte, das Verhältnis zu einem Mann könne romantisch sein und nicht so abstoßend. Felister erzählte aber, dass es durchaus schön sein könne, wenn ein Mann gewisse Stellen zärtlich streichelt. Nur seien die meisten Männer eher ruppig und nicht so zärtlich, wie man sich das als Frau wünsche. Vor allem deutete sie an, dass wenn man den Mann geschickt streichle, vor allem die Spitze von seinem Ding, dann könne man von denen fast alles bekommen. Ich glaubte damals, sie würde wohl arg übertreiben. Ich plante so rasch keinen Mann mit meinem Körper spielen zu lassen, nur um mich anschließend geschwängert sitzen zu lassen.

Teil 2: Nairobi

Ukandamizaji wa njaa husababisha kifo!

Suppression of hunger leads to death!

Die Unterdrückung des Hungers führt zum Tode!

Altes Kisuaheli-Sprichwort.

Die Uni beginnt

Als der Tag meiner Abreise näher kam war ich sehr aufgeregt. Man sollte eigentlich annehmen, dass ich Angst hätte haben müssen. Immerhin war es das erste Mal, dass ich meine Heimat Vihiga verließ. Aber ich war nicht besorgt, eher erwartungsvoll und neugierig. Ich freute mich darauf, endlich den nächsten Schritt in meinem Leben gehen zu können.

Die Vorbereitungen meiner Reise begannen schon Wochen zuvor. Meine Großmutter verkaufte ihre Kuh auf dem Markt. Sie brachte 12.000 KSH (120 €) ein. Wir brauchten das Geld dringend. 1.200 KSH (12 €) kostete alleine das Busticket nach Nairobi. 6.000 KSH (60 €) würde die Miete in Nairobi kosten, nur der erste Monat und nur für meinen Zimmeranteil. Danach würde das Stipendium greifen. Das übrige Geld war für Bücher und andere Ausgaben in Nairobi. Meine Großmutter nahm mich wiederholt zur Seite und mahnte, dass ich die letzten 1.200 KSH (12 €) keinesfalls ausgeben dürfte – sie seien im Notfall für das Ticket nach Hause. Ich musste es ihr hoch und heilig versprechen.

Meine Tante schenkte mir ein Handy. Es war ein ganz simples Gerät. Es hatte richtige Tasten und man konnte damit nur telefonieren. An ein teures Smartphone war nicht zu denken. Aber angesichts des immer noch angespannten Verhältnisses zu meiner Tante, war dies ein ganz deutliches Zeichen der Versöhnung von ihr.

Zwei Wochen vor meiner Abreise kauften wir dann das Busticket, damit ich sicher einen Platz haben würde. Ich hatte die EasyCoach Busse schon oft durch Cheptulu fahren sehen. Sie wirkten jedes Mal wie aus einer anderen Welt. Nun würde ich selbst in einem solchen Bus reisen dürfen.

Viel zu früh verließen wir unser Haus und liefen die 4 km nach Cheptulu. Diese Strecke kannte ich sehr gut. Ich war sie so oft gelaufen. Heute würde es mindestens für lange Zeit das letzte Mal sein. Aber es gab keine Wehmut in mir. An diesem Tag konnte es mir gar nicht schnell genug gehen, obwohl wir noch so viel Zeit hatten. So kamen wir zwei Stunden vor Abfahrt des Busses in Cheptulu an.

Stolz erklärte meine Großmutter allen, die sie kannte, dass ich nach Nairobi fahren würde, um dort Krankenschwester zu werden. „Sie studiert Bachelor of Science in Nursing", erklärte sie jedem. In ihren Augen hatte ich es schon geschafft. Noch nie hatte jemand aus unserer Familie studiert. Auch bei meinem Vater hatte das Geld dazu gefehlt. Und nun würde ich als erste nach Nairobi gehen, kurz etwas studieren und dann so viel Geld verdienen, dass ich der Familie daheim würde helfen können. Das war die Sichtweise meiner Großmutter.

Die Nachbarn und Bekannten in Cheptulu zeigten sich dann auch alle angemessen beeindruckt. In diesem Jahr fuhren ganze zwei Absolventen unserer Secondary School nach Nairobi. Die zweite war meine Freundin Felister. Mit ihr und einem weiteren Mädchen würde ich dann auch das Zimmer teilen. Kurz vor Abfahrt unseres Busses kam dann auch sie zur Haltestelle. Anders als ich hatte sie drei Koffer. Ich hatte nur eine Tasche, denn ich besaß kaum etwas. Einige T-Shirts, zwei Hosen, Slips – mehr Kleidung besaß ich nicht. Ich hatte keine Jacke und als Schuhe nur meine FlipFlops.

„Hier Kister, das möge Dich jeden Tag an Vihiga erinnern!" Sie gab mir in Zeitungspapier eingewickelten, fein geschnittenen Tee. Der wurde unweit unseres Hauses von einer Familie angebaut und offensichtlich hatte meine Großmutter etwas eingetauscht, um mir eine Freude zu machen.

„Danke Oma. Ich werde dabei immer an Vihiga und Dich denken!" Natürlich würde ich meine Familie niemals vergessen können.

Der Abschied war still und dann doch etwas wehmütig. Aber der Bus würde nicht lange halten. Also musste alles schnell gehen. Das Gepäck wurde unten im Bus verstaut. Ich setzte mich drinnen neben meine Freundin. Sie wirkte viel weniger optimistisch als ich. Ihr Vater hatte entschieden, dass sie Marketing studieren würde. Sie war nie gefragt worden. Allerdings hätte man sie gefragt, hätte sie auch keine Vorstellung davon gehabt, was sie einmal würde machen wollen. Ihre Vision war es, einen Mann mit Geld zu heiraten, hoffentlich nicht zu schnell schwanger zu werden, auf dass sie ihr Leben noch etwas würde genießen können, und so ausgesorgt zu haben. Studieren war ihr nur lästig. Sie ließ auch keinen Zweifel daran, dass sie in Nairobi alles daran setzen würde, Mr. Right zu finden.

Aus dem Bus winkte ich meiner Großmutter und meiner Tante ein letztes Mal zu. Schnell verschwand Cheptulu hinter uns und die Straße schlängelte sich von Ort zu Ort. Viel konnte ich von der Landschaft nicht sehen, denn es war bereits dunkel. Ich merkte nur, dass wir irgendwann die Schnellstraße erreichten. Ab da war das Fahren weitaus angenehmer. Von der wunderschönen Landschaft des Rift Valleys, durch das wir fuhren, konnte ich nichts sehen. In den Morgenstunden erreichten wir Nairobi. Ein Schild begrüßte uns: „Karibu Nairobi". Die letzte Stunde verbrachten wir im Stau bis wir den Easy-Coach Busbahnhof unweit des Bahnhofs erreichten.

Nun standen wir da. Alleine in einer fremden Stadt, die von Menschen nur so wimmelte. Beladen mit unserem Gepäck liefen wir zur Haile-Selassie-Avenue. Jemand erklärte uns den Weg zur Matatu-Station und mühsam schleppten wir uns mit dem Gepäck dorthin. Felister konnte froh sein, mich dabei zu haben. Alleine hätte sie ihr ganzes Gepäck nicht transportieren können.

Am Ende waren wir heilfroh, als wir im Matatu saßen. Dieser Kleinbus war ein wahres Raumwunder. Von außen würde man es niemals für möglich halten, dass darin hinter der Fahrerkabine tatsächlich vier Sitzreihen Platz fanden. 30 KSH (0,30 €) kostete die Busfahrt, wobei das Gepäck von Felister einen Sitzplatz belegte , den sie extra bezahlen musste. Ich konnte meine Tasche auf meinen Schoß nehmen, was mich noch beengter sitzen ließ. Allerdings verzögerte sich die Abfahrt ganz erheblich. Ein Matatu hat keinen Fahrplan. Er wartet an der Haltestelle und fährt erst dann, wenn er voll ist. So warteten wir 45 Minuten bis zur Abfahrt. Die Fahrt selbst war furchteinflößend. Immer wieder wechselte der Fahrer die Fahrspur, oft ohne dadurch einen wirklichen Vorteil zu erzielen. Jeder dieser Spurwechsel war ein Beinaheunfall. Allerdings verhielten sich die übrigen Verkehrsteilnehmer ebenso rücksichtslos. Es dauerte nur zwanzig Minuten bis wir in Umoja angekommen waren. Um diese Zeit war es viel einfacher stadtauswärts zu fahren als stadteinwärts.

Wir mühten uns erneut mit dem Gepäck ab und standen schließlich vor einem verschlossenen Tor. Da wir hier nicht bekannt waren, ließ die Security uns nicht hinein. Also warteten wir geduldig. Der Verwalter des Hauses war für zwölf Uhr angekündigt. Am Ende dauerte es aber bis nach 13 Uhr bis er dann endlich kam und uns einließ. Er führte uns in das oberste Stockwerk des Gebäudes, in dem wir das hinterste Zimmer bekamen. In dem Zimmer gab es einen eingebauten Schrank und ein zweistöckiges Bett. Daneben lag auf dem Boden eine Matratze. Zwischen Bett und Matratze gerade genug Platz, um gehen zu können. Meine Freundin erklärte, dass sie keinesfalls würde oben schlafen können und belegte sofort das untere Bett. Also kletterte ich hinauf in das obere Bett und legte meine Reisetasche darauf. Obwohl das Fenster fest verschlossen war, hörte man laut die Rufe von der Straße. Dem Verwalter mussten wir eine Kaution in Höhe von 1.000 KSH (10 €) für Bettwäsche und Handtücher zahlen. Damit blieben mir nur noch rund 1.700 KSH (17 €). 1.200 (12 €) davon sollten die unantastbare Reserve für die eventuelle Rückreise sein. Ich war somit schon am ersten Tag fast pleite.

Über den Flur erreichbar war eine Toilette und ein Raum mit zwei Duschen und zwei Waschbecken. Zwei Duschen für 9 Zimmer dieser Etage würde zu echten Engpässen führen, besonders wenn jedes Zimmer mit drei Mädchen belegt war und alle gleichzeitig morgens würden zur Uni wollen. Das war also von nun an unser Lebensmittelpunkt.

„Lass uns die Umgebung erkunden!", schlug Felister vor. Plötzlich war sie neugierig und gar nicht mehr müde. Wir gingen auf die belebte Straße. Auf beiden Seiten gab es kleine Stände mit Händlern. Laut rufend priesen diese ihre Waren an. Es war eine laute, aktive Stadt.

„Hallo junge Lady. Schau hier. Suche Dir etwas aus!" Die Männer vor den Läden waren sehr offensiv in ihrer Ansprache. Sie sprachen bewusst immer gezielt nur eine von uns beiden an. Doch wohlweislich hielten wir uns von ihnen fern und blieben zusammen.

„Lady, hier, alles gut!" So und mit anderen Sprüchen wurde die Ware beworben. Dabei konnten wir nicht den Eindruck vermitteln, viel Geld zu haben, oder am Kauf interessiert zu sein. „Sorry, ich habe kein Geld!", gab ich dann einem zu bedenken.

„Für Dich Lady, umsonst. Du kannst auch anders bezahlen!" Dabei grinste er genüsslich. Für mich ein Grund mehr, hier rasch weg zu kommen.

Etwas weiter war eine Kirche, die „Assumption of Mary Catholic Church". Ich nahm mir vor, am nächsten Sonntag hierher zu kommen. Vielleicht würde mir der Anschluss an eine Gemeinde helfen, mich in dieser hektischen, fremden Stadt zurecht zu finden.

In der Umgebung gab es den Umoja-1-Market. Hier war ein Supermarkt neben diversen anderen Geschäften. Alle hundert Meter war eine Bude, die MPESA Mobilfunkkarten verkaufte. Und die hatten ständig irgendwie zu tun. Dauernd hielt ein Auto, der Fahrer stieg aus und kaufte eine Handy-Aufladung. Oder die Kunden kamen zu Fuß. Langweilig war es keinem der Agenten in diesen kleinen Buden, die vergittert waren wie eine Gefängniszelle und gerade einmal genug Platz hatten, dass der Agent darin sitzen konnte.

In einem Supermarkt kauften wir zusammen ein Paket Maismehl. Mit Wasser angerührt ergab so ein Paket mindestens vier große Portionen Ugali.

Nach einer Runde um den Block kamen wir wieder am Haus an. Die Security kannte uns nun und ließ uns sofort ein. Als wir im Zimmer ankamen war unsere Mitbewohnerin Winnie da. Sie kannte ich bislang noch gar nicht. Frech hatte sie die Sachen meiner Freundin weggeräumt und das untere Bett für sich selbst in Beschlag genommen. Es entfachte sich sofort ein heftiger Streit zwischen den beiden. Es stellte sich heraus, dass der Mietvertrag auf Winnie lautete. Sie leitete daraus besondere Rechte für sich ab und beanspruchte das untere Bett. Felister erklärte sodann, auf einer Matratze ohne Bett nicht schlafen zu können und warf meine Reisetasche auf die Matratze. Ich gab klein bei und so kam es, dass ich nicht in einem Bett, sondern auf der Matratze auf dem Boden schlafen musste. Das Merkwürdigste aber war, dass trotz des zuvor tobenden heftigen Streits, die beiden anderen in der Folge mehr und mehr verschworene Freundinnen wurden und ich die ausgegrenzte Dritte im Bunde wurde.

Auch die beiden anderen hatten einen langen Reisetag hinter sich und noch nichts gegessen. So schlug ich vor, dass wir das zuvor gekaufte Maismehl nehmen und in die Gemeinschaftsküche gingen. Doch diese Küche war dermaßen schmutzig, dass die beiden sofort angewidert kehrt machten. Sie gingen hinaus, um in einer der kleinen Garküchen in der Umgebung eine Kleinigkeit zu essen. Ich wollte mein Geld lieber sparen. So begann ich, die Küche zu reinigen. Gleichzeitig war ich fasziniert von der Technik dieser einfachen Küche. Noch nie zuvor hatte ich elektrische Kochplatten oder einen Kühlschrank gesehen. Heißes und kaltes Wasser kam einfach so aus dem Hahn. Dies alles auszuprobieren war ein riesiger Spaß für mich. Es war fast Abend als ich dann endlich mit dem Kochen beginnen wollte. Doch nun gab es plötzlich keinen Strom. Solche Stromausfälle sind in Nairobi leider an der Tagesordnung. Ich wartete lange in der Küche sitzend bis der Strom endlich wieder verfügbar war und ich kochen konnte. Tee und Ugali taten mir richtig gut, denn ich hatte den ganzen Tag noch nichts gegessen. Der Tee erinnerte mich an Vihiga und meine Großmutter. Wie sehr hatte ich mich auf Nairobi gefreut. Möglicherweise war es nur die Erschöpfung, dass ich alles nun viel skeptischer sah.

Als ich zurück ins Zimmer kam, war dieses leer. Ich nutzte die Ruhe und rief mit dem Handy daheim an. Ich hatte kaum mitgeteilt, dass ich wohlbehalten angekommen und das Zimmer ganz großartig sei, da brach die Verbindung ab. Meine Credits waren aufgebraucht. Nun hatte ich ein Handy, aber konnte nicht mehr anrufen. Sicher würde Großmutter mich anrufen, wenn etwas Wichtiges wäre.

Ich legte mich auf die Matratze und nachdem ich die vorherige Nacht im fahrenden Bus verbracht hatte, war ich so müde, dass ich fast sofort in tiefen Schlaf fiel.

Die beiden anderen mussten dann irgendwann in der Nacht zurückgekehrt sein. Jedenfalls schliefen beide noch fest als ich am nächsten Morgen aufstand. Die Dusche war eklig. Haare im Abfluss waren nicht das einzige Anzeichen, dass hier lange nicht mehr sauber gemacht worden war. Die Kacheln waren teilweise so kaputt, so dass man sich böse weh tun konnte, wenn man barfuß darauf lief. Da wo die Wände oben nicht mehr gefliest waren, waren die vormals weiß getünchten Wände fast schwarz durch Schimmel. Obwohl ich mich davor ekelte, duschte ich mich. Plötzlich ging die Tür auf, jemand hielt ein Smartphone hinein, löste aus und hatte so ein Photo von mir nackt unter der Dusche. Als ich mich abgetrocknet und wieder angekleidet hatte, war draußen niemand zu sehen.

Ich ging hinunter in die Küche und machte mir Tee. David, der Hausmeister sah mich und stellte sich vor. Er freute sich, dass ich die Küche gereinigt und aufgeräumt hatte. Trotzdem, so betonte er, müsse er mich darauf hinweisen, dass er für Wasser und Strom eine Vorauszahlung haben müsse. Diese betrage 3.000 KSH (30 €) für das Zimmer. Diesen Betrag hatte ich nicht in meiner Planung. Das war bitter. Natürlich fragte ich, ob er etwas an dem Zustand der Dusche verbessern könnte. Er bedauerte. Das sei momentan nicht vorgesehen. Dafür habe er kein Budget.

Als ich in das Zimmer zurückkehrte, schliefen die beiden anderen immer noch. Ich weckte vorsichtig Felister. „Hey, Felister, wach auf. Wir müssen zur Uni und uns einschreiben." Doch Felister hatte keine wirkliche Lust dazu, sich einzuschreiben. Sie knurrte nur, ich solle schon einmal alleine vorgehen. Sie käme dann nach. Sie drehte sich um und schlief weiter. Offensichtlich hatte sie immer noch die selben

Sachen an wie am Tage zuvor.

Ich nahm wieder einen Matatu und fuhr in die Stadt. Von der Endstation war es noch ein weiter Fußweg bis zur Uni. Ich lief einmal komplett durch das Stadtzentrum. Aber Laufen war ich ja gewohnt. An der Uni war ich eine der ersten, die sich zur Einschreibung anstellten. Die anderen in der Warteschlange waren alle ganz nett. Wir unterhielten uns gut und so verging die Wartezeit rasch.

Am Schalter legte ich meine ID-Card und das Einladungsschreiben vor. Doch man erklärte mir, dass man meine Anmeldung nirgends finden könne.

„Das Einladungsschreiben bestätigt doch den Eingang meiner Anmeldung ausdrücklich", beharrte ich. Ich war fast in Panik. Wie konnte so etwas sein?

„Ich kann Sie im System nicht finden. Es gibt die Möglichkeit, Sie manuell nachzuerfassen. Das kostet eine Gebühr von 5.000 KSH (50 €). Oder Sie warten, bis Ihre Registrierung im System erscheinen wird."

Ich hatte keine 5.000 KSH übrig. Somit hatte ich keine Wahl. Ich musste warten. Zu diesem Zeitpunkt ahnte ich noch nicht, dass Warten keine Aussicht auf Erfolg haben konnte. Nur wer die Beamten am Schalter mit der verlangten Summe schmierte, bekam einen Studienplatz. Aber an diesem Tage hoffte ich, die Einschreibung würde vielleicht an einem der nächsten Tage im System zu sehen sein. Immerhin verblieben ja noch vier weitere Tage zur Einschreibung.

Ich entschloss mich, das Geld für den Matatu zu sparen und zu Fuß zurückzulaufen. Dazu hatte ich mir einige Punkte zur Orientierung von der Matatu-Fahrt gemerkt, dennoch verlief ich mich mehrfach. Den Weg hätte man normalerweise in zwei Stunden schaffen können. Erst nach mehr als 5 Stunden Fußweg kam ich endlich daheim an. Das Zimmer war leer. Ich vermutete, dass die beiden anderen sich gerade einschreiben würden.

Ich ging in die Küche, die schon wieder ziemlich chaotisch aussah. Ich räumte erneut auf, spülte alles ab, räumte es ein und säuberte Tische und Ablageflächen. Von dem vom Vortag übrig gebliebenen Maismehl machte ich mir erneut Ugali. Zusammen mit einer Tasse Tee ergab das eine sättigende Mahlzeit. Danach fühlte ich mich viel besser. Ich war es gewohnt, mit wenig auszukommen. Das machte mir nicht viel aus. Sorge bereitete mir einzig die gescheiterte Einschreibung an der Uni. Ich war ziemlich in Panik dadurch. Einzig die Hoffnung, dass ich im Gespräch mit den beiden anderen vielleicht mehr Informationen bekommen würde, ließ mich halbwegs ruhig bleiben.

Nach dem wirklich langen Fußmarsch war ich rechtschaffen müde. Ich duschte kurz, und kaum dass ich mich auf die Matratze gelegt hatte, schlief ich ein. Die beiden anderen hatte ich noch nicht wieder gesehen.

Auch am nächsten Morgen waren die beiden Betten leer. Ich hatte mir das Telefon so eingestellt, dass es mich weit vor Sonnenaufgang wecken würde. Mein Entschluss war, heute einen besseren Fußweg zur Uni zu finden und mir die Kosten für den Matatu ganz zu sparen und so mit dem wenigen verbliebenen Geld besser auskommen zu können. So früh wie ich war in der ganzen Etage noch niemand wach und so war ich erneut die Einzige unter der Dusche, diesmal glücklicherweise auch ohne Spanner.

Ich fand einen weitaus besseren Weg zur Uni. Alles in allem brauchte ich zwei Stunden und war erneut unter den ersten in der Warteschlange. Während die anderen, soweit für mich ersichtlich, sich erfolgreich einschreiben konnten, weil sie schlicht das verlangte Bestechungsgeld zahlten, wurde ich wieder abgewiesen. So lief ich erneut unverrichteter Dinge zurück. Ich wollte mich von diesem Misserfolg nicht deprimieren lassen und sagte mir, ich müsse alle meine Hoffnung in den nächsten Tag stecken.

Malaya

Als ich daheim ankam lungerte eine Gruppe Jungs vor dem Haus. Sie versperrten mir bewusst den Weg.

„Was liegt an, Jungs?" Ich wollte mich selbstbewusst geben.

„Na, Kleine? Wie wär's mit uns?" Einer schien eine Art Sprecher der anderen zu sein.

„Kein Interesse!" Ich versuchte, den Jungs auszuweichen. Aber sie versperrten einfach erneut den Weg.

„Wir sind Dir wohl nicht gut genug, oder?" Offensichtlich waren die nur auf Provokation aus.

„Nein. Ich bin einfach generell nicht interessiert. Mich interessiert nur mein Studium!"

„Das sehen wir anders. Für andere posierst Du. Dann kannst Du das auch für uns."

„Ich posiere für niemanden." Ich hatte keinen blassen Schimmer, wie die Jungs darauf kämen.

„Na, hier!" Einer der Jungs zeigte mir das am Morgen zuvor geschossene Foto, das mich nackt unter der Dusche zeigte. Ich hatte keine Ahnung, wie er an dieses Foto gekommen sein könnte, denn Jungs hatten zu unserem Gebäude generell keinen Zutritt. Die Security machte keine Ausnahmen. Umgekehrt durften wir Mädchen auch nicht in das benachbarte Gebäude der Jungs.

„Das ist wohl eindeutig!" Die Jungs gröhlten. Alle kannten bereits das Foto. Ich riss mich los und aufgrund meiner Schreie kam die Security unseres Hauses und geleitete mich hinter den Zaun, wo ich vor den Jungs sicher war. Die Jungs riefen mir nach, ich sei eine Malaya, womit sie eine Art Nutte meinten. Ich ignorierte diese Rufe, schämte mich, dass sie solch ein Foto von mir hatten und rannte einfach nur ins Haus. Obwohl ich müde war, wollte ich doch etwas essen. Ich würde Kraft brauchen, mich am nächsten Tag bei der Einschreibung durchzusetzen. Erneut räumte ich die Küche auf. Es ärgerte mich, aber ich wollte auch nicht im Dreck kochen. Als ich mir dann von dem verbliebenen Maismehl etwas kochen wollte, musste ich feststellen, dass das Paket leer war. Eigentlich hätte es noch für zwei Portionen reichen müssen. Wahrscheinlich hatte wohl Felister ihren Teil entnommen. Also gab es heute für mich nichts zu essen, denn mit dem Geld wollte ich sparsam sein. Als ich mir einen Tee kochte, kam David, der Hausmeister.

„Die Security sagt mir, Du würdest als Malaya arbeiten? Du weißt, dass dieses Haus nur für Studentinnen ist. Mit einem solchen Nebenerwerb musst Du leider das Haus verlassen." Für David war das offensichtlich alles schon erwiesen.

„David, ich bin ganz sicher keine Malaya. Ich bin abends immer zu Hause. Wie könnte ich da so etwas tun?"

„Kister, die haben da ein ziemlich eindeutiges Foto. Ich habe es gesehen. Da gibt es nicht viel misszuverstehen."

Ich war verzweifelt. Er hatte das Foto also auch schon gesehen. Aber wieso schützt er mich nicht. Wieso soll denn ich daran Schuld sein?

„Die haben mich hier unter der Dusche fotografiert. Ich weiß nicht, wer es war. Aber ich fände es besser, wenn Du mir hilfst, statt mich zu beschuldigen. Ich bin keine Malaya. Ich könnte so etwas niemals tun."

„Ich mag Dich. Du machst hier Ordnung. Das ist gut. Ich würde Dich nur sehr ungern verlieren. Vielleicht sollten wir an einem Strang ziehen. Mit meiner Hilfe kommst Du besser gegen die an."

„Ja, bitte. Es wäre großartig, wenn Du mir helfen könntest." Für einen Moment keimte Hoffnung in mir auf.

„Dann komme heute Nacht in mein Zimmer im Erdgeschoss. Alles weitere wird sich dann ergeben." Das war eine sehr eindeutige Einladung und es war klar, zu was er mich da einladen wollte.

„Nein, so etwas mache ich nicht. Ich dachte, das sei klar?"

„Ich mache Dir noch einen Vorschlag: Ich bringe dafür auch die Dusche in Ordnung. Na, was meinst Du?"

„Nein, auf gar keinen Fall. Ich bin nicht so eine." Auch er war nur auf Sex aus. In was für einer verrückten Welt war ich hier gelandet? Ich rannte zurück in das Zimmer.

Zwischenzeitlich waren die beiden anderen erkennbar hier gewesen. Die ganze Unordnung war unübersehbar. Aber jetzt waren sie schon wieder weg. Mir sollte es Recht sein. So hatte ich das Zimmer für mich alleine. Das war das erste Positive bisher. Mit diesem Gedanken schlief ich ein.

Ich weiß nicht, wie lange ich geschlafen hatte, als ich plötzlich aus dem Schlaf hochschreckte. Jemand war im Zimmer und hatte mich gerade berührt.

„Felister? Winnie?" Es konnte ja nur eine von beiden sein.

„Nein, ich bin's, David. Wenn der Prophet nicht zum Berg kommt, kommt der Berg eben zum Propheten. Wir beide können einander helfen. Du löst mein Problem und ich löse Dein Problem!"

„Was ist denn Dein Problem?" Ich weiß nicht, ob diese Frage eher dumm oder mehr naiv war. Jedenfalls lachte er nur, und seine Berührung war danach sehr eindeutig. Ich schlug wild um mich und schrie so laut ich konnte. Darauf hörte er auf und ging zur Tür. Dort drehte er sich um und raunte mir zu: „Das wirst Du bereuen! Du wirst hier schneller raus geflogen sein, als Du Dir das jetzt vorstellen kannst!"

Danach konnte ich lange nicht einschlafen. Zu groß war meine Angst, er könnte zurück kommen. Außerdem hatte ich jetzt die Türe verriegelt. Aber wenn die beiden anderen zurückkämen, müsste ich wach sein, um sie hinein zu lassen. Irgendwann spät in der Nacht muss ich dann doch eingeschlafen sein. Die beiden anderen waren nicht da gewesen.

Am nächsten Tag wiederholte sich das Spiel vom Vortag. Ich lief zu Fuß zur Uni, wurde erneut abgewiesen und lief zurück. In Umoja ging ich in den Supermarkt. Ich bestaunte die riesige Auswahl an Waren. Süßigkeiten, die ich nie zuvor gesehen hatte, zogen meine Blicke magisch an. Eiskrem hatte ich noch nie probiert. Leckere Früchte weckten mein besonderes Interesse. Wie gerne hätte ich einmal Äpfel probiert. Doch ich blieb standhaft, denn ich musste mit meinem Geld sehr sparsam sein. Schließlich stand ich vor dem Regal mit dem Maismehl. Es kostete 220 KSH (2,20 €). Damit würde ich endgültig die Notreserve von 1.200 KSH anbrechen und mir die Möglichkeit einer Rückreise verbauen. Ich hatte früher schon einige Male hungern müssen. Ich beschloss, dies in Kauf zu nehmen und trotz der langen, anstrengenden Fußmärsche zur Uni den zweiten Tag in Folge nichts zu essen.

Am Haus angekommen sah ich schon wieder diese Gruppe Jungs. Allerdings hatte ich diesmal darauf geachtet. Die sahen mich erst spät und da rannte ich schon so schnell es ging zum Eingangstor. Mein Vorsprung war groß genug. Sie konnten mich nicht einholen und hatten dann Respekt vor der Securits. Allerdings riefen sie mir wieder hinterher: „Malaya!"

Ich kochte mir Tee. Es tat gut, zumindest etwas Warmes im Bauch zu haben. Auf dem Flur lief David vorbei. Ich war froh, dass er mich nicht ansprach. Auf seinen Druck konnte ich gut verzichten.

Als ich im Zimmer ankam, warteten da die beiden anderen bereits auf mich.
„Hallo Kister. David sagt, er habe Dich bereits über das Thema Strom informiert. Du hättest uns eigentlich Bescheid sagen sollen."

„Ja, das ist richtig. Aber Ihr wart ja nie da!" Ich hatte das Thema über die anderen Dinge bereits vergessen, aber tatsächlich hatte ich die beiden seither nicht mehr gesehen. Doch das war schon wieder das nächste Problem. Mein Anteil wären weitere 1.000 KSH, die ich eigentlich nicht hatte. Kaum mehr als die 1.200 KSH, die feste Reserve für die Heimfahrt, waren mir geblieben. Die Notreserve wollte ich keinesfalls angreifen. Ich hatte es meiner Großmutter fest versprochen und außerdem hatte ich das Gefühl, dass eine Abreise inzwischen meine einzige Option wäre.

„Sei's drum. Dein Anteil sind 1.000 KSH. Außerdem wollten wir hier einen Einstand geben. Schließlich wollen wir mit den Nachbarn ja lange gut auskommen. Dein Anteil daran sind 500 KSH. Also?" Winnie war sehr fordernd und Felister sagte nichts dazu.

„Ich habe das Geld nicht!", beteuerte ich.

„Du hast Zeit bis morgen. Dann ziehen wir die Konsequenzen daraus. Der Hausmeister macht uns nun auch schon dauernd an wegen Dir." Mit diesen Worten gingen die beiden aus dem Zimmer. Ich wusste noch immer nicht, ob die beiden sich inzwischen eingeschrieben hatten und wo sie nachts waren. Allerdings hatte ich im Augenblick auch nicht wirklich Lust auf eine Unterhaltung.

Dieses Haus wurde mir immer mehr zuwider. Ich hatte das Gefühl, als würden mich alle hassen. David machte Druck. Winnie und Felister machten Druck. Draußen belagerten mich die Jungs. Zumindest fühlte es sich so an. Und ich hatte tagelang nichts mehr gegessen.

Am nächsten Morgen wachte ich erneut sehr früh auf. Mein Fußweg zur Uni wurde immer besser. Diesmal schaffte ich es unter zwei Stunden. Allerdings war die Warteschlange heute länger. Am letzten Tag wollten sich offensichtlich mehr Studenten einschreiben. Es war deshalb gut, dass ich so früh da war. Allerdings am Schalter angelangt hieß es immer noch, ich sei nicht im Computer. Er könne mir nur gegen Zahlung einer Gebühr helfen. Diesmal verlangte er noch mehr Geld. Aber das war bereits egal, denn auch die niedrigere Summe hätte ich nicht zahlen können.

„Wenn Sie die Gebühr nicht zahlen wollen, dann machen Sie bitte Platz. Andere möchten sich einschreiben." Ich hörte, wie er auch von dem nächsten die Gebühr verlangte, mit exakt der selben Begründung. Der Unterschied war nur, dass derjenige die Gebühr bezahlte und so sofort eingeschrieben wurde.

Ich war völlig verzweifelt. Schließlich versuchte ich in das Büro des Direktors zu kommen. Es warb meine letzte Hoffnung. Was hätte ich sonst tun sollen, um mich nicht so einfach endgültig abweisen zu lassen? Als ich das zu energisch probierte, bekam ich Hausverbot. Ich war am Ende. Meine erste Woche in Nairobi war noch nicht zu Ende und ich hatte bereits keinerlei Hoffnung mehr!

Niedergeschlagen wie ich war, brauchte ich diesmal sehr viel länger für den langen Heimweg. Es zog mich nicht wirklich dorthin, denn auch dort würden mich wieder nur Probleme erwarten. Inzwischen spürte ich den Hunger schon sehr. Zumindest Tee würde mir helfen. Doch Reste meines Tees lagen achtlos in der Küche herum. Felister und Winnie standen im Nebenan und tranken mit anderen Tee – wahrscheinlich meinen, denn das Papier in dem der Tee verpackt war lag leer auf der Arbeitsfläche in der Küche.

„Ihr habt mir nichts von meinem Tee übrig gelassen?" Das sollte bewusst vorwurfsvoll klingen.

„Du hast es gerade nötig. Hast unser ganzes Maismehl verfuttert, würdest mich am liebsten verhungern lassen!" Felister gab sich mindestens ebenso empört.

„Ich dachte, Du ..." Doch hier machte Diskutieren keinen Sinn. Ich ging deprimiert zurück in die Küche.

Die beiden hatten sich ziemlich achtlos an meinem Tee bedient und nichts übrig gelassen außer einigen Krümeln auf dem Küchenboden und dem Papier auf der Ablage.

„Anfangs warst Du ordentlich und jetzt lässt Du Deinen Kram auch wild rumliegen? Ich bin immer mehr bitter enttäuscht von Dir! So eine wie Dich braucht wirklich niemand" David moserte hinter mir. Ich kommentierte das gar nicht, sondern räumte einfach alles weg. Nur jetzt nicht noch mehr Probleme.

Zurück im Zimmer dauerte es nicht lange bis die beiden anderen kamen.

„Hallo Kister. Heute letzte Chance. Wir bekommen von Dir 1.000 KSH für Strom und 500 KSH für den Einstand!" jetzt oder die nächste Nacht im Freien schlafen. Du hast die Wahl!

„Ich kann nicht. Ich habe das Geld nicht!" Ich begann zu heulen. Die Uni, der Hausmeister, jetzt dies. Das war alles einfach zu viel für mich. Ich konnte nicht mehr.

„Hör' auf zu flennen. Du wusstest doch genau, welche Kosten hier entstehen. Wieso kannst Du nicht zahlen?" Als ich darauf nicht reagierte legte sie dann noch eins oben drauf: „Wir haben ohnehin gehört, Du seist eine Malaya. Da haben wir Dich noch in Schutz genommen. Aber wenn Du Deinen Anteil nicht beisteuerst, dann können wir Dir beim besten Willen nicht mehr helfen. Dann solltest Du hier wirklich ausziehen. Zahle, sonst schläfst Du heute Nacht draußen!"

Ich lief aus dem Zimmer. Ich musste jetzt alleine sein. Alle waren gegen mich, auch meine beiden Mitbewohnerinnen. In Gedanken ging ich in die Richtung des MPESA-Stands. Ich beabsichtigte, mir dort von den letzten freien Schillings Credit für mein Handy zu kaufen, um meine Großmutter anzurufen. Eigentlich wollte ich mir von ihr nur das OK holen, mit den letzten 1.200 KSH heimzukehren. Langsam gehend zählte ich nochmals mein Geld, ganz so, als hätte es sich inzwischen vermehrt haben können. Plötzlich riss mir jemand das Geld aus der Hand. Ich wollte hinterher rennen. Aber zwei andere stellten sich mir in den Weg.

„Ahh, da ist sie ja wieder unsere Malaya!" Es konnte kein Zufall sein, dass die beiden mir den Weg versperrten. Der dritte gehörte bestimmt auch zu ihnen.

„Ihr habt mich bestohlen! Diebe! Gebt das sofort zurück oder ich schreie ganz laut!"

„Du kannst so laut schreien wie Du willst. Einer Malaya glaubt ohnehin niemand etwas. Und was beschwerst Du Dich? Bei Deinem Job musst Du doch genug Geld haben."

„Ich bin keine Malaya!" Aber das klang bereits sehr schwach. Nun hatte ich gar nichts mehr, nicht einmal mehr das Geld für die Heimfahrt. Die Jungs lachten mich nur aus. Im Haus waren auch alle gegen mich. Ich war völlig am Ende und ging zum Haus zurück. Was sollte ich auch sonst anderes tun? Das Zimmer war leer. Ich öffnete das Fenster und sah hinaus. In der festen Absicht, hinaus zu springen, setzte ich mich auf die Fensterbank, die Beine nach draußen. Ich hatte keine Hoffnung mehr. Man würde mich aus dem Zimmer werfen. Draußen auf der Straße, alleine in der Nacht würde ich vielleicht nicht überleben. Mindestens aber würde ich vergewaltigt. Da war ich mir sicher. Der Hausmeister war auch gegen mich. Meine Großmutter und meine Tante würden ohnehin völlig enttäuscht von mir sein. Ich war die große Hoffnung, die als erste unserer Familie studieren durfte – und dann das. Ich hatte völlig versagt. Ein Sprung aus diesem Fenster sollte reichen. Der 4. Stock müsste hoch genug sein. Nur eine kurze Entscheidung, einmal abstoßen und alle meine Sorgen, Nöte und Ängste würden für immer vorbei sein. Plötzlich war es richtig verlockend, zu springen. Es war so einfach.

„Kister, das ist gefährlich, da so im Fenster zu sitzen." Die beiden anderen kamen herein und Felister ahnte nicht, was ich vor hatte, als sie das sagte.

Ich sagte nichts. Innerlich sprach ich ein letztes Gebet in der festen Absicht, mich dann abzustoßen. Felister kam zu mir und begriff wohl langsam, was ich plante. Sie sagte nichts. Stattdessen nahm sie mich in den Arm. Mit sanftem Druck versuchte sie, mich in das Zimmer zu ziehen.

„Bitte lass mich springen!" Mehr brachte ich nicht heraus.

„Warum möchtest Du denn springen? Nur weil Du kein Geld hast? Kister, wenn Du das Geld nicht hast, dann musst Du Dir etwas dazu verdienen. So wie wir!" Felister schien es gut mit mir zu meinen.

„Lass sie, dazu ist die doch gar nicht fähig!" Winnie hatte erkennbar keine hohe Meinung von mir. Aber wie sollte sie auch. Eigentlich kannten wir uns ja nicht.

„Wie soll ich mir denn etwas dazu verdienen?", wollte ich wissen.

„Oh wir haben da eine nette Möglichkeit gefunden. Ich denke, das wäre auch was für Dich!" Und an Winnie gewandt: „Denke an das, was Masinde versprochen hat."

„OK, aber nur wenn wir uns das teilen.", forderte Winnie.

„Ist OK.", versprach Felister. Was auch immer die beiden sich teilen wollten. Erst später wurde mir klar, dass die beiden eine Prämie bekamen, wenn sie ein neues Mädchen brachten.

„Na gut. Soll sie mitkommen", willigte Winnie ein.

Ich duschte mich und dann gingen wir zusammen nach unten. Ich war müde und hatte seit Tagen nichts mehr gegessen. Aber das war jetzt unwichtig. Vielleicht würde mir ein Nebenjob tatsächlich ermöglichen, zu studieren. Sicherlich hatten die beiden Recht. Es war ein Lichtblick. Und es war meine einzige verbliebene Hoffnung.

Der Furaha-Club

Wir warteten vor dem Haus. Dann kam ein Auto. Wir stiegen ein und fuhren durch die Stadt. Ich kannte Nairobi noch viel zu wenig, um zu wissen, wohin genau es ging. Wir überquerten die Schnellstraße und hielten vor einem Geschäftsgebäude. Werblich hervorgehoben war eine Passage, die links und rechts mit Fotos geschmückt war. Die Fotos ließen keinen Zweifel darüber aufkommen, was in diesem Club angeboten würde: nacktes Fleisch. Ein Schild besagte, dass es der Furaha-Club sei. Furaha bedeutet so viel wie Freude.

„Das ist Kister, sie ist neu!", stellte mich Felister dem Türsteher vor. Der ließ mich anstandslos passieren. Wir gingen durch den großen Saal, in dem normalerweise die Gäste saßen. Um diese Zeit war es hier absolut leer. Hinter dem Vorhang der Bühne mussten Menschen sein. Man sah ihre Schatten, hörte Stimmen und gelegentlich bewegte sich der Vorhang.

„Masinde!", rief Felister. „Hast Du einen Moment Zeit für uns?"

Hinter dem Vorhang kam ein Mann hervor.

„Hallo!" begrüßte er uns. Er kam auf uns zu und er küsste erst Winnie, dann Felister und schließlich auch mich auf jede Wange, ganz so als ob wir uns bereits richtig gut kennen würden.

„Hallo Masinde. Das ist Kister!" Erst jetzt stellte sie mich vor. „Sie ist eine Kommilitonin und möchte sich auch etwas dazu verdienen."

„Hallo Kister!" Masinde musterte mich von oben bis unten. Offenbar schien ihm aber zu gefallen, was er sah. „Felister hat Dir bereits alles erzählt?"

„Nicht wirklich viel. Ich habe eigentlich keine Ahnung!"

„Nun, das hier ist der Saal, in dem unsere Gäste sitzen. Die Aufgabe der Mädchen ist es, unseren Gästen die Zeit zu versüßen. Du unterhältst Dich mit jedem Gast genau so lange, wie er Dir Getränke spendiert. Einen Teil der Einnahmen aus den Getränken bekommst Du. Wenn Du gut bist, kannst Du alleine auf diese Weise jeden Abend 2.000 KSH machen." Die Worte ‚alleine auf diese Weise' hätten mich aufhorchen lassen müssen. Es gab also offensichtlich noch andere Arten von Einnahmen. Aber ich war damals viel zu unerfahren und naiv, um solche Feintöne wahrzunehmen. Ich war bereits froh, dass ich bei aller Aufregung nicht sofort in Panik hinaus lief. Das wäre wahrscheinlich das Beste gewesen. Aber damals war ich stolz darauf, mich doch sehr weitgehend im Griff zu haben. Und die Verlockung, etwas Geld verdienen zu können, trug ein Übriges dazu bei. Meine Großmutter war so stolz auf mich. Keinesfalls wollte ich mit leeren Händen zurückkommen.

„Das Ganze läuft so. Du gehst zu einem Gast und setzt Dich zu ihm. Du plauderst ein Wenig mit ihm und wenn er Dir einen Drink bestellt, dann bleibst Du, ansonsten gehst Du sofort wieder. Ein Drink reicht für 5 Minuten. Wenn er Dir danach keinen neuen Drink bestellt, gehst Du."

„Ich trinke keinen Alkohol!"

„Natürlich nicht. Denkst Du, ich will hier betrunkene Mädchen? Nein! Du bestellst immer Girls-Champagner. Du weist die Gäste darauf hin, dass Du nur den Champagner für die Mädchen trinken darfst."

„Aber Champagner ist auch Alkohol!", protestierte ich. Ich hatte noch niemals Champagner gesehen, geschweige denn getrunken. Aber soviel wusste ich immerhin.

„Du bekommst nur Sprudelwasser. Da ist definitiv kein Alkohol drin. Für jeden Champagner, den der Gast Dir bestellt, bekommst Du 200

KSH. Und es sind kleine Kelche. Sieh hier. Es ist kein Problem, das Mineralwasser in 5 Minuten auszutrinken." Während er dies sagte, gingen wir zur Bar. Er zeigte ein Glas und füllte es. Viel war da tatsächlich nicht drin. „Trink!" Vorsichtig nippte ich. Es war einfaches Wasser. „Alles!", kommandierte er. Ich trank das Wasser aus. „Und?", wollte er wissen. „Wasser", antwortete ich. „Wenn Du Wasser mal über haben solltest, dann bestellst Du Nektar. Du bekommst dann Passionsfruchtsaft. Immerhin etwas Abwechslung. Dein Verdienst bleibt der selbe. Komm mit."

Wir gingen durch einen Vorhang in einen Gang. Auch Felister kam mit. Nur Winnie blieb im Saal. Am Ende des Ganges war eine Tür. Dahinter war ein Büroraum. Ein Schreibtisch mit Bürostuhl und ein Besucherstuhl füllte die eine Hälfte. Eine Sitzgruppe mit kleinem Couchtisch stand auf der anderen Seite. Der Computer auf dem Schreibtisch ließ erkennen, dass der Club von hier verwaltet wurde. Die Sitzgruppe nutzte er wohl für Gespräche – vielleicht mit Lieferanten oder auch seinen Mitarbeitern. Ich konnte es nur ahnen. Felister setzte sich unaufgefordert auf die Couch. Da Masinde sich nicht ebenfalls setzte, blieb ich in der Mitte des Raumes stehen.

„Kister heißt Du also?", vergewisserte sich Masinde. „Nun, Kister, dann zeig' mal, was Du hast!"

Mir war nicht klar, was er jetzt von mir erwartete. Fragend blickte ich Felister an. „Er möchte, dass Du Dich ausziehst.", sagte sie.

„Ist das ein Problem?", fragte Masinde noch bevor ich irgend etwas sagen konnte.

„Nein!" Woher ich den Mut nahm, dieses Nein auszusprechen, weiß ich bis heute nicht. Aber ich hatte seit Tagen noch nichts gegessen. Ich hatte keine Perspektive, wie es weiter gehen könnte. Mein Wille war gebrochen. Widerspruchslos zog ich meine Jeans aus und legte sie sorgfältig auf den Besucherstuhl vor dem Schreibtisch. Als ich nicht sofort weiter machte, klang es bereits ungeduldig als er raunzte: „Weiter!"

Also zog ich mein T-Shirt aus. Natürlich genierte ich mich. Ich war immerhin noch Jungfrau. Ich war noch niemals in meinem Leben mit einem Mann zusammen gewesen. Und nun zog ich mich vor einem völlig Fremden aus - mit völlig ungewissem Ausgang. Auch das T-Shirt legte ich sorgfältig auf den Stuhl. Ich versuchte erst gar nicht, meine Brust mit den Händen zu verbergen. Er würde ohnehin alles sehen wollen. So stellte ich mich gerade vor ihn. Irgendwie hatte ich gehofft, er würde das in irgendeiner Weise anerkennen. Stattdessen raunzte er nur: „Alles!"

„Kister, er hat uns alle schon nackt gesehen. Du musst Dich nicht genieren!", meinte Felister, mich ermutigen zu müssen. So zog ich meinen Slip aus und legte ihn auf den Stuhl. Masinde kam dichter zu mir, drehte mich etwas hin und her. Dann meinte er: „Naja, viel Busen hast Du nicht!" Dabei drückte er nacheinander beide Seiten und streichelte über die Brustwarzen. Dann glitt seine Hand an mir herab und betastete meinen Schambereich. „Rasiert ist anders!"

„Ich schneide meine Schamhaare mit einer Schere kurz. Ich habe keine Rasierklingen. Die kosten Geld!"

„Das wird sich ändern!", erklärte er.

„OK" Mehr brachte ich nicht heraus. Die Situation war für mich so skurril. Heute glaube ich, dass ich das damals nur durchstehen konnte, weil ich quasi in einem Schockzustand war.

„Kister, Du bekommst Deine Chance. Duschen. Einkleiden. Dann kommst Du in den Saal. Deine Sachen kannst Du erst einmal hier liegen lassen. Felister, zeige ihr, wo sie hin muss. Sie winkte mir und als ich zögerte, ihr durch die Türe zu folgen, raunzte Masinde: „Na los, wir haben nicht ewig Zeit!"

Wir gingen den Flur entlang. Ich war immer noch splitternackt. In dem Moment kam ein Mann durch den Vorhang vor uns. Ich versuchte, mich hinter Felister zu verstecken. Doch stattdessen stellte sie mich vor. „Edgar, das ist Kister. Sie fängt heute an."

„Hallo Kister, schön, Dich zu sehen. Wir werden uns bestimmt noch kennen lernen.", bedeutete er vielsagend. Dann verschwand er in einem der Räume. Zum Glück schien er es eilig zu haben.

„Edgar ist bei uns der Chef an der Bar. Von ihm bekommst Du am Ende jedes Abends Dein Geld. Halte Dich gut mit ihm." Was auch immer das bedeuten sollte.

Sie öffnete eine Tür und dahinter war eine Art Schlafzimmer. Direkt rechts war ein Bad. Sie schickte mich unter die Dusche. „Und wasch' Dich auch gut zwischen den Beinen!" Sie kramte allerlei Zeugs aus einem Schrank während ich duschte. Dann reichte sie mir einen Nassrasierer in die Dusche.

„Ich habe das noch nie gemacht. Ich glaube, ich kann das nicht." Ich hatte panische Angst davor, mich mit dem Rasierer da unten zu schneiden. Ich bekam ein frisches Handtuch. Danach gab sie mir eine Zahnbürste und Zahnpasta.

„Rasier erst einmal Arme und Beine. Du kannst ganz vorsichtig beginnen. Siehst Du? Es kann nichts passieren!" Sie half mir unter den Achseln. Aber so richtig traute ich dem Ganzen noch nicht. Als ich erklärte, dass ich mich unmöglich da unten rasieren konnte, wo ich nicht genau sehen kann, wo die Klinge ansetzt, bedeutete sie mir, mich aufs Bett zu legen. Sie legte das Handtuch unter meinen Po und fing an, mich da unten zu rasieren. „Heute helfe ich Dir. Demnächst machst Du das aber bitte selbst." Sie war sehr geschickt. Ich spürte das überhaupt nicht, obwohl wir keinen Rasierschaum hatten. Sie nutzte einen Nassrasierer quasi trocken. „Kann sein, dass es in den nächsten Tagen etwas jucken wird. Das ist nach der ersten Schamhaar-Rasur ganz normal!"

„Ihr rasiert immer nur und epiliert nicht?", fragte ich neugierig.

„Da unten epilierst Du einmal und nie wieder. Es gibt schon genug Qualen auf dieser Welt. Da muss man sich das nicht auch noch antun."

Danach gingen wir wieder auf den Flur. Ich war immer noch komplett nackt. Glücklicherweise begegnete uns diesmal aber niemand. In einem Abstellraum waren vor allem Kleidungsstücke. Ich bekam einen Slip, einen kurzen Rock und eine merkwürdige Bluse. Sie hatte vorne nur einen Druckknopf. Außerdem gab es ein paar hochhackige, offene Schuhe. „Das ist von nun an Deine Dienstkleidung. Sie bleibt immer hier. Komm mit!" Sie gingen in den Nebenraum. Hier waren zahlreiche Fächer. „Dieses hier ist von nun an Deines!" Wir holten meine Sachen aus dem Büro und räumten sie in das Fach. „Von nun an machst Du das immer so: Wenn Du kommst, holst Du Deine Sachen aus dem Fach, gehst Duschen, ziehst die Sachen an und legst Deine Klamotten in das Fach. Selina wäscht die Sachen und legt Dir gelegentlich frische Sachen in das Fach. Du musst Dich um nichts kümmern. Sie macht das alles. Sollte etwas kaputt sein, näht sie es oder ersetzt es. Die Männer sind manchmal etwas ungeduldig. Da kann schon mal etwas reißen. Mache Dir darüber keine Sorgen. Niemand schimpft mit Dir."

Oper, nicht Radio

Felister duschte sich ebenfalls rasch und kam nach wenigen Minuten nackt zurück. Auch sie hatte ihr Fach und zog sich die gleiche Dienstkleidung an, die ich auch anhatte. Dann gingen wir zusammen in den Saal, der immer noch fast leer war. Edgar stand hinter der Bar. „Masinde, wir sind fertig!" Erneut kam er hinter dem Vorhang hervor.

„Kister, Männer kommen hierher, weil sie etwas ganz besonderes erwarten. Sie erwarten hübsche Mädchen. Das ist ein nettes Gesicht, mal mehr und mal weniger Busen, mal mehr und mal weniger Hintern. Die Geschmäcker sind verschieden. Vor allem aber erwarten unsere Gäste saubere und gesunde Mädchen. Dafür zahlen sie bei uns auch mehr. Das ist wie mit der Musik. Du kannst einen Song im Radio hören oder den selben Song live im Konzert. Das eine ist fast gratis, das andere kostet einige tausend Schilling Eintritt. Wir hier sind eher das Konzert, nicht das Radio. Zusätzlich gibt es bei uns nur Musik, wo jeder einzelne Song fein abgestimmt ist. So wie bei einem perfekten Lied alles passen muss, so passt auch immer bei unseren Mädchen alles: Aussehen, Benehmen usw.

Ungewaschene Mädchen aus denen noch das Sperma des vorherigen Kunden tropft gibt es genug auf Nairobis Straßen. Bei uns ganz sicher nicht! Deshalb wirst Du jeden Abend so rechtzeitig hier sein, dass Du duschen kannst, Du rasierst Deine Muschi perfekt, Deine Achseln natürlich auch und nutzt ganz wenig von dem Deo, das in jedem Badezimmer bei uns steht. Wirklich nur wenig. Das hat nichts mit Geiz zu tun. Ich will nicht, dass es hier riecht wie im Puff. Eher wie im Theater. Wir haben ja auch nicht ohne Grund eine Bühne. Unsere Gäste werden perfekt unterhalten. Wir sind alle Entertainer. Und unser Job will gekonnt sein. Deshalb üben wir das auch. Kister, stell Dich mal hierher. Schau Dir genau an, was Felister macht. Genau das erwarte ich von Dir!"

Er setzte sich in einen der Sessel vor der Bühne. Jeder Sessel war groß genug, um zwei Personen Platz zu bieten. Als er saß, kam Felister zu ihm und fragte: „Hallo Süßer, darf ich mich zu Dir setzen?"

„Ja, gerne.", antwortete er.

„Wie heißt Du denn?", fragte sie ihn. Offensichtlich spielten die beiden eine Art Theaterstück.

„Ich heiße Masinde. Und Du?"

„Mein Name ist Naomi!" Felister benutzte hier nicht ihren richtigen Namen. Sie schmiss sich richtig an ihn ran. „Bestellst Du uns etwas zu trinken, Süßer?"

Die beiden spielten alle nur denkbaren Situationen durch. Mal weigerte sich Masinde etwas zu trinken zu bestellen. Dann schob Felister empört seine Hand von ihrem Busen und knöpfte umgehend ihre Bluse wieder zu. Ein anderes Mal bestellte er zwar einen Drink, wollte danach aber mehr als nur streicheln. Felicitas lehnte das dann ganz entschieden ab. Masinde erklärte mir das: „Kein Sex hier im Saal. Ob Du mit einem Mann aufs Zimmer gehen möchtest, liegt ganz bei Dir. Wenn der Gast Dir etwas zu Trinken bestellt hat, darf er Dich knutschen und anfassen. Überall. Von mir aus soll er Dir die Bluse weit öffnen oder den Slip ausziehen. Alles kein Problem, auch nicht wenn die anderen Gäste zusehen. Etwas Showeinlage kommt bei denen immer gut. Aber definitiv keinen Sex hier im Saal! Die Polizei macht uns sonst den Laden dicht. Sollte es einmal nicht genügen, dass Du Nein sagst, dann drückst Du diesen Knopf." Auf der Rückseite des Sessels war ein Druckknopf unauffällig in das Polster eingearbeitet. „Es kommt dann sofort jemand und klärt die Situation in einer Weise, dass der Gast nicht das Gesicht verliert! Jetzt Du!"

Felister stand auf und ich sollte ihre Rolle übernehmen. Ich begann genauso: „Hallo Süßer, darf ich mich zu Dir setzen?" Nur klang es bei mir ganz anders als bei Felister. Meine Unsicherheit war deutlich spürbar.

„Ja, gerne, wie heißt Du denn?", fragte er sofort.

„Kister" antwortete ich wahrheitsgemäß.

„Das geht gar nicht! Keines der Mädchen benutzt ihren richtigen Namen. Wir brauchen einen Künstlernamen für Dich. Hast Du selbst eine Idee?"

„Wie wäre es mit Flora?" Das war ein Kosename, den mir mein Vater früher gegeben hatte. Es war das Einzige, was mir einfiel, obwohl es sich kurz darauf wie Verrat an einem Vater anfühlte.

„Das ist ein großartiger Vorschlag. Ab heute heißt Du im Club nur noch Flora!"

Wir setzten das Rollenspiel fort. Er spielte den Gast. Es war unangenehm, überall betatscht zu werden. Aber ich ließ es über mich ergehen. Dabei gab es durchaus richtig gute Tipps von Masinde: „Männer wollen Dich begrapschen. Aber das hilft nicht lange. Sei ihm zuerst eine angenehme, dann eine interessante Gesprächspartnerin. Zu Beginn solltest Du ihm ein nettes Kompliment machen. Sage ihm, wie schön seine Augen sind. Oder wie edel sein Anzug ist. Aber lobe auf keinen Fall falsche Dinge. Nenne einen hässlichen Mann nicht wunderschön, sondern finde etwas anderes an ihm, was Du wirklich toll findest. Seine Fingernägel, seine Ohrläppchen, die Augenfarbe, seine Lippen – völlig egal, Hauptsache Du lobst ihn wirklich glaubwürdig. Für Phase zwei Deines Gesprächs solltest Du etwas vorbereitet sein. Sei informiert in den Themen Sport, Technik und Geld.

Männer reden gerne darüber und sie erwarten nur, dass Du sinnvolle Fragen in diesen Themen stellen kannst. Antworten wollen sie selbst liefern, denn sie lieben es, als Fachmann erkannt zu werden. Wenn er erkennen lässt, dass er Fußball mag, dann frage ihn, wer seiner Meinung nach die Premier League gewinnen wird oder ob nicht auch ein deutscher Verein eine Chance haben könnte, die Spanier im europäischen Wettbewerb auszustechen. Dann lass ihn reden. Widerspreche ihm niemals. Frage ihn nach seiner Automarke. Fährt er beispielsweise einen BMW, dann frage ihn, ob nicht inzwischen auch Mercedes wieder fast genauso gut sei wie BMW. Er wird lange reden und Dir genau erklären, warum er BMW für besser hält, denn sonst hätte er ja wohl einen Mercedes. Und alle fünf Minuten lässt Du ihn Dir einen Drink bestellen. Oder beim Thema Geld. Bringe einen kleinen Witz, etwa den: 'Viele Männer sagen ja, Frauen seien wie ein Orkan – heiß und feucht, wenn sie kommen und wenn sie gehen, dann nehmen sie Häuser und Autos mit.' Du wirst staunen, dass dieser Witz vielen Männern die Zunge löst. Er wäre ja nicht hier, wenn daheim alles perfekt wäre. Er kennt den Witz vielleicht schon, aber er hat ihn bestimmt noch nie von einer Frau gehört. Höre ihm aufmerksam zu und vergiss dabei das Trinken nicht. Und bestätige ihn zwischendurch immer wieder. Mache klar, wie weise seine Worte sind, bewundere sein Wissen und bestätige seine Meinungen. Genau dafür bezahlt er Dich. Das ist für viele Männer hier im Club wichtiger als die Fummelei. Wenn Du merkst, dass er aufhört zu reden, dann stelle die nächste Frage. Du wirst sehen, so maximierst Du Deine Einkünfte. Eine Stunde ist rasch vorbei und sehr einträglich, wenn Du alle fünf Minuten etwas trinkst."

„Gibt es auch Dinge über die wir nicht sprechen sollten?", wollte ich wissen.

„Vermeide den Eindruck, Du wolltest ihn ausfragen. Wenn er nicht selbst darauf zu sprechen kommt, frage ihn nie nach seiner Frau oder seinen Kindern. Vermeide sein Privatleben. Die Männer wollen das nicht im Club. Wenn sie selber darauf zu sprechen kommen, OK. Aber frage niemals danach. Solltet Ihr über andere Gäste im Club sprechen, dann bitte sehr leise. Du solltest das niemals beginnen. Sprecht lieber über die Show. Auch Deine eigene Show ist immer ein gutes Gesprächsthema."

„Meine eigene Show?" Ich sah mich nicht als Schauspielerin. Das könnte ich nicht, da auf der Bühne etwas machen. Masinde bemerkte wohl meine Besorgnis.

„Mach Dir jetzt keinen Kopf darüber. Das kommt noch. Nicht zu viel auf einmal."

Ich war so sehr auf das Geschehen konzentriert, dass ich nicht merkte, wie sich inzwischen hinter mir der Saal immer weiter füllte. Masinde stand schließlich auf und ging auf die Bühne.

Felicitas erläuterte: „Jeden Freitag Abend müssen um 19 Uhr alle pünktlich hier sein. Masinde hält dann eine Ansprache. Ansonsten ist 19:30 Uhr Arbeitsbeginn, es sei denn, es würde etwas anderes ausdrücklich vereinbart." Felicitas Erklärungen waren der einzige Halt, den ich an diesem Abend hatte. Ansonsten fühlte ich mich gerade wie im freien Fall. Irgendwie hatte ich die Kontrolle völlig verloren und das böse Ende schien noch bevorzustehen.

Der Vorhang öffnete sich mit einem Tusch vom Band. Masinde trat hervor und sprach zu den etwa 15 Mädchen im Saal sowie den sechs anwesenden männlichen Mitarbeitern.

„Hallo Furaha-Team. Wir haben unsere Abgänge vollständig ausgeglichen. Winnie, Felister und Kister sind neu an Bord. Winnie und

Felister haben die letzten Abende schon gezeigt, dass sie ihren Job beherrschen. Kister wird heute Abend erstmals aktiv." Alle applaudierten uns dreien. „Kommen wir rasch zu den Gewinnern der Woche. Diese Woche ist auf Platz drei unsere Mercy mit 38.500 KSH." Applaus. „Auf Platz zwei haben wir Faith mit 65.800 KSH!" Applaus. „Und auf Platz 1 ist diesmal mit unglaublichen 155.000 KSH Cynthia." Tobender Applaus. Cynthia hatte ein Durchschnittsgesicht, aber eine perfekte Figur. Offenbar hatte sie in einer einzigen Woche ein kleines Vermögen verdient. Aber bereits Platz 3 offenbarte, dass nicht alle so gut verdienten. Doch für jemanden wie mich, die ich unlängst noch Feuerholz sammelte und froh war, wenn das dann auf dem Markt 120 KSH einbrachte, wäre ein Wochenverdienst von 65.800 KSH (658€) bereits mehr als beeindruckend. „Cynthia beweist erneut, was man hier verdienen kann, wenn man nur will. Das kann jede von Euch. Ich weiß, Ihr seid alle Kolleginnen und Wettbewerb untereinander mag keine von Euch wirklich. Das ist auch gut so bis zu einem gewissen Maße. Denn zu viel Wettbewerb könnte unser Business gefährden. Aber warum glaubt Ihr, verdient Cynthia jede Woche so sehr viel mehr Geld als alle anderen? Sie hat auch nur eine Vagina wie Ihr alle. Ob ihre besser aussieht als die der anderen? Glaubt mir, das spielt keine Rolle. Damit ein Gast wiederkommt, ist es nicht so wichtig, wie eine Vagina genau aussieht, sondern was Ihr mit ihr macht. Klar sieht Cynthia gut aus, aber alle anderen hier auch. Sonst wärt Ihr nicht hier. Wenn Ihr letztlich alle nur eine Vagina habt, und wenn das somit kein Alleinstellungsmerkmal ist, dann müsst Ihr Eure anderen Vorzüge stärker in den Vordergrund bringen: Eure Schönheit, Euer Hintern, Flexibilität, Alter, Intelligenz, oder was immer Euch einzigartig macht. Akzeptiert Eure Situation und macht das Beste daraus. Denkt an das, was ich das letzte Mal über die Psyche des Mannes gesagt habe. Es ist Unsinn, zu glauben, Schönheit liege nur im Auge des Betrachters. Ihr habt Einfluss darauf. Mehr als Ihr glaubt.

In der freien Wildbahn da draußen hat eine Frau alle Zeit der Welt, ihre Vorzüge zur Geltung zu bringen. Hier ist das anders. Unsere Gäste treffen ihre Entscheidung für das ein oder andere Mädchen oft in Sekunden. Die meisten schauen von ihrem Platz und haben bereits eine Wahl getroffen, während Ihr noch an der Bar wartet. Ein Gast setzt sich hin, blickt zur Bar und wählt eine von Euch aus. Nur selten steht mal einer auf, geht zur Bar und schaut sich das Angebot genauer an. Wann hat das letzte mal jemand vor seiner Entscheidung Deine Bluse geöffnet, Cynthia? Lange her, oder? Es kommt selten vor. Eure Vorzüge müssen also von weitem und deutlich erkennbar sein. Oder Ihr müsst selbst aktiv werden und zu den Gästen hingehen. Nicht alle auf einmal zum selben Gast, aber von mir aus alle nacheinander. Eine von Euch wird er ja haben wollen, sonst wäre er nicht hier. Eure Gesten sind wichtig. Eure Lippen, Eure Zunge kann Wunder bewirken. Eure Hüften können verzaubern. Nutzt, was Euch gegeben ist.

Wir können etwas Wettbewerb zwischen Euch nicht ganz unterbinden. Vor allem aber sollte Euch der Erfolg der anderen Mädchen Ansporn sein, selbst immer weiter dazuzulernen. Ihr werdet von Tag zu Tag besser. Am Ende erwarte ich von Euch, das jede von Euch so viel verdienen wird wie Cynthia. Ihr schafft das! Wir schaffen das!"

Alle applaudierten.

„Heute ist Freitag. Wir haben für heute Abend zahlreiche Reservierungen. Der Saal wird also voll werden. Das ist Eure Chance, heute Abend richtig gut zu verdienen. Ran an die Beute, Mädels."

Erneut gab es Applaus. Masinde schien den richtigen Ton getroffen zu haben. Er konnte uns Mädchen immer motivieren.

Bis zum Eintreffen des ersten Gastes blieb noch etwas Zeit. Diese nutzte ich, Felister noch einige Fragen zu stellen.

„Masinde sagte, dass es an uns liege, ob wir mit einem Mann nach hinten gehen.", vergewisserte ich mich.

„Ja. Niemand zwingt Dich. Aber bedenke: Hier im Saal bekommst Du 200 KSH für ein Getränk. Wieviele schaffst Du wohl an einem Abend? Wenn Du mit einem Mann nach hinten gehst, dann zahlt er mindestens 10.000 KSH. Darunter darfst Du ihm nicht zusagen. Das ist hier eine eiserne Regel. Davon bekommst Du die Hälfte. Dafür müsstest Du 25 Mal ein Getränk bestellt bekommen."

„Und hinten wollen die Männer dann Sex?" Eigentlich war das eher eine rhetorische Frage.

„Die Kerle wollen immer das selbe. Erst Fummeln, dann musst Du Blasen, dann Ficken. Am Ende kommt es nur darauf an, dass er abspritzt. Nur dafür geht er mit Dir nach hinten." Felister wirkte so unglaublich abgeklärt.

„Das hast Du schon gemacht?", wollte ich es genau wissen.

„Nicht nur einmal. Erst gestern Abend bin ich mit einem nach hinten gegangen. Er hat 15.000 KSH bezahlt. Ich habe davon 7.500 KSH bekommen. Schneller kann man sein Geld doch gar nicht verdienen. Was muss man dafür schon tun? Ausziehen, befummeln lassen, ein paar Proteine schlucken und dann sein Ding unten rein lassen. Fertig. Was ist schon dabei? Und hier im Club sind wir alle relativ sicher. Da kann uns nicht viel passieren. Unsere Jungs passen immer auf."

„Mit Kondom?"

„Nein, er wollte unbedingt ohne. Deshalb habe ich auch mehr verlangt als die üblichen 10.000."

„Und das hat Dir nichts ausgemacht?"

„Nein. Wenn man in Nairobi Aids bekommt, dann von einem Kenianer. Unseren Club kann sich doch kaum ein Kenianer leisten. Die meisten hier sind Mzungus aus den Botschaften oder der UN. Die Europäer sind nicht infiziert. Bei denen haben nur die Schwulen Aids." Sie schien das fest zu glauben.

„Und was ist, wenn Du schwanger wirst?", wollte ich wissen.

„Gestern bestand die Gefahr nicht. Aber wenn ich das nächste Mal meine Periode habe, dann bekomme ich die Pille. Kriegst Du auch vom Club. Aber das geht erst dann, wenn Du Deine Periode hast."

„Du bist doch beschnitten, oder? Spürst Du denn beim Sex überhaupt etwas ohne Klitoris?"

„Meistens nicht wirklich. Aber das ist doch sowieso egal. Hier geht es ums Geschäft und nur ums Geschäft. Selbst wenn ich meine Klitoris noch hätte, würde ich dennoch jedes Mal einen Orgasmus faken müssen. Die Kerle geben sich doch keine Mühe, dass es uns gefällt. Die wollen alle nur selbst ihren Spaß. Und die sind nicht in der Lage, einen Fake-Orgasmus zu erkennen. Dazu musst Du nicht einmal besonders gut vortäuschen. Lobe sie anschließend noch unaufgefordert, wie toll sie waren. Dann sind Männer mehr als glücklich."

Mein erster Gast

Es war gerade einmal 20 Uhr als der erste Kunde reinkam. Alleine. Felister meinte sofort, da gehe etwas. Doch Masinde hielt sie zurück. Lass es Flora mal versuchen, meinte er. Sehr unsicher ging ich zu dem Mann hin.

„Darf ich mich zu Dir setzen?", fragte ich ihn?

Er musterte mich, schien aber ganz angetan von dem, was er sah. „Gerne. Wie heißt Du?"

Das hätte meine Frage sein sollen. Es zeigte einfach, dass man solche Situationen vorher nicht mit jedem Detail einstudieren kann. Aber ich ließ mich nicht beirren.

„Ich heiße Flora. Gefalle ich Dir?"

„Oh ja, Du gefällst mir gut!" Er drehte mich ein wenig, um mehr von mir zu sehen.

„Und wie heißt Du?." Er nahm mich in den Arm und antwortete etwas barsch: „Das tut hier nichts zur Sache!" Mit seiner Hand unter meiner Bluse sprang der vordere Druckknopf auf.

„Oh, Du musst mir etwas zu Trinken bestellen, bevor Du mich anfassen darfst. Unser Chef ist da sehr streng." Ich schloss meine Bluse sofort wieder.

„OK, was trinkst Du denn?" Caroline stand schon neben dem Sessel, um die Bestellung aufzunehmen.

„Champagner."

„Das scheint mir aber sehr teuer. Geht es nicht eine Nummer kleiner?" Ich war also an einen Geizkragen geraten. Er wollte Mädchen befummeln, aber am liebsten nichts dafür bezahlen.

„Nektar geht auch." Er konnte ja nicht wissen, dass der Preis der selbe ist. Es hörte sich wohl sehr viel billiger an.

„Einen Sex on the Beach und einen Nektar dann bitte." Sofort wandte er sich wieder zu mir und begann mich zu streicheln. Ich ließ ihn gewähren. Es war merkwürdig. Tatsächlich war es nicht so schlimm, wie ich vorher befürchtet hatte. Nicht nur, dass ich seine Hände unter meiner Bluse ertragen konnte, seine Zärtlichkeiten fand ich sogar ganz angenehm. Gleichzeitig war ich von mir selbst angewidert, dass mich seine Berührungen nicht anekelten. Es war eine ganz verrückte Situation. Aber er roch gut. Er war ein gut aussehender Mann in seinen vierzigern. Eigentlich konnte ich froh sein. Ich hätte es schlimmer treffen können. Die Getränke kamen und ich trank die 0,1 l Nektar in einem Zug aus. Das war nicht, um Umsatz zu generieren. Ich hatte nichts gegessen, kaum getrunken. Ich hatte einfach irren Durst. Ich hätte einen ganzen Liter davon trinken können. Das fiel ihm wohl auch auf.

„Hast Du wirklich solchen Durst oder denkst Du, Du könntest so noch schneller Geld aus mir herauspressen?"

„Ich habe wirklich Durst. Du bist mein erster Kunde. Deshalb hatte ich noch gar nichts getrunken." Er bezog mein Eingeständnis wohl nur auf den heutigen Tag. Ihm war offensichtlich nicht klar, dass er mein erster Mann überhaupt war. Ich hatte noch nie irgendetwas mit einem Jungen. Und es fühlte sich gut an, ihn zu streicheln.

„Darf ich der Dame noch etwas bringen?" Caroline war es nicht entgangen, wie schnell ich ausgetrunken hatte und war prompt wieder da.

„Hmm. Ich weiß nicht." Er zögerte. Der Mann war einfach knauserig.

„Es ist doch nur Nektar. Ich würde mich sehr freuen, wenn Du mir noch etwas bestellen würdest."

„Na gut. Dann bring' ihr noch einen Nektar. Ich habe noch, danke."

„Ich danke Dir. Darf ich mein Bein über Deines legen?" Masinde hatte mich instruiert, dies bei guten Gästen zu tun. So sitzend waren meine Beine gespreizt. Mein kurzer Rock war dazu natürlich völlig ungeeignet, sodass der Gast meinen Slip sehen konnte. Das war wohl auch der Zweck des Ganzen und verfehlte seine Wirkung nicht. Seine Hand glitt sofort an mir herab und streichelte über meinen Slip. Man könnte annehmen, dass ein Mädchen in dieser Situation ein Problem mit so intimen Berührungen haben müsste. Aber tatsächlich empfand ich seine Hand zwischen meinen Beinen nicht als unangenehm. Ich reagierte sogar erkennbar auf ihn. Meine Klitoris wurde fester und ich wurde da unten feucht. Das merkte wohl auch er. Bald hatte er den Stoff zur Seite geschoben und spielte direkt mit meinen Schamlippen. Ich spürte es, wenn er meine Klitoris sanft berührte. Meine verbale Reaktion darauf war jedoch weit übertrieben und entsprach nicht wirklich den Empfindungen. Aber etwas Übertreibung könnte nicht schaden, dachte ich mir, auch durch Masindes Erklärungen und Felisters Erzählung inspiriert.

„Oh ja. Das ist schön. Mmmmm." Ich küsste seinen Arm und biss ihn ohne Zähne, nur mit meinen Lippen. Das wiederum schien ihm sehr zu gefallen.

Meinen zweiten Nektar trank ich immerhin etwas zivilisierter. Der Zucker schien mir gut zu tun. Aber auch dieses Glas war relativ rasch geleert. Doch diesmal war er es, der mir ein drittes Glas anbot.

„Ich bestelle Dir gerne noch ein drittes Glas und Du zeigst mir, was dafür noch geht, OK?"

Als das dritte Glas kam, überlegte ich angestrengt, was er denn noch erwarten könnte. Mir fiel nichts besseres ein als ihn zwischen den Beinen zu streicheln. Deutlich konnte ich sein steifes Glied spüren. Er öffnete selbst den Reißverschluss und den Knopf seiner Hose. Er führte meine Hand hinein. Mit Daumen und Zeigefinger bearbeitete ich seine Eichel. Es dauerte nur Sekunden, dann war es plötzlich sehr nass in seiner Hose.

„Oh, Entschuldigung", bat ich. Ich hoffte, er würde nicht böse darauf reagieren. Aber es war ihm wohl sehr Recht. Er stand auf und verschwand auf Toilette. Ich blieb einfach sitzen, da er nichts geäußert hatte. Rasch kam er wieder in den Saal, aber nicht zurück zu seinem Sessel. Stattdessen ging er zur Bar und bezahlte. Dann stürmte er hinaus. Ich stand auf und ging zurück zur Bar. Edgar meinte nur: „Das waren eben Deine ersten verdienten 600 KSH." Dafür hätte ich in Vihiga fünf mal in den Wald gemusst, Feuerholz sammeln und auf dem Markt verkaufen. Das wären zwei volle Tage Arbeit gewesen mit viel Anstrengung. Das eben hatte nicht einmal 15 Minuten gedauert. Vielleicht sollte ich diese Tätigkeit selbst nicht mehr so negativ sehen wie bisher.

An diesem Abend bekam ich von Gästen zwei weitere Nektar bestellt. Der Zucker dieses Fruchtsafts tat mir sichtlich gut nach dem tagelangen Hungern.

Spät in der Nacht brachte uns der Fahrer zurück. Es war ein merkwürdiger Tag. So viel Neues ist geschehen. Er änderte so vieles in meinem Leben. Manches hatte das Potential, ein Mädchen völlig zu verstören. Aber verglichen damit, wie ich mich bei meinem geplanten Selbstmord fühlte, ging es mir jetzt richtig gut. Das erste verdiente Geld, 1.000 KSH (10 €), fühlte sich sehr gut an. Ich war todmüde und schlief sofort ein. Da am nächsten Morgen keine Uni anstand konnte ich lange ausschlafen, dachte ich. Doch um neun Uhr rief der

Club an und kündigte an, dass ich um zehn Uhr abgeholt würde. Nur ich. Die beiden anderen durften schlafen. Felister murmelte nur: „Masinde schickt Dich sicherlich zum Arzt. Das ist bei uns Pflicht! Geh einfach hin. Der beißt nicht!"

„Aber er bohrt!" lästerte Winnie ohne dass ich was damit anfangen konnte.

Daktari

Daktari ist das Kisuaheli-Wort für Arzt. Ein Arztbesuch ist sehr teuer und viele können ihn sich nicht leisten. Wer einen festen Job hat, ist automatisch durch den Arbeitgeber in einem Gesundheitsfond. Dieser übernimmt die Kosten für Behandlungen in öffentlichen Krankenhäusern. Der Besuch eines niedergelassenen Arztes war immer kostenpflichtig und damit normalerweise nur den reichen Bürgern vorbehalten. Es war schon eine ganz besondere Sozialleistung, dass Masinde alle Kosten übernahm.

Am nächsten Tag, es war ein Samstag, holte mich der Fahrer bereits um zehn Uhr morgens ab. Wir scherzten noch im Auto, dass es sich kaum gelohnt habe, mich nach Hause zu bringen. Tatsächlich hatte ich nur fünf Stunden schlafen können. Aber Dank des Telefonanrufs war ich früh genug wach und hatte sogar noch Duschen können.

Der Fahrer hatte uns schon mehrfach gefahren, aber erstmals erfuhr ich, dass er George hieß. Er erklärte mir freundlich die Sehenswürdigkeiten an denen wir vorbei fuhren: den Eastleigh Militärflughafen, den Nairobi River, das Business Viertel, den Uhuru-Park und das Nairobi Hospital. Stolz zeigte er mir ein Foto seiner hochschwangeren Frau. Er war ein netter Kerl.

Schließlich setzte mich George beim Arzt ab. Masinde ließ jedes Mädchen einmal zu Beginn und danach erneut jeden Monat untersuchen. Das war bei ihm eine ganz klare Regel, die niemand brechen durfte. Es hieß, einmal habe sich ein Mädchen widersetzt, weil sie nicht so früh hatte aufstehen wollen. Sie durfte einen Monat nicht arbeiten. Dann war sie pünktlich beim nächsten Arzttermin und durfte wieder kommen. Der Arzt hätte sicher wieder einen früheren Termin anbieten können, aber es war Masinde wohl wichtig, ein Exempel zu statuieren.

Der Arzt war nur einen Häuserblock vom Club entfernt. Ich musste nicht warten. Zu Beginn musste ich viele Fragen beantworten. „Wann bist Du geboren?"

„Am 10. März 1994!", antwortete ich wahrheitsgemäß.

„Ah, Sternzeichen Fische, bzw. die Chinesen würden sagen, geboren im Jahr des Holzhundes. Bei französischen Weinen ist der Jahrgang 1994 einer der am meisten unterschätzten. In ihnen steckt oft mehr, als man glaubt." Ich war von Anfang an stark beeindruckt davon, was dieser Mann alles wusste, wobei mir nicht klar war, ob das alles nun gut oder schlecht war. Ich denke, er wollte die Situation nur einfach etwas auflockern.

Er wollte wissen, wann ich das erste Mal meine Periode hatte, wann das letzte Mal und wie regelmäßig. Tatsächlich hatte ich erst mit 17 Jahren das erste Mal meine Periode bekommen. Sehr spät, im Vergleich mit anderen Mädchen. Das war wohl auch meiner unregelmäßigen und schlechten Ernährung geschuldet. Meine letzte Periode lag schon 40 Tage zurück. Ich bekam sie immer nur sehr unregelmäßig.

Viele seiner Fragen waren sehr intim. So wollte er auch wissen, wann ich das erste Mal Sex hatte und wie oft nun. Meine Aussage, ich sei noch Jungfrau, nahm er eher ungläubig zur Kenntnis. „Du bist in diesem Job bei Masinde und dann erzählst Du mir, Du seist noch Jungfrau? Ist Dir klar, wie wichtig das hier ist? Es hilft vor allem Dir! Ich kann nur dann etwas für Dich tun, wenn Du mir wirklich die Wahrheit erzählst. Und Lügen hilft auch deshalb nicht, weil ich gleich ohnehin sehen werde, ob Du wirklich noch Jungfrau bist."

„Es stimmt wirklich. Ich lüge nicht!" Das war ihm wohl noch nie passiert: Eine Mitarbeiterin eines Sex-Clubs, die noch Jungfrau war.

Auch mein Beteuern half nichts. Er schüttelte nur den Kopf.

Er befragte mich noch nach Krankheiten in der Familie und welche Erkrankungen ich bereits hatte. „Ich konnte es mir nie leisten, krank zu werden", antwortete ich. Am Ende musste ich ihm mehrere Formulare unterschreiben.

„Dann zieh Dich mal aus, den Slip und den BH kannst Du anlassen.", wies er an.

„Ich habe keinen BH an.", erklärte ich.

„Dann kannst Du ihn auch nicht anlassen", scherzte er.

Ich stellte mich auf eine Waage. 41,8 kg notierte er. Dann maß er meine Größe: 1,67m

„Mädchen, es ist ein Wunder, dass Du überhaupt noch lebst. Das ist ganz extrem untergewichtig. Richtig gefährlich. Du musst Dir unbedingt angewöhnen, mehr zu essen und zu trinken. Dann bekommst Du auch nette Rundungen, die den Männern ganz sicher noch besser gefallen werden. Aber vor allem solltest Du es für Dich tun. So starkes Untergewicht ist sehr ungesund. Mindestens zehn, besser 15 kg müssen drauf!" Diese Ansage war deutlich. Von Tee und einmal Ugali pro Tag, wenn überhaupt, kann man nicht dick werden.

Er horchte mich ab. Ich musste absichtlich Husten. Er maß meinen Puls, nahm Blut ab.

Dann sollte ich mich auf eine Liege legen. Er tastete meine Brust ab. Auch wenn es diesmal wirklich medizinische Gründe hatte: Alle Männer wollten immer nur, dass ich mich ausziehe, auf den Rücken lege und sie betatschten immer gerne meine Brust.

Dann musste ich meinen Slip ausziehen und mich auf einen seltsamen Stuhl setzen. Meine Beine legte ich auf spezielle Schienen. Er zog sich Handschuhe an. Was er dann genau in meiner Vagina machte, konnte ich weder sehen noch fühlen. Nur sein Werkzeug fühlte sich unangenehm kalt an.

„Mädchen, Du hast ja tatsächlich nicht gelogen, Du bist wirklich noch Jungfrau. Entschuldige, dass ich vorhin so barsch reagiert habe. Aber das habe ich in meinem Leben noch nicht erlebt. Und es waren schon sehr viele Mädchen hier auf meinem Stuhl." Irgendwie war ich froh, dass er mir glaubte, obwohl es eigentlich keine Rolle spielte.

„Ich schicke einige Sachen ins Labor ein. Am Dienstag bekommst Du die Ergebnisse in den Club geschickt." Ich durfte mich wieder anziehen und gehen.

Die erwähnten Ergebnisse waren nur Computerausdrucke des Labors. Sie kamen schon am nächsten Tag in den Club. Offenbar wurde ich auf AIDS und andere Erkrankungen getestet. Alles war in Ordnung. Datenschutz war im Club nicht wirklich gewährleistet, denn Masinde und Edgar wussten schon vor mir von den Ergebnissen, die allerdings keine Überraschungen bargen. Erst einige Tage später wurde mir klar, dass der Arzt mir auch die Pille verschrieben hatte.

Auf dem kurzen Weg zum Club kaufte ich mir etwas gebratenen Reis an einem Stand am Straßenrand. Mein erstes Essen seit Tagen. Zurück im Club wurde auf der Bühne geprobt. Man veränderte gerade eine Aufführung, die ich so ähnlich am Vorabend auf der Bühne gesehen hatte. Ich war überrascht, wie ungezwungen dieses Mädchen nackt auf der Bühne agierte.

Edgar kam auf mich zu. „Flora, Du bist sehr früh hier. Ich denke, Du solltest Dir Deine Haare machen lassen. Nimm diesen Ausweis und gehe zu dem Friseur nebenan. Lasse Dir Hair-Extensions machen. Das sieht bestimmt super an Dir aus. Es wird wahrscheinlich etwa

5.000 KSH kosten. Der Friseur rechnet mit uns ab, aber wir werden Dir das Geld demnächst von Deinem Verdienst abziehen. Nicht sofort. Ich weiß, wie dringend Du das Geld brauchst. Aber etwas später dann schon. Besseres Aussehen verschafft Dir mehr Gäste. Sieh es als lohnende Investition!"

Beim Friseur wählte ich den Typus Jamaika Bulk. Es waren künstliche Haare zu diesem Preis und es dauerte Stunden, bis die ganzen Extensions an meine kurzen Haare gefriemelt waren.

„Die dürfen nicht nass werden, sonst ist alles vorbei. Deine eigenen Haare sind eigentlich viel zu kurz. Da können wir das nicht anders machen." Ich bekam eine Duschhaube, damit meine Haare beim Duschen nicht nass würden.

Die Show

Jeden Abend um 20 Uhr öffnete der Club. Erstmals um 20:15 Uhr gab es eine Show auf der Bühne. Ab da traten alle 15 Minuten einige von uns auf. Die Gäste sollten unterhalten werden und tatsächlich gab es Gäste, die keine Mädchen zu sich ließen, sondern nur etwas tranken und sich die Show ansahen. Aber das war eher die Ausnahme. Um 22 Uhr gab es immer ein förmliches Willkommen unseres Chefs, Masinde. Danach wiederholte sich das Programm und nach Mitternacht dann ein drittes Mal. Bei den Auftritten durfte man keine hohen künstlerischen Ansprüche stellen. Mal ein Striptease, mal Bauchtanz, mal eine Ulknummer mit viel nackter Haut. Eigentlich ging es immer nur darum, uns Mädchen unter irgendeinem 'Vorwand' nackt auf der Bühne zu präsentieren.

Mir wurde zugedacht, die Rolle von Cynthia zu übernehmen. Sie war so begehrt, dass Masinde sie nicht zu sehr auf der Bühne binden wollte. Da ich sehr leicht war, war ihre Rolle für mich ideal, meinte er. „Morgen holt Dich George schon um 14 Uhr ab. Tom und Du werdet dann hier üben. Tom kennst Du?" Ich hatte ihn einige Male auf der Bühne gesehen. Er hatte nicht nur diesen Auftritt, sondern noch zwei weitere. So stand er jeden Abend neun mal mit unterschiedlichen Mädchen auf der Bühne. Entsprechend nickte ich.

„Tom, heb' Kister mal hoch." Er stellte sich hinter mich und konnte mich mühelos hochheben. Ohnehin war er ein gut durchtrainierter Mann. Er war aus dem befreundeten Stamm der Luo, wie er mir später einmal erzählte.

„Ist das OK für Dich, das mit Tom zu machen?", wollte Masinde wissen.

„Ich war noch niemals irgendwo auf der Bühne." Ich war schon ziemlich nervös. Alle Augen würden auf mich gerichtet sein.

„Das bekommst Du schon hin. Ihr übt das ja. Das wird schon. Wenn das Training morgen Nachmittag gut verläuft, kannst Du abends bereits auftreten. Du wirst sehen, das verschafft Dir viele zusätzliche Gäste, die Dich an ihrem Tisch haben möchten. Dein Kostüm bekommst Du von Selina."

Da ich Cynthia bereits in ihrer Show auf der Bühne gesehen hatte, wusste ich recht genau, was auf mich zukam.

Meine Show begann in einem Bühnenbild, das ein Schaufenster eines Bekleidungsgeschäfts darstellte. Dort standen einige Schaufensterpuppen und ich. Auch ich war als Schaufensterpuppe verkleidet und hatte mich entsprechend zu verhalten: stockstauf. Ich bekam ein spezielles Set Kleidung, das ich nur während der Show zu tragen hatte. Anders als die normale Kleidung aller Mädchen, hatte die Bluse richtige Knöpfe und ich bekam auch einen BH für die Show.

Der Ablauf war dann so: Ich stehe auf der Bühne zwischen den Puppen und der Vorhang geht auf. Tom kommt herein mit einem Putzeimer. Aus dem Off ist eine Stimme zu hören, die Tom anweist, eine der Puppen zu reinigen und neu einzukleiden. Die Beschreibung dieser Puppe passt genau auf mich. Er sieht sich alle Puppen an und bleibt dann bei mir stehen. Das Licht auf der Bühne wird abgedimmt. Ein Scheinwerfer hält voll auf mich. Ich stehe am vordersten Rand der Bühne. Der erste Gast ist keine zwei Meter entfernt. Es ist nicht zu beschreiben, was mir beim ersten Mal dabei durch den Kopf ging. Ich musste alle meine Kraft zusammennehmen.

Tom stellt sich hinter mich und offenbar scheint ihm die Puppe zu gefallen, denn er lässt seine Hände über meinen Körper gleiten, immer wieder. Danach öffnet er, immer noch hinter mir stehend, meine Bluse. Mit seinen Händen geht er unter meine Bluse, zunächst noch so, dass mein BH weitgehend verdeckt bleibt. Als er die vorderen Seiten meiner Bluse zur Seite schiebt, verdecken zunächst seine Hände meinen BH. Nur langsam nimmt er sie weg und gibt dem Publikum den Blick darauf frei. Er muss meine Arme, die ich sehr steif halte, bewegen, um mir die Bluse ganz ausziehen zu können. Wieder wandern seine Hände über meinen Körper, vor allem meine Brust. Dann gleiten sie an mir herab, er hebt meinen Rock an, streichelt mich dort. Seine Hände gleiten unter meinen Slip. Dann streift er mir meinen Rock herunter und wiederholt die Aktionen unter meinem Slip. Immer mal wieder bewegt er den Slip etwas. Aber die Gäste können eher ahnen als sehen. Die betonte Langsamkeit aller Bewegungen soll wohl vor allem die Phantasie der Gäste beflügeln. Schließlich entfernt er meinen BH. Alle Sachen legt er säuberlich auf einen Stuhl. Dann stellt er sich wieder hinter mich, lässt seine Hände lasziv an mir herabgleiten. Er streift meinen Slip herunter und spielt an meiner Vagina. Er dreht mich, so dass ich mit dem Rücken zum Publikum stehe. Dann knickt er mich in der Mitte ab, sodass ich vornüber gebeugt stehe. Ich spüre die Blicke der Gäste förmlich auf meinem Po und auch meine Vagina ist wohl so von hinten zu erkennen. Währenddessen spielt er mit meinem Busen. Dann biegt er mich wieder gerade, dreht mich erneut, umklammert mich mit seinen Armen von hinten und hebt mich hoch. So trägt er mich zu einem Tisch, auf den er mich legt. Auch dieser Tisch steht ganz vorne am Rand zum Publikum. Die ersten Male, fand ich diese Prozedur so beschämend und erniedrigend. Ich wäre am liebsten fortgerannt. Aber ich nahm alle meine Kraft zusammen, um nichts zu machen. Genau das war ja auch meine Aufgabe. Meine schauspielerische Leistung bestand darin, als Puppe nichts zu machen. Mehr hätte ich damals auch nicht zustande gebracht.

Er bewegt meine Arme und meine Beine, die ich puppenhaft steif halte, aber so tue, als könne er diese in Scharnieren bewegen. So liege ich dann auf dem Rücken auf dem Tisch, meine Füße zum Publikum gewandt. Er spreizt meine Beine, die ich merkwürdig in der Luft halten muss. Er winkelt meine Beine etwas an, weil ich die Position sonst nicht lange durchhalten könnte. Während er mich wäscht, steht er neben mir, um den Blick des Publikums auf meine Vagina nicht zu verdecken. Auch diese wäscht er schließlich besonders gründlich. Dann kleidet er mich langsam wieder an und stellt mich wieder an die ursprüngliche Position. Der Vorhang schließt sich.

Als wir dies das erste Mal übten, war ich sehr nervös. Toms Berührungen waren ungewohnt, aber nicht unangenehm. Müsste mich sein Streicheln nicht eigentlich sehr viel mehr abstoßen? Ich erinnere mich gut, dass ich vor allem über mein eigenes Empfinden und meine Reaktion auf seine Berührungen erschrocken war. Aber lange Zeit zum Nachdenken hatte ich ohnehin nicht. Ständig korrigierte Masinde mich. Mal war ich als Puppe nicht starr genug. Mal ermöglichte ich die Aktionen von Tom nicht genug. Obwohl meine Rolle rein passiv war, verlangte sie doch eine gewisse Konzentration und die half, andere Gedanken zu verdrängen.

Bei den ersten Auftritten fand ich das Ganze sehr unangenehm. So viele Männer, die alle auf meine Vagina starrten. Dann fand ich, dass es erträglich sei, vor allem, weil ich das Publikum nicht ansehen musste, während ich da auf dem Rücken lag. Später hat es mir überhaupt nichts mehr ausgemacht.

Die ganze Vorstellung hatte eigentlich nur den Sinn, mich anzupreisen, meinen Körper zu zeigen und die Männer heiß zu machen. Während der Show haben die Kellnerinnen bei den Gästen erwähnt, dass diese mich an ihren Tisch rufen können. Manche hätten mich an der Bar sitzend vielleicht nie zu sich gerufen und mich fortgeschickt, wenn ich unaufgefordert zum Sitzplatz gekommen wäre. Für viele Männer war es dann aber eine ganz andere Situation zu sehen, wie ich auf der Bühne entkleidet und überall berührt wurde. Die bekamen Lust, auch mal anzufassen. Fast immer war ich nach der Show ausgebucht. Damit erfüllte sie ihren Zweck. Extra bezahlt bekam ich die Show nicht.

Diese Show haben wir jeden Abend drei mal aufgeführt. Ich glaube, dass bis heute kein Kerl mich häufiger intim berührt hat als Tom. Anfangs hatte Tom jedes Mal eine Erektion. Das war deutlich zu sehen – aber auch zu spüren. Wir hatten ja genug Körperkontakt, beispielsweise wenn er mich als Puppe tragen musste. Nach wenigen Tagen schon war das anders. Auch solch intime Berührungen verlieren jegliche Wirkung, wenn sie zur bloßen Gewohnheit werden.

Ajuza

Ajuza war die Chefin der Frauen, die an den Tischen bedienten. Die meisten in ihrem Team waren frühere Prostituierte, aber nun zu alt für diesen Job. Masinde gab ihnen die Chance als Kellnerin zumindest über die Runden zu kommen. Ajuza bedeutet bei uns so viel wie alte Frau. Aber eigentlich war das nicht fair. Sie mochte vielleicht 50 Jahre alt sein. Sie saß neben der Bar und dirigierte ihr Team. Sie selbst war, wie jeder in ihrem Team, in ein langes, traditionelles afrikanisches Kleid gekleidet. Damit war auf den ersten Blick erkennbar, wer am Tisch bediente und welche Mädchen man 'bestellen' konnte: Die im Minirock.

Sie hatte einen sehr guten Blick dafür, welchem Gast noch mehr Geld abgeknüpft werden konnte – und vor allem wie. Dann schickte sie eine aus ihrem Team zu ihm hin. Je nach ihrer Einschätzung fragte die einfach nur, ob sie noch ein Getränk bringen dürfe, ob er ein besonderes Mädchen haben wolle oder einen speziellen Wunsch habe. Fast immer lag sie genau richtig mit dem, was sie ihren Kellnerinnen sagte. Ihre Intuition war einer der Schlüssel zum Erfolg des Clubs.

Als eines Abends nicht viel zu tun war, kam Ajuza zu mir. „Na, Flora, gefällt es Dir bei uns?"

„Es ist alles immer noch sehr schwierig für mich."

„Ich mache das jetzt sei 30 Jahren. Glaube mir, das legt sich bald." Sie war die Mutter der Kompanie und es gefiel ihr auch, von den Mädchen so gesehen zu werden. Wahrscheinlich verdiente sie viel weniger als die meisten Mädchen, aber um Rat gefragt zu werden, verschaffte ihr eine Art Anerkennung, die sie genoss. Deshalb fragte ich sie:

„Ich weiß noch nicht, ob ich alles richtig mache. Bin ich wirklich der Typ Mädchen, den die Männer wollen?"

„Flora, ich denke Du hast, was nötig ist, um hier erfolgreich zu sein. Was zählt sind ein hübsches Gesicht, Busen, flacher Bauch, Beine, Po. Es ist völlig egal, welche Schulbildung Du hast oder wie gut Du Englisch sprichst. Wir hatten schon erfolgreiche Mädchen hier, die nicht einmal die Primary School erfolgreich abgeschlossen haben. Andere sind nach Form 2 abgegangen, manche haben wie Du immerhin Form 4 absolviert. Klar, unser erfolgreichstes Mädchen, Cynthia, hat ihr Studium abgeschlossen. Geschadet hat das auch nicht. Und was ist Dein Ziel im Leben?", wollte sie wissen.

„Ich möchte studieren. Aber mein Stipendium wurde nicht ausgezahlt."

„Und Du sparst Geld von Deiner Arbeit hier, um dann wieder studieren zu können?"

„Das würde ich gerne. Aber momentan verdiene ich nicht genug, um wirklich etwas sparen zu können."

„Ja, das liegt daran, dass Du nicht mit den Kunden nach hinten gehst. Dann wäre sehr viel mehr für Dich drin."

„Ich kann das nicht tun. Außerdem bin ich noch Jungfrau. Und irgendwie ist Sex etwas Besonderes, was ich nur mit dem einen einzigen, richtigen Mann tun möchte. Verliert man nicht den Respekt vor dem Sex, wenn man jeden Tag mit anderen Männern schläft?"

„Flora, wozu soll dieser Respekt vor dem Sex denn gut sein? Sieh Dir diese Männer hier an. Die allermeisten haben daheim eine Familie. Die UN-Beamten haben ihre Frauen fern in der Heimat und kommen hierher, weil sie bei uns hübsche, saubere und gesunde Mädchen bekommen. Ihre Frau ist tausende Kilometer entfernt und wird es nie erfahren. Aber wahrscheinlich vergnügt die sich in der Zwischenzeit auch mit einem anderen. Denkst Du, nur Männer seien untreu? Ich traue dieser Institution Ehe nicht. Wie kannst Du annehmen, Dein Mr. Right würde Dir treu sein, wenn Du hier siehst, wie viele Männer ihre Frau jeden Tag betrügen?"

„Ich möchte meinen Mann nicht teilen und nicht geteilt werden! Unsere Kenianischen Männer wollen nur mit meinem Körper spielen, mich schwängern und dann verschwinden. Heiraten würde ich schon gerne. Aber nur einen Mann, der treu sein kann."

„Ironischerweise wollen erstaunlich viele von Euch Mädchen den einen treuen Mann, wollen heiraten. Myriam dort wird jeden Tag von ihrem Freund hergebracht. Der weiß genau, was sie hier macht. Trotzdem funktioniert diese Beziehung. Warum? Weil nicht Treue in diesem trivialen Sinn sie zusammenhält, sondern die beiden verbindet weitaus mehr.

Wir hatten auch schon Fälle, in denen einer unserer Gäste sich in eines unserer Mädchen verliebt hat. Cathy war ein solcher Fall. Ihr Traum schien in Erfüllung zu gehen. Sie hatte sich immer einen weißen Europäer als Mann gewünscht, einfach wegen des damit verbundenen Status. Ihr Mann hat ihr ein Geschäft finanziert. Eine gute Geschäftsfrau war sie nicht. Sie hat nie viel Geld mit dem Geschäft verdient. Das war ihrem Mann wohl auch egal. Seine Hoffnung war, sie würde die Beine nicht mehr breit machen, wenn sie von ihm alles bekäme, was sie braucht. Aber sie konnte nicht dauerhaft treu bleiben. Keiner der Gäste würde mit unseren Mädchen dauerhaft glücklich. Die meisten wollen aber ohnehin nur eine Sexsklavin und nicht jemanden, mit dem sie wirklich ihr Leben teilen.

Andere hingegen wollen nicht unbedingt heiraten, weil sie wissen, dass es nicht funktionieren würde. Aber sie wollen ein Kind. Natürlich geht das auch ohne Heirat. Du siehst hier so viele Männer. Vergiss die Pille, sage dann bei dem Mann mit den richtigen Genen Ja, lass ihn seine Saat in Dich spritzen und dann wechselst Du in den Beruf Mutter. Die meisten bereuen den Schritt jedoch. Sie lieben ihr Kind – aber sie vermissen das gute Geld, das sie hier verdienen. An Geld und Luxus gewöhnt man sich sehr schnell! Du kannst das auch haben. Gehe einfach mit den Männern nach hinten!" Ganz offensichtlich war es ihre Intention mich davon zu überzeugen, nicht nur mit den Männern am Tisch zu sitzen, sondern mehr zu machen. Möglicherweise vermutete sie, ich könnte hoffen, an den Tischen meinen Mann fürs Leben zu finden. Aber der Gedanke war mir noch nicht gekommen.

„Kister, die Männer fragen oft nach Dir, wenn sie ein Mädchen nach hinten mitnehmen möchten."

„Ich weiß. Aber ich kann das nicht tun." Auch Masinde hatte mich schon mehrfach dahingehend motivieren wollen. „Ich habe Angst vor Aids und Schwangerschaft. Und ich habe es noch nie gemacht."

„Hier im Club kann Dir nicht viel passieren. Wir passen auf. Du bekommst sowieso demnächst die Pille." Auf das Thema Aids ging sie nicht ein. Es war die große, oft unausgesprochene Angst bei uns allen. Jedes einzelne Mal ohne Kondom konnte zur Infektion führen.

„Ich möchte trotzdem lieber nicht mit Männern schlafen. Es ist schon schlimm genug, dass die jeden Abend mit meinem Körper spielen. Ich weiß jetzt schon nie, wo der Finger, der gerade in meiner Vagina steckt, vorher gewesen ist. Für richtigen Sex wenigstens möchte ich auf den richtigen Mann warten!"

„Wie sieht denn Dein Traummann aus?", wollte Ajuza wissen.

„Ich will keinen Kenianischen Mann. Die schwängern ihre Frauen nur und hauen dann ab, ohne zu zahlen. Ein Europäer oder Amerikaner wäre mir lieber. Die haben wenigstens Verantwortungsbewusstsein." Das war damals meine feste Überzeugung.

„Na, dann bist Du aber in Nairobi völlig falsch. Die weißen Männer hier bohren Dich auf und danach bist Du ihnen sowas von egal. Die dummen und leichtgläubigen Männer sind in Mombasa. An der südlichen Küste, Diani Beach beispielsweise, da kannst Du solche Trottel finden, die Dir ein Kind machen und dann auch noch ein Leben lang dafür blechen, solange Du in jedem ihrer Urlaube da bist und artig wieder die Beine breit machst. Hier gibt es das nicht. Nicht im Club und schon gar nicht auf der Straße. Die Männer sind alle gleich!"

„Ajuza, ich erlebe hier täglich wie Männer für Sex bezahlen. Manche vernachlässigen sogar ihre eigene Familie zeitlich und finanziell, nur um sich die Dienste einer Malaya leisten zu können. Muss man deshalb annehmen, Männer würden Sex mehr lieben als Geld?"

„Das kann man so nicht sagen. Dass Männer ihren letzten Bob für Sex verprassen kommt eher in der Koinange Straße vor als in unserem Club. Die Männer hier können sich das eher leisten. Und vielleicht hilft es ihnen sogar, noch mehr Geld zu verdienen. Viele Männer finden beim Sex die notwendige Entspannung, um dann im Job wieder Höchstleistung zu bringen. Und wenn man einen Mann vor die Wahl stellen würde, eine Million Dollar oder Sex mit Naomi Campbell, so würden sich die meisten für die Million entscheiden. Man kann also nicht so einfach sagen, dass ihnen Sex wichtiger sei als Geld. Sex ist wichtig, aber Sex ist nicht alles." Ich lauschte immer ganz fasziniert, wenn Ajuza aus ihrem reichen Erfahrungsschatz plauderte.

„Du hast ja selbst viele Jahre als Malaya gearbeitet. Bestimmt hast Du schon sehr viele Männer nackt gesehen. Denkst Du, da gibt es große Unterschiede wie Penisse aussehen können?"

„Allerdings. Und ich meine jetzt nicht dieses Schubladendenken, wie Blutpenis, Fleischpenis oder 'Pferdeschwanz'. Klar, manche waren winzig, andere wiederum beeindruckend groß. Man mag meinen, ich müsse eine klare Meinung haben zu der Frage, ob die Größe für das Empfinden der Frau eine Rolle spiele. Natürlich macht es keinen Spaß, eine Salami durch eine Turnhalle zu werfen. Tatsächlich war es aber viel entscheidender, dass sich die meisten Männer nicht genug Mühe gegeben haben, den Sex auch für mich schön zu gestalten. Nur dann wäre ein Vergleich sinnvoll. So kann ich nur sagen, dass mein Empfinden mehr davon abhängt, dass ein Mann zum richtigen Zeitpunkt das Richtige tut, als davon, wie groß sein Johannes ist. Das Problem ist nicht nur, dass die meisten Männer sich gar nicht erst die Mühe machen wollen. Sie wissen oft auch gar nicht, wie eine Frau rein anatomisch funktioniert. Die meisten wissen nicht einmal, dass es einen Unterschied gibt zwischen einem vaginalen und einem klitoralen Orgasmus – naja zumindest bei uns unbeschnittenen Frauen.

Einige Penisse sind schrumpelig, andere glatt. Einige sind ungleich pigmentiert, andere ganz gleichmäßig. Auch Form und Größe der Eichel variieren. Zu meinem Bedauern muss ich feststellen, dass ich keinen Penis als wirklich schön bezeichnen kann. Vielleicht habe ich zu viele verschiedene gesehen, um daran noch Gefallen zu finden. Die Tätigkeit einer Malaya geht wohl an niemandem spurlos vorbei.

Einige Penisse sind rasiert, andere behaart. Ich habe festgestellt, dass Männer grundsätzlich von Mädchen erwarten, da unten rasiert zu sein. Selbst rasieren sich aber nur die wenigsten Männer. Leider war es oft auch so, dass die unrasierten Männer es mit der Körperhygiene insgesamt nicht so genau nahmen. Das ist tatsächlich das Schlimmste, was einem Mädchen passieren kann. Nichts törnt mich mehr ab und erfordert von mir mehr Überwindung als ein ungewaschener Mann.

Unbedingt froh bin ich darüber, dass ich da nichts zwischen den Beinen baumeln habe. Allerdings habe ich die Männer früher darum beneidet, dass sie nie ihre Periode haben. Unfair ist auch, dass das Schwangerschaftsrisiko alleine bei den Frauen liegt. Männer haben es da sehr viel leichter. Sie fliegen aus dem Urlaub nach Hause und lassen alle Sorgen und Folgen in Kenia zurück.

Als ich meine Periode hatte, bekam ich nicht meine übliche Dienstkleidung sondern ein langes, afrikanisches Kleid. Mit dem Kommentar „Du bist ja heute zu sonst nichts zu gebrauchen" schickte mich Edgar zu Ajuza und ich wurde an den drei Abenden als Kellnerin eingeteilt. Außerdem kommandierte er: „Schluck das. Das kommst Du Dir in Zukunft jeden Abend bei mir abholen!"

„Was ist das?" Es war eine einzelne Tablette. Das Symbol des Herstellers verriet nicht, was diese wohl bewirken würde.

„Die ist dafür, dass Du so schön schlank bleibst, wie Du bist.", antwortete er schnippisch.

„Der Doktor sagt aber, ich soll etwas zunehmen", entgegnete ich verwundert.

„Dummchen. Die Pille sorgt dafür, dass Du nicht schwanger wirst. Sei froh, dass Du die bekommst. Woanders müssen die Mädchen so etwas selbst zahlen. Aber Masinde ist viel zu gutmütig!"

„Aber ich will keinen Sex mit Männern!" beteuerte ich.

„Das ist mir egal. Es kann schon reichen, wenn Tom auf der Bühne an Dir rumfingert und sich ein einziges Spermium da hinein verirrt.

Du nimmst die Pille! Ob Du Dich ficken lässt, ist mir egal." Später sollte es sich herausstellen, dass es ihm so egal dann doch nicht war. Aber zu diesem Zeitpunkt respektierte er meinen Wunsch, keinen Sex haben zu wollen.

An einem der nächsten Abende war es extrem ruhig. Bis weit nach 22 Uhr war der ganze Saal völlig leer. Solche Abende waren langweilig. Auch die Shows beginnen nur, wenn mindestens ein Gast im Saal ist. An solchen Abenden saßen wir an der Bar und plauderten untereinander.

Dann kam ein einziger Gast, der jedoch kein Mädchen bei sich haben wollte. Er bestellte sich ab und an einen Drink und sah sich die Show an. Er hatte seine private Vorstellung. Nach Mitternacht trat auch ich in meiner Show auf. Als ich nach der Show wieder in den Saal zurück kam, schickte mich Ajuza zu dem Gast. Er hatte mich an seinen Platz bestellt. Wir plauderten ein Wenig. Ich lehnte es ab, mit ihm aufs Zimmer zu gehen und dann bestellte er mir keinen weiteren Drink. So war meine Aufgabe an seinem Tisch rasch wieder beendet.

Ajuza schimpfte mit mir. So könnten weder der Club noch ich gutes Geld verdienen. Ich solle meine Haltung unbedingt überdenken.

„Ajuza. Er soll sich einfach eines der anderen Mädchen bestellen. Ich mache das nicht!"

„Flora, er will nur Dich. Vielleicht solltest Du mal überlegen, ob Du hier richtig bist, wenn Du nicht arbeiten willst."

„Ajuza, bitte lasse sie in Ruhe!", kommandierte Masinde. Dann nahm er mich zur Seite. „Flora. In meinem Club wird niemand gezwungen, etwas zu tun. Du machst einen guten Job hier. Deine Umsätze sind OK. Du bist immer pünktlich. Ich bin froh, Dich hier zu haben. Allerdings solltest Du wissen, dass dies nicht der erste Gast ist, der explizit Dich haben möchte. Du kannst sicherlich 20.000 KSH verlangen. Die Hälfte davon gehört Dir. Eine solche Einnahme hilft Dir damit ebenso wie dem Club. Denke einmal darüber nach. Was kann sich ein junges Mädchen von dem Geld alles leisten?"

„Masinde, bitte akzeptiere das. Ich möchte das nicht machen."

Er akzeptierte es.

Shopping

Mein Leben hatte sich gewaltig geändert. Ich hatte einen festen Tagesplan und ein geregeltes Einkommen. Meine Existenzängste waren verschwunden. Kein Gedanke mehr daran, mich umzubringen. Es klingt paradox: Man sollte meinen, ich würde die Tätigkeit verabscheuen. Doch dem war ganz und gar nicht so. Mein Leben verbesserte sich dadurch enorm. Ich wurde nicht reich mit dem, was ich tat. Doch gemessen daran, was ich vorher jemals hatte, waren 400 bis 2.000 KSH (20€) pro Tag richtig gut. Ich hatte jeden Abend mindestens einen Gast, manchmal sogar mehrere. Vor allem Freitag und Samstag Abend waren sehr erfolgreiche Tage. Von meinen Einnahmen beglich ich meine Schulden bei Felister und Winnie. Dennoch hatte ich ein kleines Polster. Das gab mir ein nie zuvor gekanntes Gefühl der Sicherheit. Das Verhältnis zu Felister und Winnie war deutlich besser als zuvor, seit wir Kolleginnen waren. Sie hatten mir auch geholfen, die Probleme mit David, dem Hausmeister und den Jungs nebenan zu regeln. Niemand belästigte mich mehr und die finanziellen Forderungen waren alle erfüllt.

„Heute wird keine von uns früher abgeholt. Wir haben Zeit. Wir gehen shoppen!", beschloss Winnie.

„Ich weiß nicht, vielleicht sollte ich mein Geld lieber sparen. Ich habe nicht so viel wie Ihr." Die beiden hatten weitaus höhere Einnahmen, denn mindestens drei mal pro Woche gingen die mit einem Gast nach hinten. Jedes Mal brachte mindestens 5.000 KSH (50 €) ein. Deren Einkommen war ganz deutlich über dem Durchschnitt der Bevölkerung in Kenia. Entsprechend stiegen auch die Ansprüche der beiden.

„Sparen kannst Du immer noch. Schau Dich mal an. So kannst Du nicht länger rumlaufen. Du hast keine Schuhe, nur FlipFlops. Du hast keinen BH. Du hast immer das selbe T-Shirt, die selbe Hose." Das meiste stimmte schon. Also zogen wir los. Wir riefen George, den Fahrer des Clubs an und er brachte uns ohne dumme Fragen zu einer frisch eröffneten Shopping Mall namens Westgate, die in Nairobi gerade total angesagt war. Er parkte den Wagen auf der gegenüberliegenden Straßenseite auf einem zugehörigen Parkplatz und ging dann mit uns hinein. Dazu hatten wir ihn eigentlich nicht eingeladen, aber er war stolz mit 'seinen' drei Mädchen angeben zu können, obwohl keine von uns sein Mädchen war.

Am Eingang zum Einkaufszentrum wird jeder auf Waffen und Bomben untersucht. Jede Tasche muss geöffnet werden. Schon bei der Einfahrt auf den Parkplatz musste der Kofferraum des Wagens geöffnet werden. Die Angst vor Anschlägen ist in ganz Kenia riesengroß, auch wenn eher der Norden gefährdet ist und Nairobi als ruhig und sicher gilt.

Wir kauften Dessous in einer Boutique namens Secrets. Ein Slip und ein BH kosteten gleich 8.000 KSH (80 €). Die beiden kauften sich sofort drei Sets. Ich wollte wenigstens mit einem Set mithalten. Winnie machte sich einen Spaß daraus, George heiß zu machen. „Na, George, wie gefällt Dir das?" Sie präsentierte sich nur in Slip und BH vor ihm und er genoss den Anblick ganz offensichtlich. Er hatte uns alle zwar schon nackt auf der Bühne gesehen, aber immer aus ziemlicher Distanz. So ein Blick von nah war sicher etwas anderes für ihn.

Ich hatte das erste Mal in meinem Leben so viel Geld zur Verfügung. So ließ ich mich anstecken von deren Kaufrausch. Auch ich gab mehr als 10.000 KSH (100 €) für Schminke aus. Die beiden meinten, dass wir geschminkt noch mehr Erfolg haben würden. Ich war viel zu leicht zu überzeugen. Erstmals in meinem Leben fühlte ich mich wirklich als Frau. Und als gehöre das dazu, kaufte ich mir noch Schuhe mit hohen Absätzen. Ich behielt sie gleich an. Ich fühlte mich so unbeschreiblich weiblich in meiner neuen Aufmachung. In diesem Moment fühlte ich mich richtig gut. Vorbei waren die Gedanken, meine Arbeit könne Unrecht sein. Ich sah mich auf einem guten Weg!

Wir aßen in einem Schnellrestaurant in der Westgate Shopping Mall. Es hieß Kentucky Fried Chicken. Viele werden sich nicht vorstellen können, wie dieses simple Restaurant damals auf mich wirkte. Die Chicken Crispies hatten alles, um mich süchtig danach zu machen. Essen ohne Reue, denn ich sollte ja etwas zunehmen. Es war unerklärlich, aber tatsächlich gab ich meine letzten Schillings für eine zweite Portion Chicken Crispies aus. Statt zu sparen hatte ich alles verprasst.

Es war ziemlich genau Mittag als wir plötzlich eine laute Detonation hörten. Es musste im Erdgeschoss oder direkt vor der Mall gewesen sein während wir im zweiten Obergeschoss saßen. Sowohl verängstigt als auch neugierig rannten wir aus dem Restaurant hinaus in die mittlere Halle, in der sich die Rolltreppen und die Zugänge zu allen Geschäften befanden. In der Mitte der Halle konnte man bis unten hinab sehen. Da unten liefen vier relativ normal gekleidete Männer mit schwarzem Turban herum. Sie waren offensichtlich durch das ArtCafé, zwei Stockwerke unter uns, in die Mall eingedrungen und hatten die Security, die uns vorhin noch kontrolliert hatte, mit einer Granate ausgeschaltet. Das war der klaute Knall, den wir gehört hatten. Jeder hatte ein Gewehr mit einem langen Magazin unten dran.

Einer von ihnen fragte die Passanten, wie die Mutter von Mohammed heiße. Einer antwortete 'Āmina bint Wahb' und durfte ungeschoren die Halle verlassen. Die anderen, die das nicht wussten, erschoss er.

Nun rannten alle Passanten weg. Immer wieder kamen welche aus Geschäften und versuchten rennend durch die Halle zum Ausgang zu entkommen. Die vier Terroristen schossen in alle Richtungen um sich und ließen eine Vielzahl leerer Patronenhülsen hinter sich zurück. Unten war ein Hamburger-Laden übersät mit Toten und schwer blutenden Menschen. Die Männer rannten zum Kinokomplex und als sie dort alle getötet hatten weiter in den Nakumatt Supermarkt, wo sie immer noch wild um sich schossen und sich verbarrikadierten.

Plötzlich gab es eine zweite laute Detonation. Wir glaubten, unsere Trommelfälle würden platzen. Der Hall in dem großen Gebäude schien den fürchterlichen Effekt noch zu verstärken. Es war eine weitere Granate, die die Terroristen gezündet hatten. Überall lagen tote Menschen, auch Kinder. Ein Mann hatte sein Kind auf dem Arm und wurde mehrfach getroffen. Beide sackten tot zu Boden. Die Terroristen waren glücklicherweise im Erdgeschoss. Aber es wäre nur eine Frage der Zeit, bis sie auch die Rolltreppen hinauf kämen. Wir mussten unbedingt hier weg. Das wurde uns spätestens klar, als wir sahen, wie das Security-Personal blutende Kinder in Einkaufswagen raus fuhren während sich auf der anderen Seite die Polizei eine Schießerei mit den Terroristen lieferte und Tränengas einsetzte. Wir rannten über die Galerie zu einem Nottreppenhaus. Als wir in diesem Treppenhaus nichts weiter hörten, glaubten wir, es sei sicher genug. Wir schlichen die Treppen hinunter als bestünde das Risiko, dass die Terroristen unsere Schritte hören könnten. Dumpf hörten wir immer wieder aus der großen Halle die Schüsse. Plötzlich ging unter uns im ersten Obergeschoss die Tür zur Halle auf. Gleichzeitig waren durch die geöffneten Türen die Schüsse viel lauter zu hören. Mir war als bliebe mein Herz stehen. Es kam aber nur ein junges Paar in das Treppenhaus, das genauso verängstigt einen Ausweg suchte wie wir.

Im Erdgeschoss angekommen mussten wir zum Hinterausgang. Wir blieben dicht an der Wand als könnte uns diese irgendwelchen Schutz bieten. Zumindest war es hilfreich einen festen Halt zu haben, denn meine Knie zitterten fürchterlich. Von der anderen Seite der Halle kam ein Mann zu uns herüber gelaufen. Offensichtlich wollte auch er zum Hinterausgang. Mitten in der Halle brach er von Kugeln getroffen zusammen. Nun verloren wir jede Fassung. Wir rannten so schnell es ging einfach nur zum Hinterausgang. Dabei knickte ich mit dem Fuß um. Schnelles Rennen auf hohen Schuhen war ich zu wenig gewohnt. Mein Knöchel schmerzte fürchterlich. Ich konnte nicht mehr auftreten. George kam zu mir zurück und trug mich auf Händen hinaus. Er war für mich der Held des Tages.

Draußen nahmen uns Rettungskräfte und die Polizei in Empfang. Rasch wurden wir vom Gebäude weggebracht. Die Polizei wollte von uns nur wissen, wo die Terroristen gerade wären. Dann erst fragten die Rettungskräfte, ob wir in Ordnung seien. Als wir das bejahten, hatte niemand mehr Interesse an uns. Bevor jemand auf die Idee käme, uns gegenteilige Anweisungen zu geben, wollten wir hier weg. Es war nicht daran zu denken, an das Auto heran zu kommen. Alles war abgesperrt. Also bestiegen wir ein Taxi und fuhren zum Club. Selbst im Taxi zitterte ich noch. Es war ein so grauenvoller Tag. Den Anblick der vielen toten und blutenden Menschen werde ich nie vergessen können. Die Nachrichten im Autoradio spekulierten darüber, dass Islamisten den Anschlag verübt haben könnten, weil die Shopping Mall damals im Besitz israelischer Eigentümer war. Erst zurück im Club fühlte ich mich wieder etwas sicherer. George bekam von mir einen dicken Schmatzer auf die Wange, weil er sich in der Mall so heldenhaft für mich eingesetzt hatte.

„Ihr müsst heute nicht arbeiten. Nehmt Euch frei. Wir alle können das verstehen!" Masinde hatte viel Verständnis für uns. Ein Taxi brachte uns nach Hause.

Kaum zurück klingelte plötzlich mein Handy. Es war meine Großmutter. Ich hatte sofort ein schlechtes Gewissen, weil ich nicht angerufen hatte. Ich hatte völlig versäumt, von meinem Geld neue Credits für das Handy zu kaufen. Mein neues Leben hatte mich völlig in Beschlag genommen. Mein altes Leben hatte ich bereits verdrängt. Der Anruf meiner Großmutter brachte in Erinnerung, dass da noch etwas Wichtiges war.

Leider gab es keine guten Nachrichten aus Vihiga. Meine Tante war schwer erkrankt. Sie bräuchte dringend einen Arzt. Aber meine Tante und meine Großmutter konnten sich keinen Arzt leisten. Und danach wäre auch noch Geld für Medikamente notwendig. Die beiden hatten nicht einmal etwas zu essen. Meine Großmutter meinte, meine Tante würde nur noch wenige Tage zu leben haben. Der Sinn des Anrufs war, dass ich noch ein letztes Mal mit ihr sprechen sollte. Es könne bald schon zu spät dafür sein.

Das Telefonat mit meiner Tante war sehr deprimierend. Ich war tieftraurig. Ich war wütend auf mich. Gerade erst hatte ich mein Geld ausgegeben. Mit diesem Geld hätte ich helfen können. Die beiden ahnten nicht, wie sehr sich meine Situation hier geändert hatte, oder was für schreckliche Erlebnisse ich heute hatte. Ich deutete auch nichts an.

Nach dem Telefonat fühlte ich mich sehr schlecht. Meine Tante könnte möglicherweise sterben, weil ich das nötige Geld lieber in Schminke und einen BH investierte. Sie hatte ihre Kuh verkauft, um mir meinen Studienstart zu ermöglichen und ich revanchierte mich nicht! Ich hatte mein Geld sinnlos verprasst und sie müsste deshalb vielleicht sterben.

Es kam mir wie Verrat vor. Verrat an meiner Großmutter. Verrat an meiner Tante. Aber vor allem Verrat an den Idealen meines verstorbenen Vaters. Er war mit mir zu Mkuu gegangen. Dieser hatte gesagt: „Und vergiss niemals Deine Familie". Und nun hatte ich mein Geld für Schuhe, Schminke und Dessous verprasst statt das Leben meiner Tante zu retten. Wie könnte ich mit dieser Erkenntnis weiter leben? Ich war am Ende!

Die Versteigerung

Am nächsten Tag war ich pünktlich wieder im Club, sehr zum Erstaunen aller, nach dem, was wir gerade erst erlebt hatten. Ich sagte, dass ich nun Ablenkung bräuchte. Doch tatsächlich wollte ich nur so rasch wie möglich Geld verdienen, um meiner Tante zu helfen. Diesmal hatte ich keine Selbstmordgedanken mehr. Es ging ohnehin nicht mehr um mich. Wenn ein Familienmitglied in Not ist, ist Aufgeben keine Option. Ich war fest entschlossen, zu handeln!

Ich ging zu Masinde. „Hast Du einen Moment für mich?"

„Klar, ich komme sofort!" Masinde war wirklich nicht der böse Zuhälter-Boss, wie man ihn vielleicht aus Romanen oder Filmen kennt. Er war ein guter Clubmanager und immer für uns da, auch heute. „Was hast Du denn auf dem Herzen?"

„Ich brauche Geld. Meine Tante ist krank. Meine Großmutter hat nicht das Geld, den Arzt und die Medikamente zu bezahlen. Ich möchte ihr helfen. Du sagtest, ich könnte deutlich mehr Geld verdienen."

„Flora, ich habe Dir gesagt, wie Du hier sehr viel mehr Geld verdienen könntest! Neulich erst. Aber Du hattest das abgelehnt. Es würde mich sehr freuen, wenn Du es Dir nun anders überlegt haben solltest."

„Ich glaube, ich könnte das tun. Ich brauche das Geld!" Ich erinnerte mich an den Rat von Mkuu als ich ihn damals mit meinem Vater im Nationalpark von Kakamega besuchte. Ich hatte versprochen, niemals meine Familie zu vergessen. Das gab mir das sichere Gefühl, das einzig Richtige zu tun.

„Ich freue mich über Deine Entscheidung. Sie verschafft Dir mehr Geld und ist auch für den Club gut. Die Gäste fragen oft nach Dir.

Kunden wirst Du wohl genug haben. Mache Dich anfangs einfach teurer. Dann hast Du zu Beginn nicht zu viele Kunden, und Du kannst alles langsam angehen. Andererseits lohnt es sich dann jedes Mal. Ich denke 20.000 KSH kannst Du mindestens verlangen. Du bist ein sehr schönes Mädchen. Glaube mir, viele Männer werden das zahlen. Sicher nicht alle. Aber genügend."

„Masinde. Da ist noch etwas. Ich denke, das solltest Du wissen!" Ich druckste etwas herum. Er merkte das.

„Du kannst offen sprechen." Er nahm mich väterlich in den Arm.

„Ich bin noch Jungfrau." Ich sagte das, als wäre es eine Schande an diesem Ort noch Jungfrau zu sein.

„Kister, ich habe da eine Idee." Plötzlich benutzte er, anders als sonst, meinen richtigen Namen. „Warte bis 22 Uhr. Dann bekommst Du Deinen ersten Kunden. Aus Deiner Entjungferung machen wir etwas ganz Besonderes. Unser Haus wird heute voll sein. Das ist eine sehr gute Voraussetzung. Du wirst richtig zufrieden sein!"

Um 22 Uhr nahm er mich bei der Hand und wir gingen zusammen auf die Bühne.

„Sehr verehrte Gäste. Heute ist ein ganz besonderer Tag. Wir machen etwas, was wir so noch niemals zuvor in diesem Club hatten! Und Sie werte Gäste sind nicht nur dabei, sondern Teil des Ganzen!

Diese junge Dame hier neben mir heißt Flora. Sie ist seit einigen Tagen hier im Club und unterhält sich mit unseren Gästen. Sie ist wunderschön. Den Namen Flora, Blume, trägt sie völlig zurecht. Und jetzt verrate ich Ihnen etwas sehr Unerwartetes! Sie ist noch Jungfrau! Und sie ist bereit, dies heute Abend zu ändern. Einer von Ihnen, liebe Gäste, wird die Ehre haben, wenn Sie das nur möchten. Statt das dem Zufall zu überlassen, wollen wir Ihnen die Möglichkeit geben, zum Ausdruck zu bringen, wie gerne Sie ihr bei ihrem Vorhaben behilflich sein möchten. Wir haben uns überlegt, dass eine Versteigerung der richtige Weg sein würde. Flora, magst Du etwas sagen?"

„Ich heiße Flora und es ist wie er es sagt. Ich bin wirklich noch Jungfrau und würde das heute gerne ändern." Mehr als diese viel zu leisen Worte bekam ich nicht heraus. Die Situation war so absurd. Alle starrten mich an und ich war nicht darauf vorbereitet, selbst etwas sagen zu müssen.

„Meine Herren. Ich denke wir sollten bei 20.000 KSH starten. Alles andere wäre eine Beleidigung für dieses wunderschöne Mädchen. Wer bietet 20.000 KSH?" Irgend jemand in einer der hinteren Reihen bot den verlangten Betrag. Leider konnte ich von der Bühne nicht viel sehen. Dazu war es im hinteren Bereich zu dunkel.

„20.000 KSH dort. Bietet jemand 25.000?" Ein Herr in der vordersten Reihe hob lässig seine Hand. Ajuza hatte ihn zuvor als Senator bezeichnet. „25.000 hier vorne! Weitere Gebote? Bietet jemand 30.000 KSH?" Ein weißer Mann auf der rechten Seite des Saals hob deutlich den Arm. Ihn hatte ich schon mehrfach hier gesehen. Er hatte schon andere Mädchen gebucht und von Felister wusste ich, dass er wohl ganz nett war zu ihr. Sie sagte, dass er Deutscher sei und bei den Vereinten Nationen in Nairobi arbeite. „30.000 KSH sind geboten von dort rechts. 35.000 von hier vorne." Sofort hatte der Senator wieder geboten. Er schien wirklich interessiert zu sein. „40.000 wieder von dort rechts. Und 45.000 wieder von hier vorne." Der Deutsche und der Senator lieferten sich eine regelrechte Bieterschlacht. Alle anderen im Saal sahen dem nur amüsiert zu und waren wohl gedanklich selbst schon aus der Versteigerung ausgestiegen. Für diesen Betrag könnten die mehrere andere Mädchen buchen.

Ich fühlte mich ganz merkwürdig in dieser Situation. So müssen sich Mädchen früher auf dem Sklavenmarkt gefühlt haben, dachte ich mir. Andererseits ertappte ich mich dabei, wie ich insgeheim hoffte, der Deutsche würde das Rennen machen. Der schlanke, weiße Mann war mir viel lieber als dieser fette Senator.

„Wie sieht es aus. Bietet jemand 50.000 KSH?" Masinde schien wirklich zu glauben, dass jemand noch mehr Geld ausgeben könnte. Und tatsächlich hob der Deutsche wieder den Arm. „50.000 dort rechts. Und 55.000 wieder hier vorne. Und 60.000 KSH wieder dort rechts. 65.000 hier vorne. 70.000 von rechts." Die beiden boten immer rascher. Der Senator blickte sich um und sah zu dem Deutschen hinüber. Dann hob er seinen Arm. „75.000 hier vorne." Der Deutsche machte keine Anstalten mehr zu bieten. Das war auch verständlich. 75.000 KSH war wirklich unanständig viel Geld. Es war kaum zu glauben, dass das jemand bezahlen wollte, um mit mir etwas Zeit zu verbringen. „80.000 jemand? Niemand? 75.000 KSH zum ersten. 75.000 KSH zum zweiten und zum ..." In diesem Moment bot der Deutsche wieder. „80.000 sind geboten von dort rechts."

„100.000" rief der Senator und durchbrach damit die bisherigen Bieterschritte. Das war der Wert von zehn Kühen. Ich konnte es kaum fassen. Bei diesen Beträgen vergaß ich völlig, dass es eigentlich um meine Entjungferung ging. Sehnsüchtig schaute ich zu dem Deutschen herüber. Aber der machte keine Anstalten mehr, zu bieten. So vergab Masinde schließlich an den Senator. „Meinen herzlichen Glückwunsch zu diesem Erfolg. Sie werden sehen, sie ist jeden Bob wert!" Ich war ganz baff, dass jemand so viel Geld (1.000 €) dafür zahlen wollte. Masinde hob mich von der Bühne und ich ging zu dem Senator. Der stand auf, und nachdem er an der Bar bezahlt hatte, gingen wir zusammen in eines der hinteren Zimmer. Im Zimmer setzte sich der Senator auf das Bett. Ich gab mir Mühe, nicht vor Angst zu zittern. Wenn er so viel dafür zahlte, dann sollte er nicht sehen, wie unangenehm mir das alles war.

„Strip!" kommandierte er. Keine einleitenden, freundlichen Worte. Kein Verständnis für meine Situation. Nur dieses eine, sehr barsch ausgesprochene Wort.

Ich begann, mich langsam auszuziehen. Aber bei einer Bluse mit nur einem Knopf, einem kurzen Rock mit Klettverschluss und einem String-Tanga waren die Möglichkeiten für langsames Entkleiden alsbald erschöpft. So stand ich dann rasch nackt vor ihm.

„Na, Mädchen. Aus welchem Stamm kommst Du denn?"

„Ich bin eine Tiriki!", sagte ich voller Stolz.

„Eine Luhya also. Dann sei stolz, dass Du von einem Kikiyu entjungfert wirst!" Es schien ihn anzumachen, dass er als Kikiyu eine Luhya entjungferte. Da war wieder die alte Stammesfehde. Mir waren diese Stammesdünkel in diesem Moment völlig egal. Ich wollte nur einfach diese Prozedur über mich ergehen lassen, um mit diesem Opfer meiner Tante zu helfen. Er zog mich zu sich auf das Bett und spielte mit meinen Brüsten. Dann legte er mich auf das Bett und öffnete mit seinen Fingern meine Vagina. „Du bist nicht beschnitten? Ich dachte, die Tiriki beschneiden ihre Frauen? Was stimmt mit Dir nicht?"

„Ich finde Beschneidungen grausam. Ich bin froh, dass das mit mir nicht gemacht wurde."

Er begann, mich auf den Mund zu küssen. Auch ich öffnete meinen Mund leicht und bereute es sofort. Schon sein Atem ließ erkennen, dass er ein starker Raucher war. Sein Kuss schmeckte, als würde ich einen gebrauchten Aschenbecher auslecken.

Er zog sich aus und schmiss dabei seine Sachen achtlos auf den Boden. Er hatte einen sicher sehr teuren Anzug. Der wird ganz sicher deutlich mehr gekostet haben als die meisten in Nairobi im Monat verdienen. Dennoch ging er mit diesem sehr respektlos um.

Ohne jedes Vorspiel legte er sich mit seinem ganzen Gewicht rücksichtslos auf mich. Es war zwar auszuhalten, aber wahrlich nicht angenehm. Er rammte sein Glied in mich hinein. Ohne jedes Vorspiel, ohne vorherige Zärtlichkeit war ich nicht feucht. Sein Eindringen war wohl auch deshalb sehr schmerzhaft. Er benutzte meinen Körper zur Masturbation. Anders konnte man das nicht bezeichnen. Nach dreißig Sekunden war er bereits fertig. Ich blutete nur wenig. Wir duschten zusammen und ich versuchte, wenigstens unter der Dusche etwas zärtlich zu ihm zu sein. Aber er reagierte irgendwie überhaupt nicht auf meine Zärtlichkeiten. Als wir wieder im Bett lagen, schob er mit beiden Händen meinen Kopf zu seiner Hüfte. Mir war sofort klar, was er damit bezweckte. Vielleicht lag es daran, dass ich in solchen Dingen sehr ungeübt war. Jedenfalls gelang es mir auch nach unendlich langen Minuten nicht, ihn zu einem Samenerguss in meinem Mund zu bringen. Irgendwann erschlaffte sein Glied trotz meiner Bemühungen. Ich fürchtete von ihm nun böse Kommentare zu bekommen. Es kam aber nichts dergleichen. Er nahm sein Handy und fotografierte mich mehrfach. Dann zog er sich an. Dazu bückte er sich nach seinen Sachen, wobei ihm ein langer Pfurz entglitt. Noch heute ist mir dieser fette Hintern mit dem Geräusch vor Augen. So etwas bekommt man nie wieder aus dem Kopf.

Dann ging er grußlos. Ich ging erneut unter die Dusche. Ich fühlte mich so schmutzig. Aber auch das viele Wasser und die Seife konnten die unangenehme Erinnerung an seine Berührungen nicht fortwaschen. Ich hatte das Gefühl als haftete etwas an mir, das nicht abzuwaschen war. Es half mir, mir selbst vor Augen zu führen, dass dies meine Entscheidung war. Ich hatte keinen Grund, mich zu beschweren. Eine Tiriki haut das nicht um, sagte ich mir.

Am Ende des Abends bekam ich 50.000 KSH (500 €) ausbezahlt. Damit konnte ich meiner Tante helfen. Gleich am nächsten Morgen zahlte ich 30.000 KSH auf mein Mobilfunkkonto ein und schickte die gesamte Summe mittels MPESA-Transfer meiner Großmutter. Meine Großmutter hat bis heute nie gefragt, woher dieses Geld kam. Ich denke mir einfach, dass sie es ahnte, was ich dafür getan habe. Der Doktor konnte meiner Tante helfen. Allerdings hatte sie mittlerweile ihren Stand in Kisumu verloren und damit keine Einnahmequelle mehr. Niemand wollte sie da mehr haben. Von nun an unterstützte ich die beiden regelmäßig mit etwas Geld. Die beiden bauten Mais und Bohnen im Garten an. Gerne finanzierte ich das Saatgut. Der kleine Acker brachte nie viel ein, aber es erleichterte das Leben der beiden in Vihiga. Und meine Hilfe gab mir das Gefühl, an diesem Abend nichts Falsches getan zu haben. War das Leben meiner Tante nicht viel mehr wert als meine Jungfräulichkeit?

Ingo

Nach der Versteigerung war irgendwie klar, dass ich nicht nur dieses eine Mal des Geldes wegen mit einem Mann aufs Zimmer gegangen war, sondern von nun an generell dafür zur Verfügung stand. Ich akzeptierte das und hoffte gleichzeitig, dass der von Masinde selbst vorgeschlagene hohe Preis abschreckend wirken würde.

Als der Club am nächsten Abend öffnete, war es zunächst sehr ruhig. Das nutzte Masinde, um mich nochmals zur Seite zu nehmen. „Flora, ein paar Dinge möchte ich Dir noch als Tipps mitgeben. Sie können Dir helfen, mehr Geld zu verdienen. Weißt Du, was Dirty Talk ist?"

„Nicht wirklich! Ich denke, es ist gemeint, dass ich mit einem Mann schmutzig über Sex reden soll?" So richtig hatte ich keine Vorstellung davon, was Männer in diesem Punkte erwarteten.

„Dirty Talk muss nicht einmal schmutzig sei. Sieh den Abend eines Gastes in unserem Hause als eine einzige große, perfekt inszenierte Show. Zuerst sieht er unser schickes Ambiente. Dann sieht er die Mädchen, die er haben kann, wenn er nur will. Dann sieht er die Show. Oft bestellt der Gast dann ein Mädchen an seinen Tisch. Jetzt ist es die Aufgabe des Mädchens, also ganz oft genau Deine Aufgabe, den begonnenen Spannungsbogen fortzuführen und den Abend für den Gast zu einem unvergesslichen Erlebnis zu machen."

„Du hattest mir ja schon gesagt, ich solle Komplimente machen usw." Natürlich erinnerte ich mich an die Tipps des ersten Abends im Club.

„Ja, das ist richtig. Wenn Du allerdings mit dem Gast aufs Zimmer möchtest können Kleinigkeiten ihn motivieren, das auch zu wollen und dafür viel Geld zu bezahlen. Wenn er Dich berührt, kannst Du erwähnen, wie sehr Dich das heiß macht und wie sehr Du Dir wünschst, das ihr beide alleine wärt. Du wirst sehen, ganz oft schlägt der Gast dann vor, mit Dir nach hinten zu gehen. Der Preis ist plötzlich nebensächlich.

Oder Du berührst den Gast und zeigst Dich enorm beeindruckt, wie sehr sich seine Hose gerade ausbeult und Du gerne einmal dieses Prachtexemplar in Aktion erleben würdest. Auch das ist eine Steilvorlage.

Du kannst ganz konkret beschreiben, was Du gerne mit ihm hinten machen würdest: gemeinsam mit ihm duschen, ihn entkleiden usw. Du siehst, das muss nicht hardcoremäßig schmutzig sein. Du musst einfach nur für ihn interessante Bilder in seinem Kopf erzeugen. Plötzlich ist der Preis kein Thema mehr. Er will einfach nur noch mit Dir ins Zimmer.

Dort musst Du dann natürlich auch umsetzen, was Du vorher versprochen hast. Wenn Du ihn dabei leidenschaftlich küsst und in deutlichen Worten sagst, wie schön das für Dich ist, dann wird ihn das noch mehr antörnen. Gezahlt hat er schon. Jetzt geht es darum, dass er das so gut findet, dass er unbedingt wieder kommen will.

Wenn Du mit dem Gast zusammen im Bett bist, dann versuche selbst Kommandos zu geben."

„Ich glaube, ich bin keine geborene Domina!", gab ich zu bedenken.

„Nein, unsere Gäste erwarten hier keine Dominas. Dennoch sind sie unglaublich empfänglich für die richtigen Kommandos. Wenn Du ihm befiehlst 'küsse mich hier!', 'tiefer!' oder 'mach schneller!' dann bringt das Männer so richtig auf Touren. Genau das bekommen sie zu Hause nicht. Deshalb kommen sie immer wieder hierher und zahlen hier für Sex, den sie vielleicht weniger lustvoll, aber grundsätzlich auch daheim haben könnten - gratis.

Deine Kommandos helfen auch, dass er Dir nicht zu viele Kommandos geben wird. Und manches Kommando der Männer könnte für Dich weniger schön sein als die Ausführung Deiner Kommandos. Du behältst so die Zügel in der Hand. Tatsächlich wirst Du feststellen, dass es sowohl Dir als auch ihm auf diese Weise viel mehr Spaß bereiten wird. Und sei nicht zu zurückhaltend. Zaghafte und zögerliche Sätze wie 'würdest Du bitte', 'es wäre schön, wenn' oder 'könntest Du eventuell mal' sind völlig falsch im Bett. Gib klare und deutliche Kommandos, dann ist beiden damit geholfen.

Und wenn Du kurz vor dem Höhepunkt mit einem kleinen Aufschrei einen besonderen Akzent setzt, wird das seine Wirkung auf ihn ganz sicher nicht verfehlen. Diese Art Sex macht Männer süchtig. Deine Gäste werden immer wieder zu Dir zurück kommen. Wenn Du hingegen bewegungslos auf dem Rücken erduldest, was er mit Dir macht, dann darfst Du Dich nicht wundern, dass niemand wiederkommt."

„Gibt es auch No-Gos im Bett? Ich meine sprachlich?"

„Ja, es gibt ganz klar Dinge, die Du im Bett niemals sagen solltest. Das beginnt mit allen Verniedlichungen. 'Na, will der kleine Lümmel mal Höhlenforscher spielen?' Auf den ersten Blick klingt das wie Dirty Talk, aber es hat den gegenteiligen Effekt. Gib seinem Prachtstück niemals Namen, vor allem keine Mädchennamen. Ein Satz wie 'wollen wir Prinzessin Naomi mal auspacken?' kommt überhaupt nicht an bei Männern. Vermeide auch Reime im Stile Shakespears in denen Du von der güldenen Venus sprichst. Vermeide die Kindersprache. Das ist ein erwachsener Mann, der sicher nicht das erste Mal Sex hat. Ihm von Bienchen und Blümchen zu erzählen wäre ganz sicher verkehrt. Wenn er einen Witz macht, so lache herzhaft darüber. Aber kichere niemals im Bett, um die eigene Unsicherheit zu überdecken. Das wäre übelst. Mit Worten und Gesten kann man enorm viel bewirken, aber eben auch viel kaputt machen. Ich bin mir ganz sicher, dass Du es sehr gut machen wirst. Verschaffe Deinem Gast ein prickelndes Gefühl!"

Etwas später am selben Abend kam Caroline, eine von Ajuzas Mitarbeiterinnen, auf mich zu. Sie hatte einen Gast bedient, und der wünschte ausdrücklich mich an seinem Tisch. Ich ging zu seinem Sessel und da saß der Deutsche, der am Vorabend so lange für mich mitgeboten hatte. Gerne setzte ich mich zu ihm.

„Hallo, ich bin Flora." Mein Künstlername war mir inzwischen in Fleisch und Blut übergegangen.

„Mein Name ist Ingo." Nur sehr selten nennt ein Gast seinen Namen und wenn, dann sind das meistens falsche Namen. Aber man erfindet Allerwelts-Namen wie Peter und nicht so etwas Exotisches wie Ingo. Diesen Namen hatte ich in Kenia noch nie gehört.

„Ein schöner Name. Woher kommst Du?" Ich wollte nicht ausfragen, nur ehrliches Interesse zeigen.

„Ich komme aus Deutschland, arbeite aber für drei Jahre oben in den UN-Büros." Er gab überraschend viel von sich Preis. Das war sehr ungewöhnlich. Die meisten Gäste wollen gar nichts über sich verraten.

„Wie lange bist Du schon in Kenia?"

„Jetzt die dritte Woche."

„Ingo, sei mir nicht böse, aber wir haben hier im Club ganz klare Regeln. Ich darf nur bei den Gästen sitzen bleiben, die mir ein Getränk spendieren." Ich hatte gelernt, so direkt zu sein. Es führte nicht immer zum Erfolg, aber immer zu einer raschen Entscheidung. Was sollte ich lange bei einem Mann sitzen, bei dem ich nichts verdienen konnte?

„Ist doch klar. Was möchtest Du denn trinken?" Er bestellte mir Nektar. Ich hatte mir angewöhnt nur noch Nektar zu bestellen. Das klang weniger teuer als Champagner und hatte wenigstens einige Kalorien. Der Zucker tat mir gut, wenn ich den ganzen Abend arbeitete ohne etwas zu essen. Für sich selbst bestellte er einen Caipirinha. Im Club hatte ich inzwischen viele Longdrinks mit ganz merkwürdigen Namen gesehen. Deshalb wunderte mich nichts mehr.

„Gefällt es Dir in Kenia?", versuchte ich das Gespräch in Gang zu bringen.

„Sehr. Nur die Abende sind alleine sehr einsam. Deshalb bin ich hier. Und Du hast mir sehr gefallen. Ich habe gestern für Dich geboten."

„Ich weiß. Ich hatte so gehofft, Du würdest die Versteigerung gewinnen." Dazu musste ich nicht einmal lügen.

„Nun bist Du entjungfert? Wie war es?" Man konnte ihm anmerken, dass er mich gerne entjungfert hätte und es offensichtlich bedauerte, nicht zum Zuge gekommen zu sein.

„Es war schrecklich. Ich war froh, dass es so schnell vorbei war. Aber das Geld hat mir sehr geholfen. Ich brauchte es dringend für meine Tante. Die ist sehr krank." Normalerweise dürfen wir gar nichts über andere Gäste sagen. Masinde hat uns bösestes Konsequenzen für solche Fälle angedroht. Aber eigentlich habe ich ja nur etwas über mich gesagt, redete ich mir ein.

„Möchtest Du denn mal erleben, wie es ist, wenn sich ein Mann wirklich für Dich interessiert?"

„Du möchtest mit mir aufs Zimmer?" Wider Erwarten hatte ich diesmal keine Angst davor.

„Ja, sehr gerne."

„Dann musst Du an der Bar 20.000 bezahlen."

„Du bist ganz schön teuer. Deine Kolleginnen kosten nur die Hälfte."

„Ich weiß nicht. Unser Boss hat das festgelegt. Ist aber viel weniger als gestern Abend. Du sparst also 80.000!" Ich wollte nicht feilschen. Deshalb versteckte ich mich argumentativ hinter Masinde. Das schien aufzugehen.

„Dein Boss scheint zu wissen, was gut ist." Er schien den Preis locker zu nehmen.

Wir tranken rasch aus, dann stand er auf, nahm mich bei der Hand, zahlte an der Bar den verlangten Preis und Caroline brachte uns zu einem freien Zimmer. Im Zimmer umarmte und küsste er mich. Es fühlte sich richtig gut an. Er streichelte meinen Rücken und ich bekam wohlige Schauer bei seinen Berührungen. Die Gäste an den Tischen hatten schon immer mal einen Kuss von mir stehlen wollen. Ich habe mich dabei nie gewehrt aber auch niemals die Lippen geöffnet. Das war bei Ingo anders. Seine Küsse waren so zärtlich, dass auch ich meinen Mund öffnete als er es tat. Es war ein ganz neues Erlebnis, seine Zunge mit meiner spielen zu lassen. Er zog mich zärtlich aus, dann auch sich selbst und wir duschten gemeinsam. Danach verwöhnte er mich mit seiner Zunge und nahm sich sehr viel Zeit dafür. Auch das war ein ganz neues Erlebnis für mich. Vor dem Sex streifte er ein Kondom über. Danach lagen wir noch lange nebeneinander und streichelten uns. Ich hatte nie an dieses 'Liebe'-Zeugs geglaubt. Irgendwie, so dachte ich, ist das nur etwas, damit Männer ihren Spaß haben. Doch das hier gefiel mir. Das war viel besser als mit dem Senator.

Ingo kam an den nächsten Abenden immer wieder in den Club.

Nach einigen Tagen sprach er offen an, dass das sogar seine finanziellen Möglichkeiten mit der Zeit überschreiten würde. Wir vereinbarten, dass er von nun an nur noch 10.000 KSH zahlen müsse. Es war so schön mit ihm, ich hätte es wohl auch umsonst getan. Aber Masinde hätte das keinesfalls akzeptiert. Und ohnehin durfte Edgar nicht merken, dass ich etwas für Ingo empfand. Beziehungen zu unseren Gästen waren ganz streng verboten.

Die anderen Mädchen bezeichneten Ingo bereits als meinen Ehemann. Natürlich wussten die, dass wir weder verheiratet waren, noch je sein würden. Aber unter uns Mädchen war es üblich, Stammgäste als Ehemann ('husband') zu bezeichnen. Und so war Ingo eben mein Ehemann. Kein anderes Mädchen versuchte jemals, ihn zu umwerben. Jede wusste immer sofort, dass er mein Gast war.

Das ging eine ganze Weile. Sein frühes Kommen jeden Abend schützte mich davor, mit anderen Gästen zusammen sein zu müssen. Oft war er abends der erste. Dann wartete er, bis ich meine Show hinter mir hatte. Oder er kam während meiner Show. Danach gingen wir zusammen aufs Zimmer. Wenn es Zeit war für meine zweite Show, ging ich kurz hinaus und er wartete im Zimmer auf mich. Nach der Show ging ich direkt wieder aufs Zimmer, bis ich ein drittes Mal zur Show musste. Dann schaute er sich die dritte Show an, verließ den Saal aber sofort danach. Er wusste, dass ich dann nicht wieder mit ihm aufs Zimmer konnte. Masinde drückte für diese lange Nutzung ohnehin schon beide Augen zu. Wenigstens nach der dritten Show, also weit nach Mitternacht, sollte ich auch den anderen Gästen zur Verfügung stehen. Ich glaubte, Ingo war sogar etwas eifersüchtig darauf, dass mich dann andere anfassen durften. Deshalb ging er dann wohl, weil er das nicht mit ansehen wollte. Andererseits war es ihm scheinbar egal, wie Tom mich im Rahmen der Show berührte. Ich glaubte, langsam so etwas wie wirkliche Liebe zu verspüren. Ja, es war eine absurde Situation. Aber zum ersten Mal in meinem Leben empfand ich etwas für einen Mann. Und ich fühlte mich von ihm geliebt. Es war für mich so viel mehr als nur die Beziehung zwischen einer Dienstleisterin und ihrem Kunden. Tatsächlich bin ich an den Abenden, an denen Ingo da war, mit keinem anderen Mann nach hinten gegangen, auch nicht nachts nach seinem Fortgang. Ich glaubte, da sei etwas ganz Besonderes zwischen uns beiden.

Eines Abends waren wir wieder zusammen gewesen. Es war wirklich schön. Kurz vor meiner letzten Show, also kurz vor Ende unseres gemeinsamen Abends, zogen wir uns beide an. Selbst dabei war er immer noch zärtlich. Wir waren beide fast fertig als er sein Portemonnaie vermisste. Er hatte so eine ganz kleine Geldbörse. Als er für mich an der Bar bezahlt hatte, musste er sie natürlich noch gehabt haben. Jetzt war sie weg.

„Warte hier!", befahl er ganz ungewöhnlich schroff. Er schaute auf dem Gang und fragte Edgar, ob er etwas gefunden habe. Fehlanzeige. Er kam in das Zimmer zurück. „Wo hast Du mein Portemonnaie?"

„Ich?" Ich schaute ihn ungläubig an. Wie konnte er mich verdächtigen?

„Flora. Bitte. Zerstöre nicht, was zwischen uns ist. Gib es sofort her." Dabei hatte seine Stimme einen Klang, den ich noch nie zuvor vernommen hatte.

„Ingo. Wie kannst Du nur annehmen, ich hätte es gestohlen?" Vor allem war ich über alle Maßen von ihm enttäuscht. Er suchte nochmals das ganze Zimmer ab.

„Ausziehen. Sofort!" Er durchsuchte alle meine Körperöffnungen.

Natürlich hatte ich es nicht. Dann schlug er mich heftig ins Gesicht. Es schmerzte. Aber viel schlimmer war, dass dadurch etwas in mir zerbrach. Obwohl er jedes Mal für mich bezahlt hatte, hatte ich geglaubt, da wäre etwas Besonderes zwischen uns beiden. Dieser eine Schlag machte so viel in mir kaputt.

„Ingo, bitte geh! Geh! Und bitte komme niemals wieder!" Ich war so enttäuscht. In diesem Moment hatte ich keinen Gedanken daran, dass er eine hervorragende Einnahmequelle war. In mir war nur diese grenzenlose Enttäuschung. Ob ich damals wirklich geglaubt hatte, aus dieser Beziehung könne sich mehr entwickeln? Sicher ist nur, dass er der erste Mann in meinem Leben war, für den ich wirklich etwas empfunden hatte.

Er sprach kein Wort, ging hinaus und ich habe ihn tatsächlich niemals wieder gesehen. Dieses Ende kam so völlig unerwartet – wenn auch alternativlos. Ich bedauerte irgendwie, dass das vorbei war. Für Ingo hatte ich etwas gefühlt, aber er war nicht meine ganz große Liebe. Es war die Art Sex-Erinnerung, die man gedanklich in eine Schachtel packt, ein Bändchen drum macht und später wieder auspackt, um das Erlebte nochmals zu genießen. Und das bittere Ende kommt einfach nicht mit in die Schachtel.

Edgar der Barchef

Edgar war eigentlich ein ganz netter Kerl. Er organisierte die Bar, wobei er nur im Ausnahmefall die Drinks der Kunden selbst mixte. Dafür hatte er seine Shaker, wie er doppeldeutig seine Jungs nannte. Er achtete vielmehr darauf, dass alles korrekt ablief. Er sorgte dafür, dass wir Mädchen sicher waren und er machte auch jeden Abend unsere Abrechnung. Das wiederum machte ihn für uns Mädchen wichtig. Eine unangenehme Eigenschaft war es, dass er sich ein oder zwei Mal pro Woche ein Mädchen aussuchte und verlangte, dass sie für ihn kostenlos zur Verfügung stand. Es waren zumeist Abende, an denen kaum etwas los war und wir ohnehin nur an der Bar herumhingen. Ich hatte schon einige Male gesehen, wie er dann auf eines der Mädchen zuging, um anschließend mit ihr in einem der Zimmer zu verschwinden. Von den anderen wusste ich auch, dass er dafür nicht bezahlte.

An diesem Abend kam er auf mich zu. Plötzlich stand er hinter mir und legte seine Arme um meine Taille. „Na, Flora, langweiliger Abend, oder?"

„Ja, aber ich denke, dass gleich noch ein Kunde kommen wird. Ich bin schon startklar." Ich ahnte schon bei seiner ersten Berührung, was er von mir wollen würde. Ich sah nur nicht ein, weshalb er es kostenlos bekommen sollte.

„Na, so schnell wird niemand kommen. Komm mal mit nach hinten." Bei diesen Worten fasste er mir unter meine Bluse. Damit war eindeutig, was er wollte.

„Ich möchte nicht." Er war tatsächlich einen Moment perplex. Er hatte wohl noch niemals ein Nein zu hören bekommen.

„Flora. Glaube mir, ich kann Dir Dein Leben hier sehr angenehm gestalten, aber auch sehr unangenehm. Wenn Du mir keinen kleinen Gefallen tun möchtest, solltest Du in Zukunft auch von mir keinen erwarten. Besser für Dich ist, wenn Du mitkommst."

Alle anderen Mädchen hatten Respekt vor ihm, möglicherweise nicht ohne Grund. Sollte ich es wirklich auf einen Machtkampf ankommen lassen? Plötzlich verließ mich der Mut. Ich folgte ihm nach hinten.

Im Zimmer zog er mich zunächst aus. Dann drückte er mich runter. Es war klar, dass er oral befriedigt werden wollte. Also kniete ich mich vor ihn und packte sein Ding aus. Als meine Lippen seine Eichel berührten, schmeckte ich bereits Urin. Er hatte sich ganz offensichtlich da unten nicht gewaschen, nachdem er das letzte Mal auf Toilette war. Er drückte meinen Kopf ganz unmissverständlich zu sich heran. Also nahm ich sein Ding in meinen Mund. Der Uringeschmack war nach wenigen Sekunden weg – der Ekel blieb. Männer mit mangelnder Körperhygiene waren für mich immer das Schlimmste. Wenn man jeden Tag mit verschiedenen Männern Sex hat, bleibt die selbst gefühlte Leidenschaft auf der Strecke. Es ist ein Beruf und man macht es, um Geld zu verdienen – nur deshalb. Es macht einem irgendwann nichts mehr aus, sich vor einem fremden Mann nackt auszuziehen, sich überall anfassen zu lassen. Selbst Sex hat keine Bedeutung mehr. Aber der Ekel vor mangelnder Hygiene bleibt. Das lässt sich nicht weg trainieren.

Ich strengte mich an, damit es schnell vorüber sein möge. Doch statt einfach rasch abzuspritzen, zog er sein Ding plötzlich raus, drehte mich um und schob mich auf das Bett, wo ich dann auf allen Vieren meinen Hintern ihm entgegen streckte. Das ist nicht die schlechteste Position. Es ist angenehmer, als ihm ins Gesicht sehen zu müssen.

„Ich hoffe, Du hast die Pille immer genommen?", erkundigte er sich.

„Ja, natürlich! Ich bekomme sie doch jeden Abend von Dir an der Bar und nehme sie immer sofort!" Nichts wäre für mich schlimmer als von diesem Typen auch noch schwanger zu werden.

„Ich frage nur. Ich bin ein gesunder Mann. Ich produziere so viele Spermien, dass ich in einem einzigen Monat die Weltbevölkerung verdoppeln könnte. Ich habe nur ein kleines Verteilungsproblem!" Mangelndes Selbstbewusstsein war jedenfalls nicht sein Problem.

Er fickte mich ganz normal von hinten. Ich machte halbwegs mit, denn es sollte nicht wie Verweigerung aussehen. Ich scheute die negativen Folgen einer möglichen Verweigerungshaltung. Aber ich beschloss, ihm nicht das Gefühl zu geben, dass ich es mag. Männer wollen alle Bestätigung. Sie wollen uns Mädchen lustvoll stöhnen hören. Sie wollen hören, wie gut sie sind – und zwar unaufgefordert. Den Gefallen tat ich ihm nicht. Ich war ganz still. Als sein Sperma in mich hinein spritzte, tat ich einfach, als hätte ich nichts gemerkt. Das stachelte ihn offenbar nur noch mehr an. Er bedeutete mir, mich auf den Rücken zu legen. Er befummelte mich unten eine Zeit lang, ganz so als wollte er sicher gehen, dass sein Sperma auch wirklich da drin angekommen ist. Als etwas hinaus lief, wischte er es mit seinem Finger an meinem Bauch ab. Dann kam er auf mich. Ausdauer hatte er ja, das musste man ihm wirklich lassen. Diesmal dauerte es länger bis er wieder in mir kam. Erneut ignorierte ich das. Als er innehielt und nur noch auf mir lag, fragte ich ihn. „Bist Du fertig?"

„Ja, Du nicht?" Schon seine Frage klang sehr viel unsicherer als sein vorheriges großspuriges Gehabe.

„Ich habe Dein Ding gar nicht gespürt. Es verschwindet in mir und man merkt nichts. Ist alles in Ordnung bei Dir?" Das saß! Das ist so ziemlich das Grauenvollste, was eine Frau einem Mann antun kann. Es ist das genaue Gegenteil der von ihm insgeheim erhofften Anerkennung. Er hat mich danach nie wieder nach hinten gebeten.

Der Abend blieb ohne Besucherandrang. Nach Mitternacht kamen schon erste Überlegungen auf, ob wir heute nicht früher heimgehen könnten. Aber Masinde forderte strikte Disziplin ein. So saßen wir an der Bar und plauderten. Dann kam George, der nette Fahrer des Clubs.

„Hallo Flora." Auch er kannte mich nur bei meinem Künstlernamen. „Ich habe gehört, dass Du jetzt voll im Geschäft bist?"

„Läuft ganz OK bei mir, ja." Mir war nicht klar, worauf er hinaus wollte.

„Ich meine, Du gehst inzwischen auch mit Männern auf Zimmer?" Ich wunderte mich, denn das ging unseren Fahrer eigentlich nichts an. Aber irgendwie war George schon etwas ganz Besonderes für mich seit unserem Entkommen aus der Westgate Shopping Mall.

„Ja. Ist immer noch nicht einfach für mich. Aber ich brauche das Geld für meine Tante!" So offen hatte ich mit niemandem sonst im Club bisher darüber gesprochen.

„Und mit Edgar bist Du auch nach hinten gegangen?", fasste er nach. Langsam ahnte ich, wie sich das entwickeln würde. Daher fiel meine Antwort sehr einsilbig aus:

„Ja!" Ich musste mir auf die Zunge beißen, um nicht etwas Negatives über Edgar zu sagen. Aber jede Bemerkung hätte sich böse gegen mich wenden können. Also verkniff ich mir das.

„Würdest Du auch mit mir nach hinten gehen? Ich meine gratis. Ich kann es mir nicht leisten, Deinen Tarif zu bezahlen. Bitte!" Nun war es also raus. Das wollte er.

„Nein!" Ich hoffte, mit einem klaren und deutlichen Nein wäre es getan.

„Wieso mit Edgar aber nicht mit mir?" Er klang fast verzweifelt.

„George, bitte mache nicht kaputt, was zwischen uns ist. Ich möchte nicht!"

„Ich habe doch immer alles getan, was Du wolltest. Ich habe Dich immer gefahren! Du bist mir doch das liebste von allen Mädchen hier!"

„George, ich dachte Du wirst von Masinde dafür bezahlt, uns immer zu fahren!"

„Edgar wird auch von Masinde für das bezahlt, was er macht!" Damit hatte er allerdings recht. Nur dass ich mich von Edgar hatte einschüchtern lassen. „Hast Du denn vergessen, was ich in Westgate für Dich getan habe?"

„George. Das war ganz großartig von Dir. Du bist mein Held!" Das meinte ich wirklich ernst.

„Dann komm bitte mit mir nach hinten." Vom Ton her war das irgendwo in der Mitte zwischen Drohung und Betteln. Er wirkte sehr merkwürdig.

„Nein! Bitte belasse es dabei!" Wieso können Männer ein klares Nein nicht akzeptieren?

„Warum nicht? Bin ich ein so viel schlechterer Mensch als Edgar?" Er tat mir fast Leid. Aber nach dem Erlebnis mit Edgar hatte ich überhaupt keine Lust auf einen weiteren ungewaschenen Mann.

„George. Du bist verheiratet. Deine Frau ist hochschwanger. Solltest Du ihr nicht treu bleiben? Tue ihr das nicht an! Statt mit mir nach hinten zu gehen solltest Du sie lieber anrufen und ihr sagen, dass Du sie liebst!"

„Das weiß sie auch so." Er drehte sich ab und war merklich geknickt. Als er später uns drei Mädchen nach Hause brachte sprach er kaum ein Wort. Möglicherweise schämte er sich.

Razzia

An einem Abend, ich stand gerade nackt auf der Bühne und Tom ließ wie immer seine Hände an meinem Körper hinabgleiten, ging plötzlich die Tür auf und es stürmten etliche Polizisten in den Saal. Das gesamte Club-Personal wurde verhaftet. Fünf von uns Mädchen wurden zusammen in einen der Polizeibusse gesperrt. Normalerweise sollten Frauen nur von Polizistinnen durchsucht werden. Darauf wurde in unserem Falle keine Rücksicht genommen. Zwei Polizisten tasteten uns überall ab. Ich musste mich nach vorne beugen, die Beine spreizen und er ertastete mit einem Finger meine Vagina. „Mädchen, bist Du tief. Ich komme ja nicht einmal an das Ende heran!"

„Du hast nur zu kurze Finger!", meinte der andere Polizist, doch auch er konnte meinen Muttermund nicht erreichen. Frech entgegnete ich: „Das ist für richtige Männer mit richtigen Schwänzen und nicht mit so Stummeln wie Ihr sie habt." Die anderen Mädchen grölten. Ich war ihre Heldin.

Ein Polizist brachte schließlich meine Sachen aus dem Club und ich durfte mich im Bus dann endlich anziehen. Jedes Wort, jede Geste der Polizisten machte deutlich, dass die uns für das Hinterallerletzte hielten. Zuerst wurden die Clubgäste weggebracht. Uns ließ man unendlich lange im Bus warten.

George, der Fahrer, wurde separat in einem Streifenwagen weggefahren. Das war auffällig, denn alle anderen kamen in kleine Busse. Aber vielleicht hatte das auch gar nichts zu bedeuten.

Dann kam ein Polizist und bot an, er würde eine von uns laufen lassen. Bedingung sei, dass sie mit ihm in eines der Zimmer im Club gehen würde. Alle anderen müssten mit auf die Wache. Wir waren uns sofort einig, dass keine von uns das tun würde. Wir hatten alle schon für Geld mit Männern geschlafen. Aber die Polizei, die uns so mies behandelte, sollte nicht auch noch ihren Spaß bekommen. Wir beteuerten, doch keine Prostituierten zu sein und würden jeden Versuch der Vergewaltigung sofort an die Presse geben. Der Polizist beschimpfte, beleidigte und drohte uns noch. Dann ging er und erzwang nicht den von ihm so ersehnten Liebesdienst. Doch Winnie war das nicht genug. Sie zog ihren Slip aus, hockte sich in dem Gang zwischen den Sitzreihen des Busses hin und urinierte auf den Boden. Wir anderen applaudierten und machten es sofort nach. Rasch begann es widerlich zu riechen. In so einem Bus würde ich nicht gerne die nächsten Wochen Dienst machen müssen. Wir hatten bei diesem Gedanken unsere helle Freude. Es war unsere Art, uns für die abscheuliche Behandlung zu rächen.

Die Polizisten ließen uns alle am nächsten Morgen frei. Masinde hatte uns offenbar ausgelöst. Ich weiß nicht, wieviel Bestechungsgeld er hatte zahlen müssen. Einige meinten, in solchen Fällen seien 1.000 KSH (10 €) pro Kopf üblich.

Später stellte sich heraus, dass diese Razzia für Masinde eine Warnung hatte sein sollen. Irgendetwas hatte Masinde getan, was er auch nach dieser Warnung nicht hatte aufgeben oder ändern wollen. Wer immer auch sein Gegenspieler gewesen sein mochte. Wir erkannten nur wenige Tage später sehr deutlich, dass er es wirklich ernst meinte.

Ein turbulenter Abend

„Flora, was ist los mit Dir? Ist etwas nicht in Ordnung?" Masinde sah immer sofort, wenn jemand etwas auf dem Herzen hatte.

„Seit der Razzia habe ich ein ganz ungutes Gefühl. Aber vielleicht ist das ja auch nur, weil heute Freitag der 13. ist."

„Leidest Du unter Friggatriskaidekaphobia?", fragte mich Masinde.

„Ich weiß nicht einmal, was das ist!"

„Das ist die Angst vor Freitag dem 13.!"

„Nein. Eigentlich nicht. Mache Dir keine Sorgen! Ich bin OK!"

Wie jeden Freitag, hielt Masinde wieder eine seiner großen Reden, um uns alle zu motivieren.

„Hallo Furaha-Team. Gestern waren wir alle auf der Polizeiwache. Die sind nicht freundlich mit uns umgegangen. Lange Zeit haben uns die Polizisten in Ruhe gelassen. Sie hatten auch keinen Grund, gegen uns vorzugehen. Wir erbringen eine wichtige Dienstleistung in dieser Stadt, die jeden Abend gut nachgefragt wird. Unseren Mädchen geht es besser als denen da draußen auf der Straße. Und wer einmal einen der anderen Clubs erlebt hat, weiß, wie gut Ihr es hier habt.

In Nairobi gibt es jede Nacht 35.000 mal bezahlten Sex. Das besagt die offizielle Statistik des Gouverneurs. Gehen wir einmal davon aus, dass jedes mal dafür nur 1.000 KSH bezahlt werden, dann ist dies ein Geschäftsvolumen von 35 Millionen Schilling pro Nacht bzw. 12,5 Milliarden pro Jahr. Dieser Markt ist heiß umkämpft – wohlgemerkt rede ich nur von Nairobi. Da wird mit harten Bandagen gekämpft. Und irgendjemand glaubt wohl, wir seien eine böse Konkurrenz. Dabei ist dieser Markt groß genug für alle. Da muss man niemanden hinausdrängen. Und unserem Club kann nun wahrlich niemand nachsagen, wir würden zu Billigpreisen eine Dienstleistung minderer Qualität verramschen. Ihr alle wisst, wie wichtig uns die Qualität unserer Dienstleistung ist. Unsere Gäste wissen, dass sie hier nur saubere und gesunde Mädchen bekommen. Ihr alle wisst, dass Ihr als Minimum das Zehnfache dessen verlangen müsst, mit dem sich die Straßenhuren da draußen zufrieden geben müssen. Und Ihr habt wahrlich genug Kunden, oder etwa nicht?" Alle Mädchen zollten Zustimmung.

„Deshalb werden wir weiter machen. Ich habe mich nochmals vergewissert, dass unsere Kontaktleute bei der Stadtverwaltung weiterhin hinter uns stehen." Ein Mädchen brachte einen Zwischenruf. „Ja, wir bestechen einige Beamte. Ohne Bestechung geht es leider nicht in diesem Land. Aber gerade weil diese Leute hinter uns stehen, glaube ich, dass Ihr sicher seid. Ich bin fest davon überzeugt, dass sich der gestrige Vorfall nicht wiederholen wird. Nur eines macht mich ganz traurig. Noch vor der gestrigen Razzia muss die Polizei ganz konkrete Infos bekommen haben. Die wussten Sachen über den Club, die kein Gast wissen konnte. Einer aus unserem Team ist leider ein Spitzel. Das ist sehr schade. Denn wir alle leben von diesem Club. Und ich denke, es geht wirklich allen hier gut." Der Applaus aller bestätigte das eindrucksvoll.

„Kommen wir endlich zu den Gewinnern der Woche. Diese Woche ist auf Platz drei unsere Winnie mit 34.000 KSH." Applaus. „Auf Platz zwei haben wir Cynthia mit 142.000 KSH!" Applaus. „Und das bedeutet, wir haben einen neuen Platz 1 in dieser Woche." Hier machte er eine bedeutungsvolle Pause. „Auf Platz 1", erneut eine Pause, „ist diesmal mit unglaublichen 178.000 KSH Flora." Tobender Applaus. Ich war sehr stolz, obwohl mir nicht so lieb war, dass nun jeder wusste, wie viel ich verdiente. So etwas weckt immer Neid und Begehrlichkeiten. „Flora ist erst so kurz dabei und hat schon so viel erreicht. Weiter so!"

„Heute ist Freitag. Erneut werden wir ein volles Haus haben. Das ist Eure Chance. Strengt Euch an, damit nächste Woche Ihr zu den Wochengewinnern gehören werdet. Ran an die Beute, Mädels."

Erneut gab es Applaus. Masinde hatte wie immer genau den richtigen Ton getroffen. Auch mich motivierte seine Art.

Nach meiner Show wurde ich sofort zu einer Gruppe von drei Gästen gerufen. Auch Winnie und Cynthia wurden zu dieser Gruppe bestellt. Die Herren kannten sich offenbar, wahrscheinlich Geschäftspartner oder Kollegen. Sie mussten für Kenianische Verhältnisse sehr erfolgreich sein, denn unseren Club konnten sich nicht viele Kenianer leisten. So war diese Dreiergruppe schon etwas Außergewöhnliches hier. Und nun gönnten sie sich ein gemeinsames Vergnügen. Die beiden anderen Herren gingen mit Cynthia und Winnie nach hinten in die Zimmer. Mein Gast entschuldigte sich regelrecht bei mir: „Tut mir Leid, aber ich möchte nicht nach hinten. Wir bleiben hier. Weißt Du, hier etwas Vergnügen zu haben," dabei spielte er mit meinen Nippeln, „ist das Eine. Sex ist etwas ganz anderes. Ich bin meiner Frau treu."

Ich kann mich noch erinnern, dass ich ihn dafür lobte. Auch sonst unterhielten wir uns nett und seine Berührungen waren nicht unangenehm. Er war sehr fein gekleidet und roch richtig gut. Und da er mir einige Getränke bestellte, lohnte sich das auch finanziell für mich. Eigentlich war ich sogar richtig froh, nicht nach hinten zu müssen.

Plötzlich kam im hinteren Teil des Clubs, da wo die Zimmer waren,

Hektik auf. Man hörte Rufe. Masinde ließ das eigentlich nicht zu und war in dieser Hinsicht sehr streng. Unsere Gäste wollten einen stressfreien, angenehmen Abend. Dazu passten keine Turbulenzen. Nach einigen Minuten, wir wussten immer noch nicht, was wirklich los ist, kam einer der drei Männer mit Cynthia zurück. Er erklärte, was hinten passiert war.

„Rob ist tot. Er hat mit dem anderen Mädchen gevögelt und wohl einen Infarkt bekommen."

Ich hatte Angst um Winnie. Wir hatten uns nie so super verstanden, aber seit ich im Club war, war sie immer anständig zu mir gewesen. Dann sah ich sie ebenfalls von hinten in den Saal kommen. Sie ging jedoch zur Bar. Draußen hörte man eine Sirene. Der Notarzt war wohl hinter das Haus gefahren, um besseren Zugang zum Zimmer zu haben.

Masinde ging von Gast zu Gast und erklärte die Situation. Alle Gäste gingen, denn niemand wollte in die Polizei-Razzia kommen, die unweigerlich nun stattfinden würde. Tatsächlich kamen etliche Polizisten. Heute allerdings nahmen sie uns nicht mit. Wir wurden nur vernommen. Winnie wurde ganz besonders ausführlich befragt. Aber nicht einmal sie musste mit auf die Polizeiwache. Für die Polizisten war das eine ganz heiße Situation. Einer der führenden Minister unseres Landes war in einem Nachtclub gestorben. Da war Diskretion geboten. Wir alle wussten noch nicht, welche Konsequenzen das haben würde. Heute wurden wir alle erst einmal früher nach Hause geschickt.

Auf der Heimfahrt konnten wir dann endlich Winnie befragen, was los war. Sie erzählte:

„Ich ging mit dem Gast nach hinten. Er setzte sich aufs Bett und kramte etwas hervor. Ich wartete geduldig, denn viele Männer lieben es, mich auszuziehen. Denen möchte ich den Spaß nicht nehmen. Also stand ich einfach nur abwartend da. Der Mann holte zwei blaue Pillen aus einem Taschentuch und schluckte sie. Mehr konnte ich nicht sehen. Er meinte noch, es sei Viagra und zwei könnten heute nicht schaden. Wir plauderten noch etwas – völlig belangloses Zeug. Dann zog er sich langsam aus und legte sich mit dem Rücken auf das Bett. Allerdings waren seine Füße noch auf dem Boden. Männer machen das öfter, um sich dann so von uns einen blasen zu lassen. Ich wollte auch schon loslegen als ich merkte, dass er ganz merkwürdig atmete. Das hatte nichts mit mir zu tun. So weit waren wir noch gar nicht. Es wurde immer schlimmer und ich rief Masinde. Der rief sofort einen Notarzt und schickte mich an die Bar. Allerdings sollte ich unbedingt den Mund halten. Als der Arzt kam, war der Gast bereits tot. Ich denke, die Pillen waren kein richtiges Viagra. Das Problem ist wohl, dass der Mann es vorher von Edgar gekauft hat. Das hat zumindest der andere Gast behauptet. Als Masinde davon vorhin erfuhr, war er völlig entsetzt. Ich fürchte, das bedeutet nichts Gutes. Wir können froh sein, wenn nur Edgar gefeuert wird. Ihn hat die Polizei übrigens als einzigen mitgenommen. Ich mache mir große Sorgen. Masinde habe ich noch niemals so erlebt."

Der Club ist geschlossen

Wie immer warteten wir zu dritt vor dem Haus. Heute mussten die Staus in Nairobi ganz außerordentlich lang sein. Statt uns vereinbarungsgemäß um 18 Uhr abzuholen standen wir noch um 19 Uhr dort und warteten. Gleichzeitig hatte Winnie bereits ungeduldig angerufen. Aber im Club nahm niemand ab. Sie schickte eine SMS an Masinde, dass wir mit dem Taxi kämen.

Als uns das Taxi vor dem Club absetzte standen da bereits viele der anderen Mädchen, einige Kellnerinnen und einige von den Jungs. Niemand wusste Bescheid, was los ist. Aber der Club war verschlossen. Dann endlich kam Masinde.

„Hört mal alle zu. Der Club ist geschlossen. Nicht nur heute, sondern für immer. Edgar ist verhaftet. Mehr kann ich wirklich nicht sagen. Geht heim. Sucht Euch einen neuen Job. Hier geht nichts mehr. Nie wieder!"

Das traf uns völlig unerwartet. Unser Club war inzwischen mehr als nur ein Job geworden. Er war quasi unser Zuhause, wir alle waren wie eine Familie. Das wurde mir spätestens in diesem Moment klar. Ajuza war wie unser aller Mutter. Auch wenn ich Edgar seit jenem Abend in dem Hinterzimmer nicht wirklich gut leiden mochte, aber auch er war immer fair. Wir alle hatten hier richtig gutes Geld verdient. Und das alles sollte nun vorbei sein. Wieso konnte die Polizei einen solchen Club einfach schließen? Wem schadete ein solcher Club? So viele Fragen und keine Antworten.

„Masinde, kann es nicht sein, dass Edgar morgen wieder frei kommt und sich alles aufklärt?", wollte ich wissen.

„Flora, das kann und wird nicht geschehen. Edgar wird froh sein, wenn er nur wenige Jahre im Gefängnis sein wird. Er hat dem

Falschen seine Drogen verkauft und sich so mit sehr mächtigen Leuten angelegt. Ich hatte es ihm verboten. Er tat es gegen meinen Willen. Er hatte das nicht nötig, denn er verdiente wahrlich genug Geld im Club. Jetzt kann niemand mehr diesen Club retten! Glaube mir, keinen trifft das härter als mich. Der Club war mein Lebenswerk." Und das glaubte ich ihm wirklich.

Masinde stieg in sein Auto und fuhr davon. Als wir alleine waren, überlegten wir, wie es nun weiter gehen könnte.

„Was machen wir nun?", fragte Winnie. Ich denke, wir sollten uns nach anderen Möglichkeiten umsehen.

„Wir können zum Sabina Joy. Das ist in der Moi Avenue. Lasst uns mal sehen, was da geht."

„Moi Avenue? Aber nicht zu Fuß! Nicht mit den Schuhen!" Wir hatten uns ja alle Schuhe mit hohen Absätzen gekauft. Aber keine von uns konnte darin richtig gut laufen. Schon gar nicht längere Strecken. Und die Moi Avenue wäre zu Fuß eine Stunde. So rief Winnie ein Taxi, das uns für 500 KSH zum Sabina Joy brachte.

Das Sabina Joy hatte seinen Eingang direkt an der Moi Avenue neben dem Ambassador Hotel. Es war ein großer Saal mit lauter Musik. Um diese Zeit war es hier schon richtig voll.

„Und was sollen wir hier?", fragte ich.

„Schau dort ist ein Stundenhotel. Hier im Saal reißt Du Dir einen Kerl auf, der bezahlt Dich und das Stundenhotel. Achte darauf, dass er Dich vorher bezahlt, sonst gehst Du leer aus!", riet mir Felister.

Es dauerte keine zehn Minuten, da war Felister auch schon mit einem Kerl verschwunden. Auch Winnie war kurz darauf weg, wahrscheinlich hatte auch sie einen Kunden. So stand ich alleine in diesem lauten Saal. Die Musik hämmerte. Viele der Tanzenden wirkten nicht wie elegante Tänzer, eher wie Bewegungsgestörte. Das hatte nichts mit unserem Club zu tun, zu dem ich mich jetzt schon zurück sehnte. Es war verrückt, wenn man bedenkt, was ich dort die letzten Wochen erlebt hatte. Aber der Club fehlte mir. In diese Gedanken vertieft musste ich wohl traurig ausgesehen haben, denn es sprach mich jemand darauf an: „Hallo Schönheit. So traurig?" Der Kerl sah nicht so übel aus. Er mochte wohl etwa dreißig Jahre alt sein und war im Vergleich zu vielen anderen hier relativ gut gekleidet.

„Ach, nichts." Irgendwie war ich völlig perplex. Ich merkte plötzlich, dass ich mir überhaupt keinen Text zurecht gelegt hatte, um jemanden anzusprechen. Wie sollte ich denn überhaupt darauf zu sprechen kommen, dass es etwas kosten würde, mit mir aufs Zimmer zu gehen?

„Wie heißt Du denn?", wollte er wissen.

„Flora. Und Du?"

„Nenne mich einfach Msasi!" Das Kisuaheli-Wort bedeutete Jäger. Na, offensichtlich jagte er wohl Mädchen und fand das auch noch toll. „Du hast sicherlich schon sehr viele Komplimente für Deine tollen Augen bekommen. Aber um ehrlich zu sein, Deine Lippen finde ich noch viel besser!" Ich war beeindruckt. Solche Komplimente hatte ich noch niemals von einem Mann bekommen. Ja, es waren nur Worte, doch sie verfehlten ihre Wirkung bei mir nicht.

„Was machst Du denn hier? Ich habe Dich hier noch nie gesehen", wollte er wissen.

„Ich wollte mal sehen, was hier so geht!", antwortete ich ausweichend.

„Du weißt schon, dass das hier ein Kontaktschuppen ist? Die Männer werden Dich mit aufs Zimmer nehmen wollen." Ich schien den Eindruck zu vermitteln als ob mich das überraschen müsste.

„Wäre das schlimm?", fragte ich nach.

„Das würdest Du wollen? Man lernt tatsächlich nie aus. Was kostet es denn bei Dir?"

„20.000 KSH", antwortete ich. Masinde hatte einmal gesagt, ich solle niemals weniger verlangen.

„Kein Wunder, dass Du noch keinen Kunden gefunden hast. Bei dem Preis wird sich das auch nicht ändern. Das kannst Du vielleicht in der Villa Rosa Kempinski verlangen, aber doch nicht hier. Du siehst super aus, keine Frage. Für Dich würde ich das Doppelte des hier üblichen Preises zahlen: 2.000 für eine Stunde."

„Du willst damit sagen, dass die meisten Mädchen hier für 1.000 KSH mit Dir aufs Zimmer gehen würden?", fragte ich ungläubig.

„Ich glaube, die meisten würden es wohl auch für weniger machen", behauptete er.

„Und das Zimmer bezahlst Du?", erkundigte ich mich.

„Ja, das Zimmer bezahlt immer der Mann. Es kostet 300 pro Stunde. Heißt das, Du kommst mit mir hoch?"

„2.000 Bobs ist nichts! Warum sollte ich das für so wenig Geld tun?" Noch vor Kurzem wären 2.000 KSH für mich unvorstellbar viel Geld gewesen und jetzt kam es mir so wenig vor angesichts dessen, was ich im Club verdient hatte.

„Ich weiß nicht. Vielleicht weil ich Dir gefalle?", antwortete er.

„Du bist ganz schön von Dir überzeugt!", stichelte ich. Aber tatsächlich hatte er Grund für sein Selbstbewusstsein. Er war groß, schlank, seine Haut war sehr dunkel, gleichzeitig aber sehr gleichmäßig pigmentiert. Offensichtlich betrieb er viel Sport. Er war gut gekleidet und roch angenehm. Kurz: Ich war durchaus interessiert. Vielleicht hoffte ich, in ihm einen neuen Ingo zu finden. Möglicherweise wäre ich sogar ohne Bezahlung mit ihm mitgegangen.

„Komm mit!" Er hielt sich nicht mehr mit Fragen auf. Er spürte, dass er mich eigentlich schon rum gekriegt hatte. Er ging mit mir zur Rezeption des Stundenhotels, zahlte für eine Stunde und wir gingen hinauf. Er schloss das Zimmer auf und ich wäre fast in Ohnmacht gefallen. Das Bett hatte ein offensichtlich nicht mehr frisches Laken. Spermaflecken der vorherigen Besucher waren darauf, wenn auch trocken. Auf dem Boden lagen die Verpackungen von Kondomen. In einer Ecke lag sogar ein ganz eindeutig gebrauchtes Kondom. Das Ganze in einem schmuddeligen Licht. Bei mehr Licht wäre es wahrscheinlich noch viel schlimmer gewesen. Ich ekelte mich so sehr, dass ich mich weigerte da hinein zu gehen. „Keine Chance! Sorry, ich verzichte!"

„Warte!", bat er mich. Aber ich wollte nicht und ging schon wieder die Treppe hinunter zur Rezeption. Er kam mir nachgelaufen. „Warte!", rief er erneut. „Ich habe etwas für Dich. Wenn Du wirklich realistisch Geld verdienen möchtest in dieser Branche, dann habe ich einen Club für Dich. Da bist Du sicher und Du verdienst gutes Geld – jeden Tag!" Er gab mir eine Karte mit der Aufschrift „Bikira-Club". Offensichtlich war es seine Aufgabe, neue Mädchen für diesen Club zu finden. Deshalb war er Msasi, der Jäger. Vielleicht war es wirklich das Beste, wieder in einen Club zu gehen. Er begleitete mich hinaus und rief mir ein Taxi mit dem ich alleine zu meinem Zimmer zurückfuhr. So zeitig war ich lange nicht mehr heimgekehrt. Aber heute eben auch ohne Einkünfte.

Erfahrungen von der Straße

Als ich am nächsten Morgen aufwachte schliefen die beiden anderen noch. Ich machte uns in der Küche Frühstück einschließlich Tee für alle und brachte es auf Zimmer. Dann weckte ich die beiden anderen. Immerhin war es schon zehn Uhr. Zunächst waren die beiden vom Wecken nicht so begeistert, aber angesichts des Frühstücks wurden sie munter. Bei Toast mit Honig versuchte ich den beiden zu entlocken, was sie letzte Nacht erlebt hatten.

Beide waren offensichtlich für 500 KSH (5 €) aufs Zimmer und hatten geschützten Sex. Danach waren sie in die nicht weit entfernte Koinange Straße, die im Milieu einfach nur K-Street genannt wird. Das ist das nächtliche Rotlichtviertel von Nairobi, der Straßenstrich. Zumindest Winnie hatte dann für die Nacht einen Kunden gefunden. Felister wartete derweil in einer Bar, wohl auch deshalb, weil die Mädchen dort keine neue Konkurrentin dulden wollten. Ohne 'Beschützer' ging da gar nichts. In der Bar fand sie dann wohl auch jemanden, der sie künftig beschützen würde. Sie luden mich ein, zu den selben Bedingungen dazuzukommen. Das lehnte ich aber ab. Ich wollte keinesfalls auf den allerunterstens Level absinken. Der Straßenstrich war die unterste Sprosse der Karriereleiter einer Prostituierten. Hier hatten Mädchen keinen Schutz vor der Willkür der Kunden, der Zuhälter oder der Konkurrentinnen.

„Und Ihr wollt Eure Zukunft wirklich auf der Straße verbringen?", wunderte ich mich über Felister und Winnie.

„Na, klar, die Kerle haben wir im Griff. Die fressen uns aus der Hand!", meinte Felister überheblich.

„Boys are toys!", meinte Winnie dazu nur.

„Warum Straßenstrich und nicht eine dieser Escort-Websites im Internet?", fragte ich.

„Kister. Dann ist Dein Foto im Internet. Du weißt nie, wer das gerade sieht. Wenn Du das nächste Mal nach Vihiga kommst, kann es da dann schon jeder wissen. Deine Familie wird sich für Dich schämen. Das tue ich meiner Familie jedenfalls nicht an!", beteuerte Felister. Das sagte ausgerechnet die, von der in Cheptulu jeder wusste, was sie in der Bar gemacht hatte.

„Wer Dein Foto da sieht, der muss sich fragen lassen, was er denn da gemacht hat, dass er es überhaupt hat finden können", konterte ich.

„In Facebook-Zeiten kannst Du immer sagen, ich wurde darauf aufmerksam gemacht. Oder jemand anderes hat es gefunden und Dir gesagt: Schau mal, wer da ist. Es gibt so viele Ausreden. Die Blamierte bist dann nur Du. Und Deine Familie!" Ich musste einsehen, dass Winnie damit Recht hatte.

„Aber auf dem Straßenstrich könnte Dich auch jemand sehen. Ein Besuch in Nairobi und schon macht es die Runde!", gab ich zu bedenken.

„Die Wahrscheinlichkeit, dass das passiert ist sehr viel geringer. Und selbst wenn. Dann kannst Du denjenigen direkt darauf ansprechen. Im Internet ist es anonym. Du weißt nie, wer was wann sieht. Auf der Straße bist Du dann wenigstens vorbereitet und weißt womit Du zu rechnen hast. Aber Nairobi ist groß. Dass jemand aus Vihiga ausgerechnet eine von uns hier auf der Straße sieht und erkennt, ist extrem unwahrscheinlich. Es ist dunkel. Wir haben ganz andere Haare und Kleidung als früher in Vihiga. Selbst unsere eigene Familie würde uns kaum wiedererkennen." Ich konnte ihr nicht widersprechen. Damit war eine Escort-Website auch für mich ausgeschlossen. Aber anders als die beiden, wollte ich keinesfalls auf den Straßenstrich. Ich hatte ja noch die Trumpfkarte mit dem Bikira-Club. Und sollte es da wirklich gut sein, würde ich die beiden da auch hinbringen. Das nahm ich mir ernsthaft vor. Aber bis dahin sollte das mein Geheimnis bleiben. So brach ich dann nach dem späten Frühstück auf, mir diesen Bikira-Club einmal anzusehen. Da ich am Vorabend Blasen von den Schuhen bekommen hatte, ließ ich die hohen Schuhe heute daheim und ging nach langer Zeit mal wieder auf FlipFlops aus dem Haus. Ach wie angenehm das Laufen damit war!

Bikira-Club

Mit dem Furuha-Club verband ich zwar sehr grenzwertige Erfahrungen, aber nicht nur negative. Ich wünsche keinem Mädchen, die ersten sexuellen Erfahrungen auf diese Weise zu machen. Aber wenn man von den zwangsläufigen Bedingungen dieser Branche einmal absieht, so ist man dort immer sehr fair mit mir umgegangen. Ich wurde niemals zu etwas gezwungen und es wurde immer ehrlich abgerechnet. Von irgendetwas müsste ich ja nun leben. Einen anderen Job würde ich in Nairobi, einer Stadt mit 70% Arbeitslosigkeit, wahrscheinlich nicht finden. Gelernt hatte ich nichts. Es war deshalb naheliegend, wieder zu einem solchen Club zu gehen. Da kam mir das Angebot von Msasi gerade recht.

Die River Road war bereits eine sehr unangenehme Gegend, in die sich eigentlich kein Mädchen alleine trauen sollte. Die Straßen östlich und nördlich davon waren noch schlimmer. In einer dieser Gassen war der Bikira-Club. Von außen war der Club überhaupt nicht zu erkennen. Kein Schild wies werbewirksam darauf hin. Der Eingang sah aus wie die Türe zu einem gewöhnlichen Wohnhaus. An der Klingel stand nur das eine Wort: Bikira. Wer kein Suaheli sprach und somit nicht wusste, dass dies so viel wie Jungfrau oder Mädchen bedeutete, der konnte dies für einen ganz normalen Nachnamen halten. Ich klingelte und sofort wurde mir geöffnet. Es war eine ältere Dame, die mich hinein ließ. Wir standen in einem Flur, von dem zahlreiche Türen abgingen. Ich zeigte ihr die Visitenkarte, die ich am Abend zuvor im Sabina Joy erhalten hatte.

„Du möchtest zu Bwana?", fragte sie mich und ich bejahte, obwohl ich diesen Namen nicht kannte. Das Wort ist Suaheli und bedeutet Meister. Na, das konnte ja heiter werden, wenn sich schon jemand Meister nennen lässt. Sie bat mich, kurz zu warten, und ging durch eine der Türen. Rasch kam sie zurück und geleitete mich dann in einen Raum. Hier standen ein Holztisch und vier Stühle – ein sehr karger, völlig schmuckloser Raum. „Warte hier!" wies sie mich an.

Der Raum hatte ein großes Fenster, allerdings konnte man nicht durch das Milchglas hindurch sehen. In einer Ecke stand ein Kühlschrank. Ein Regal enthielt allerlei einschlägige Artikel, vor allem Großpackungen mit den billigsten Kondomen, der Sorte, die die Regierung oft kostenlos verteilte, um das Aids-Risiko einzuschränken.

Nach kurzer Zeit kam ein Mann herein. „Hallo. Alle hier nennen mich Bwana. Wie heißt Du?"

„Ich heiße Flora." Intuitiv benutzte ich meinen Künstlernamen. Mein Gefühl sagte mir, dass ich hier vorsichtig sein sollte.

„Du suchst Arbeit?", fragte er mich gerade heraus.

„Ja, das kann man so sagen."

„Hast Du Erfahrung?", wollte er wissen.

„Ich habe im Furuha-Club gearbeitet."

„Bei Masinde?" Offensichtlich kannte er Masinde. „Tja, er hätte besser darauf achten sollen, was seine Leute machen. Das hat er nun davon. Wir machen das geschickter. So ist beispielsweise unser Haus von außen nicht erkennbar. Wir sind auch nicht mitten in einem Geschäftsviertel, wo sich die anderen Unternehmer ständig durch uns gestört fühlen. Hier in der Gegend kräht kein Hahn danach, was wir machen. Dieses Haus gehört mir, da kann dann auch kein Vermieter meckern. Alle hier spuren. Jeder macht genau, was ich sage. Und schließlich sind wir trotzdem sehr vorsichtig. Hmm. Masinde hatte schon nimmer ein gutes Auge für die richtigen Mädchen. Tolle Augen hast Du. Allerdings hat er auch Mädchen eingestellt, die man besser nicht beschäftigen sollte, um nicht in Konflikt mit den aktuellen Regierungsprogrammen gegen weibliche Beschneidungen zu geraten. Bist Du beschnitten?"

„Nein, zum Glück nicht!", antwortete ich wahrheitsgemäß.

„Ok, ich hätte Dich sonst sofort wegschicken müssen, egal wie süß Du ausschauen magst. Zeig mal!" Offensichtlich wollte er sich persönlich davon überzeugen. Obwohl mich schon so viele Männer nackt gesehen hatten, war eine solche Situation immer noch beklemmend für mich. Ich riss mich zusammen, zog meine Jeans aus und nach kurzem Zögern auch meinen Slip. Er bedeutete mir, mich auf den Tisch zu legen. Der war ungewohnt kalt. Mich hatten schon viele Männer befummelt, aber in dieser Situation fühlte ich mich gerade besonders unangenehm. Er spreizte meine Schamlippen, ertastete meine Klitoris, drang mit seinem Finger in mich ein und offensichtlich befand er mich für OK.

„Du siehst gut aus da unten. Flache äußere Schamlippen, kleine innere Schamlippen, perfekt rasiert. Ich weiß wovon ich spreche. Ich habe schon sehr viele Mädchen gesehen. Das gefällt mir. Das wird auch unseren Gästen gefallen." Er ging um den Tisch herum und als er neben mir stand schob er ohne jede Vorwarnung mein T-Shirt hoch. Er drückte meine Brüste und zupfte an meinen Brustwarzen. „Ich denke, das ist OK. Schauen wir mal, was die Gäste dazu sagen. Ausziehen." Ich zog auch noch das T-Shirt ganz aus, und splitternackt wie ich war, sollte ich ihm folgen. Wir gingen durch den Flur in einen anderen Raum. Hinter der Türe des Raumes war nochmals zusätzlich ein Vorhang. In diesem Raum waren sechs Männer. Die meisten von ihnen hatten nur eine Unterhose an, zwei trugen einen Bademantel. Links an der Wand stand ein langer Tisch, gefüllt mit den unterschiedlichsten Speisen. Gegenüber war eine Bar. Dort schenkte ein bekleidetes Mädchen Getränke aus. Sie war im ganzen Zimmer, von Bwana abgesehen, die einzige in vollständiger Bekleidung. Rechts waren drei Sitzgruppen. Einige der Männer saßen dort und lasen Magazine. Drei Mädchen, jeweils nur in Slip und BH unterhielten sich leise. Und nun kamen wir in diesen Raum. Ich fühlte mich nicht nur nackt, weil ich nackt war. Alle Augen richteten sich sofort auf mich, was das Gefühl noch verstärkte.

„Flora hier möchte bei uns anfangen. Was meint Ihr dazu? Soll ich sie nehmen?" Ich hatte in dem Moment nicht den Eindruck, als würde er irgendetwas auf das Urteil der Männer oder gar der Mädchen geben. Ich war einfach nur ein kleine Abwechslung für diejenigen, die hier viel Zeit mit Warten verbrachten.

Die Männer kamen nacheinander und begrüßten mich. Der erste gab mir noch artig die Hand. „Bwana, wenn Du sie nicht nimmst, ich nehme sie gerne." Er lachte höhnisch und gab mir dabei einen Klaps auf den Hintern.

Der zweite befummelte meinen Busen und meinte dann: „Geprüft und für gut befunden!"

Der dritte drehte mich, schaute sich meinen Hintern an und verlangte, dass ich mich nach vorne bücke. Offensichtlich schaute er sich meine Vagina von hinten an. Danach meinte er: „Klar, kannst direkt mit mir mitkommen!"

„Ganz so schnell geht das nicht.", bremste Bwana. „Wir müssen erst noch den Vertrag machen."

Die anderen drei Männer zogen es glücklicherweise vor, sich das Ganze nur aus der Entfernung anzusehen. Ihre Berührungen blieben mir immerhin erspart.

Auch die drei Mädchen begrüßten mich. Sie waren allerdings sehr einsilbig. Dann verließen wir den Raum wieder. „Komm ich zeig' Dir das Haus", lockte er mich.

„So?" Ich war schließlich immer noch splitternackt.

„Ja, klar. Das ist in diesem Hause nichts Besonderes."

Im oberen Stockwerk waren drei Schlafzimmer und zwei Bäder. Die Schlafzimmer waren fast komplett mit Matratzen ausgelegt. Keine Betten. Keine Türen. Auf den Matratzen war zu sehen, dass da schon oft Sperma drauf getropft war. Es war einfach eklig.

„Das Ganze funktioniert hier so. Unsere Gäste bezahlen beim Ankommen unten ihre 10.000 KSH. Dafür dürfen sie frei essen und trinken und jede Stunde einmal ficken. Sie warten immer in dem Raum unten. Alle 30 Minuten sprichst Du einen der Gäste an, ob er mit Dir aufs Zimmer möchte und zwar einen, der wieder an der Reihe ist, also dessen Stunde um ist. Jeden Gast nur einmal. Wenn Du mit allen gefickt hast, hast Du Pause. Essen und Trinken ist auch für die Mädchen kostenlos. Nimm Dir, was Du möchtest, aber keinen Alkohol für die Mädchen! Gefickt wird nur hier oben, nicht unten. Immer nur mit Kondom. Es gibt keine Ausnahmen. Wer diese Regel bricht, kriegt richtig was auf den Hintern und zwar so sehr, dass Dich am nächsten Tag alle Gäste fragen, wo die blauen Flecke herkommen. Ist das klar?" Natürlich war das klar. Die Regel war eigentlich das einzig Gute. Aber der Ton und die anderen Umstände gefielen mir überhaupt nicht. Prügelstrafe für uns Mädchen? Das ging gar nicht! Gegen diesen Club war der Furuha-Club Weltklasse. „Nach dem Fick gehst Du immer sofort unter die Dusche. Glaube nicht, ich würde das nicht kontrollieren. Wenn ich Sperma zwischen Deinen Beinen finde, tanzt der Bär! Wir wollen nur saubere Mädchen und kein Gast will sein Ding in das Sperma des vorherigen Gastes stecken oder eine Vagina lecken aus der noch das Sperma eines anderen tropft." Ich fragte lieber nicht, wie mit Kondom Sperma in meine Vagina kommen sollte. Irgendwie schien mir bereits, dass es besser sei, nicht zu viele Fragen zu stellen.

Eines der beiden Badezimmer hatte eine Badewanne, das andere eine Dusche. „Es gibt immer saubere Handtücher hier und in den Zimmern liegen Kartons mit Kondomen aus. Du musst Dich um nichts selbst kümmern. Hier wird alles für Dich gemacht. Deine Aufgabe ist es nur, alle 30 Minuten einen der Kerle abspritzen zu lassen. Hier bist Du sicher gegen Übergriffe. Dir kann nichts passieren. Verglichen mit den Mädels auf der Straße ist das hier das Paradies." Er schien zumindest selbst von dem überzeugt zu sein, was er da sagte. Mich überzeugte das nicht.

Inzwischen waren drei der Männer und drei Mädchen hoch gekommen. Ein Pärchen ging in einen Raum, die beiden anderen Pärchen zusammen in den anderen Raum. Da kein Raum eine Tür hatte, konnte man vom Flur aus sehen, was da drin jeweils passierte. Das schien niemandem etwas auszumachen.

Im ersten Raum kamen die sofort zur Sache und fickten in unterschiedlichsten Positionen. Im zweiten Raum starteten beide Pärchen mit Oralverkehr. Die einen praktizierten 69. Das andere Mädchen blies ihrem Kunden gerade einen. Dazu lag er auf dem Rücken und sie kniete zwischen seinen Beinen, selbst weit vornüber gebeugt. Ein einzelner Gast kam noch nach und stellte sich in dem Raum mit den zwei Pärchen an eine Seite und schaute genüsslich zu. Nach einiger Zeit fing er an, das kniende Mädchen von hinten zu befummeln. Erkennbar war, dass sie kurz erschrak, als sie die Hand eines anderen unerwartet an ihrer Vagina spürte. Sie drehte kurz den Kopf, aber unternahm nichts dagegen, auch nicht als der anfing sie zu fingern. Ich war bereits einiges gewohnt, aber das alles ekelte mich an. Die Mädchen schienen keinerlei Rechte zu haben, eine sexuelle Handlung abzulehnen. Sollte so etwa meine Zukunft aussehen?

Bwana nahm mich in den Arm und zeigte auf den Raum mit den beiden Pärchen und dem Zuschauer. „Geh mal dazu und zeige mir, was Du kannst!", kommandierte er mich und gab mir einen aufmunternden Klaps auf den Po, wie Eltern das gelegentlich bei kleinen Kindern machen.

„Nein. Ich möchte erst einmal den Vertrag sehen." Es war der beste Vorwand, der mir gerade einfiel. Eigentlich hatte ich mich zu diesem Zeitpunkt bereits entschlossen, dass ich dies auf keinen Fall machen würde.

Wir gingen runter in einen Raum, der offensichtlich sein Büro war. Noch immer hatte er mir keine Gelegenheit gegeben, mich anzuziehen. Es schien ihm auch zu gefallen, dass ich nackt war. Möglicherweise sollte mich das auch herabwürdigen und so meine Verhandlungsposition schwächen. Wenn ich heute zurückblicke, so denke ich inzwischen noch mehr als damals, dass das seine Masche war.

Der Vertrag sah vor, dass ich von elf Uhr morgens bis 3 Uhr nachts Dienst haben würde. In dieser Zeit hätte ich alle 30 Minuten einen Gast aufs Zimmer zu begleiten. Bei wenig Kunden hätte ich in Absprache mit Bwana Freizeit. Gearbeitet wurde 7 Tage die Woche. Für jeden Arbeitstag bekam ein Mädchen 5.000 KSH (50€). Unbezahlten Urlaub hätte ich immer dann, wenn ich meine Periode habe. Essen und Trinken seien frei. Ich könnte auch im Haus schlafen – in den Zimmern in denen ansonsten gefickt wird. Die meisten Mädchen schliefen im Haus, meinte er. Privater Kontakt zu Gästen war mir verboten. Ein unmenschlicher Knebelvertrag. Wie kann es ein Mädchen aushalten, jeden Tag 14 Stunden lang alle 30 Minuten einmal

Sex haben zu müssen – mit immer einem anderen, völlig unbekannten Mann? Nicht desto trotz pries Bwana den Vertrag an:

„Du hast kein Risiko. Du bist hier sicher. Egal wie viele Gäste kommen, Du hast immer Dein Geld. Wie oft stehen andere Mädchen die ganze Nacht auf der Straße und haben morgens um vier noch immer keinen Kunden. Das Risiko hast Du hier nicht, denn Du bekommst Dein Geld, auch wenn einmal keine Kunden kommen sollten. Du kannst im Monat 28 Tage arbeiten. Dann bekommst Du 140.000 KSH (1.400€). Du bekommst Dein Geld am Ende jedes einzelnen Tages. Du hast keine Kosten, insbesondere wenn Du im Haus wohnst. Die meisten Mädchen da draußen würden sich um einen solchen Job reißen! Deshalb nehmen wir nur die Besten. Und ich bin bereit, Dir diese Chance zu geben!"

„Ich werde mir den Vertrag heute Abend in Ruhe durchlesen und es mir gut überlegen. Klingt verlockend!" Das war eine reine Lüge, aber irgendwie hatte ich das Gefühl, dass ich hier vielleicht nicht so einfach raus kommen würde.

„An Deiner Stelle würde ich nicht zögern. Wer weiß, ob der Job morgen noch zu haben ist? Da draußen hoffen viele Mädchen auf eine solche Chance!"

„Ich weiß das zu schätzen. Aber mein Vater hat immer gesagt, dass man wichtige Entscheidungen eine Nacht überdenken sollte." Es war bereits nur noch Vorwand, um hier raus zu kommen. Mein Nein war bereits ganz klar.

„Du bekommst noch eine Zugabe oben drauf!" Mit diesen Worten öffnete er seine Hose und offensichtlich sollte sein Sperma in mir eine Art Zugabe werden. Dieser 'Meister' litt wirklich nicht an mangelndem Selbstbewusstsein. Ich drehte mich um und bevor er um den

Schreibtisch gerannt war, hatte ich die Türe bereits geöffnet. Glücklicherweise kamen gerade zwei Gäste die Treppe hinunter. Sie hatten ihren Fick wohl gerade beendet und kehrten in den Aufenthaltsraum zurück. Ihre Anwesenheit verhinderte wahrscheinlich, dass Bwana seinen Bestrebungen noch mehr Nachdruck verleihen konnte. Ich rannte in den kleinen Pausenraum, wo meine Sachen lagen und zog mich in Rekordtempo an. Dann rannte ich raus. Auf der Straße rannte ich immer weiter, völlig planlos. Ich hoffte, die Anwesenheit der vielen Menschen da draußen würde mich beschützen, falls mir jemand folgen sollte. In panischer Angst lief ich noch die ganze Moi-Avenue hinunter. Glücklicherweise war mir niemand gefolgt. Erst am Bahnhof kam ich zur Besinnung. Ich war nass geschwitzt vom schnellen Rennen, aber auf mein Lauftempo war ich immer noch stolz. Wir Afrikaner brechen Laufrekorde in FlipFlops!

Teil 3: Mombasa

Lawama ya Swara ni juu ya wawindaji!

The blame of the antelope is on the hunter!

Die Schuld hat der Jäger, nicht die Antilope!

Überliefertes Luhya-Sprichwort

Kenyan Railway

Mir wurde bewusst, dass ich nun unweit des Bahnhofs stand. Ich erinnerte mich an Ajuzas Spruch: „Die leichtgläubigen Männer sind in Mombasa!" Von hier fahren Züge nach Mombasa. Eigentlich hielt mich nichts mehr in Nairobi. Ich konnte mir nicht vorstellen, wie Felister und Winnie auf den Straßenstrich zu gehen. Einfach zu gefährlich. Vielleicht war es ein Wink des Schicksals, dass ich hier war. Kurz entschlossen ging ich ging zum Schalter und buchte für 3.000 KSH (30 €) eine Einzelkabine nach Mombasa inkl. Mahlzeiten. Ich hinterließ meine Handynummer für den Fall, dass etwas Außergewöhnliches passieren sollte. Am nächsten Abend ging der Zug und ich wäre am Tage darauf in Mombasa. Zeit für etwas ganz Neues.

Auf dem Rückweg zum Haus kaufte ich im Nakumatt noch einen großen Koffer, der groß genug war, um alles aufzunehmen, was ich besaß. Am nächsten Morgen verabschiedete ich mich von Felister und Winnie. Es war ein Abschied unter Tränen bei uns allen. Bei allem, was wir zusammen durchgemacht hatten, hatten wir uns doch mehr als nur aneinander gewöhnt.

Ich fuhr ein letztes Mal in die Junction Shopping Mall und gönnte mir ein paar Sachen zum Anziehen und etwas Ruhe. Noch einmal frönte ich den so geliebten Chicken Crispies. Diese Kette hatte auch hier eine Filiale.

Am Nachmittag bekam ich einen Anruf, dass sich die Abfahrt verspäten würde. Leider gab es keine Aussage, wie lange diese Verspätung währen würde. Also war ich trotzdem pünktlich um 19 Uhr auf dem Bahnsteig. Viele warteten hier bereits. Zwischen den Fahrgästen versuchten Händler ihre Waren anzupreisen. Mich ließen sie weitestgehend in Ruhe. Die Touristen, die eine solche Zugfahrt als Attraktion buchten, waren das begehrtere Ziel der Verkäufer.

Während in der ersten Klasse geräumige Abteile für zwei Personen und Schlafwagen sowie Speisewagen angeboten werden, gibt es in der zweiten Klasse Abteile mit vier bis sechs Personen. In der dritten Klasse sitzt man auf Holzbänken. Im Preis der ersten Klasse sind Abendessen und Frühstück bereits enthalten.

Die ganze Strecke, rund 480 km, war in einem maroden Zustand. Im Zuge der Kolonialisierung von den Briten erbaut, vermittelte die Eisenbahn den Eindruck, als sei sie seither auch nicht mehr renoviert worden. Wegen baufälliger Brücken war die Strecke nach Kisumu bereits stillgelegt worden. Von Nairobi fuhr nur noch zwei mal pro Woche ein Zug nach Mombasa, jeweils über Nacht. Abfahrt am Abend und Ankunft am nächsten Morgen nach 12 Stunden Fahrt.

Gegen 23 Uhr traf der Zug dann ein. Ich brachte meine Sachen in die Kabine und ging dann in den Speisewagen. Dabei konnte ich die Kabine nicht abschließen. Sie war nur von innen verriegelbar. Aber ich hatte ohnehin keine Wertsachen. Im Speisewagen wurde mir ein Sitzplatz gegenüber einer Touristin zugewiesen. Sie war das erste Mal in Kenia und bereiste das Land ganz alleine. Sie war bereits am Mount Kenya, im Massai-Mara-Dreieck und am Lake Victoria. Als ich ihr sagte, dass dies meine Heimat sei, hatten wir genug Gesprächsstoff bis das Essen kam. Immerhin erhielten wir ein Drei-Gänge-Menü. Vorweg eine unbestimmbare Suppe, die ich nicht besonders schätzte. Dafür einen wirklich guten Hauptgang bei dem jeder zwischen Huhn, Rind und Vegetarisch wählen konnte. Und zum Abschluss hatten wir noch einen Obstsalat. Einige Touristen beschwerten sich über die aus ihrer Sicht bescheidene Qualität. Ich war wohl nichts Besseres gewohnt und so mundete mir das Essen vorzüglich.

Die Nacht war erstaunlich geruhsam. Der Schaffner klopfte, um darauf hinzuweisen, dass es Zeit sei für das Frühstück. Anderenfalls hätte ich problemlos weiterschlafen können. Der Rhythmus der wachen Nächte und verschlafenen Vormittage steckte noch in mir. Es war die letzte wirkliche Erinnerung an das nun hinter mir liegende Leben und die Stadt, die sich jede Stunde weiter von mir entfernte. In meinem Abteil gab es ein kleines Waschbecken, gerade ausreichend für eine morgendliche Katzenwäsche.

Das Frühstück hatte ich wieder mit der selben Touristin im Speisewagen. Unser Frühstück war natürlich sehr einfach: Kaffee oder Tee, Weißbrot, Marmelade sowie Würstchen mit Bohnen. Die Touristin und ich, wir erzählten uns viel und lästerten über die anderen Touristen, die an Bahnhöfen den Kindern durchs Fenster Lollies zuwarfen. Die Eisenbahn in Kenia fährt sehr langsam, vielleicht 30 km/h. Trotz der geringen Geschwindigkeit sollte man seinen Kopf aber nicht aus dem Fenster strecken. Oft stehen Büsche so dicht, dass deren Äste einem unvorsichtigen Gaffer das Gesicht zerkratzen könnten.

Planmäßige Ankunft wäre acht Uhr morgens gewesen. Durch die verspätete Abfahrt erreichten wir Mombasa erst am Mittag. So sah ich immerhin etwas von diesem Teil meines Heimatlandes. Allerdings wurde es deutlich heißer. Während die große Höhe das Leben in Nairobi und Vihiga sehr angenehm macht, liegt die Hafenstadt Mombasa natürlich auf Meeresniveau. Hier wird mehr als deutlich, dass Kenia auf dem Äquator liegt, besonders in einem unklimatisierten Zug. So war ich am Ende froh, als der Zug in den Bahnhof von Mombasa einlief.

Ich nahm einen Matatu nach Diani Beach. Das war der traumhaft schöne Strand südlich der Mombasa-Insel. Der Ort Ukunda war ein wilder Mix aus allen Stämmen Kenias. Die Menschen waren hierher gekommen, um an den Einkünften durch den Tourismus teilzuhaben.

Für viele ging diese Hoffnung jedoch nicht auf: Mehr als die Hälfte von ihnen war arbeitslos. Arbeitsplätze abseits des Tourismus gab es hier kaum. Der Ort hatte keine größeren Unternehmen und der kleine Flugplatz war eigentlich nur für die Touristen. Im Zentrum dominierte die Moschee das Stadtbild. Die wenigen besseren Häuser waren aus Stein gebaut, die ärmeren aus Makuti, also Palmenblättern. Die Nebenstraßen waren unbefestigt, hatten oft riesige Schlaglöcher oder spitze Steine, geeignet um Reifen zu beschädigen. Auch die Straße von Mombasa nach Tansania verlockte viele Fahrer der Busse und Lastwagen, hier Station zu machen. Fliegende Händler stürzten sich auf jeden Ankommenden. Diani Beach lag abseits der Hauptstraße, östlich der Stadt hinter dem Flughafen. Diese Luxushotels vermittelten ein ganz anderes Bild als die Stadt. Das hier war eine Welt für sich.

Ich ging zu einer Agency. Rasch hatte ich ein kleines Appartement unweit der Standhotels gefunden. Aus meinen Ersparnissen konnte ich problemlos die Kaution in Höhe von zwei Monatsmieten und die erste Monatsmiete in Höhe von 12.000 KSH (120 €) bezahlen. Damit hatte ich meine eigene Zwei-Zimmer-Wohnung. Als erstes besorgte ich mir ein Bett mit einer richtig guten Matratze. Mit dem Beenden der Zeit, da ich auf einer schlechten Matratze auf dem Boden schlafen musste, wollte ich endgültig ein Zeichen setzen und sei es nur für mich selbst. Als der Laden das Bett am Abend lieferte und ich das erste Mal darin lag, fühlte es sich wirklich an wie der Beginn eines neuen Lebens. Ich wusste noch nicht, wovon ich nun leben würde. Meine Ersparnisse würden nur wenige Monate reichen. Aber dennoch fühlte ich mich in diesem Moment befreit und sorglos. Seit Langem die erste Nacht ohne fremde Hände auf meinem Körper. Ich genoss die neue Freiheit.

Frank, der Deutsche

Natürlich wollte ich meine neue Umgebung ausgiebig erkunden und so machte ich mich auf. Nach einem längeren Marsch an den vielen Hotelanlagen entlang setzte ich mich etwas abseits der Strandbar auf eine Mauer und schaute über den kilometerlangen feinen Sandstrand auf den Indischen Ozean hinaus. Es war mein erster Tag hier und ich wollte ihn wie Urlaub genießen. Näher heran an das Meer wollte ich keinesfalls, so verlockend das aussah. Ich konnte nicht schwimmen und hatte panische Angst vor diesem großen Wasser. Aber hier auf der Mauer ging es mir gut.

„Du kannst ruhig hier neben mir sitzen, aber dann solltest Du Dich auch mit mir unterhalten!" Ein weißer Tourist saß plötzlich dicht neben mir und lachte. Ich hatte ihn nicht kommen sehen. Daher erschrak ich etwas. Das belustigte ihn offensichtlich.

„Hallo, ich beiße nicht. Kannst Du mir sagen, wo ich die Palmbar finde?", sprach er mich auf Englisch an. Sein starker Akzent verriet, dass Englisch nicht seine Muttersprache war. Ich erschrak ein Wenig, denn ich hatte ihn nicht kommen sehen. Ich war zu sehr in Gedanken vertieft.

„Nein, tut mir leid, ich bin auch den ersten Tag hier." Der Mann war vielleicht 30 Jahre alt, schlank, recht attraktiv und sein Hotel war offensichtlich nicht weit, denn sonst hätte er keine Badelatschen an. Nur Afrikaner rennen immer in FlipFlops herum. Touristen haben außerhalb ihrer Hotelanlagen eigentlich immer gutes Schuhwerk an.

„Magst Du es mit mir suchen und dort etwas mit mir trinken?", lud er mich ein. Wahrscheinlich, so vermutete ich, war die Suche nach der Bar nur ein Vorwand gewesen, um mit mir ins Gespräch zu kommen. Dieser Verdacht erhärtete sich, als er danach nicht nur zielstrebig auf die Bar zulief, sondern diese sich auch noch als Teil der Hotelanlage erwies, die er bewohnte.

„Wie heißt Du?", fragte ich ihn geradeheraus.

„Ich bin Frank. Und Du?"

„Kister." Ich nannte nicht meinen Künstlernamen, sondern meinen echten Namen. Das geschah ohne zu überlegen, aber im Nachhinein fand ich auch das als Teil des Schnittes, den ich in meinem Leben gemacht hatte. Es war das erste Mal seit dem Antritt damals im Club, dass ich mich mit meinem wirklichen Namen vorgestellt hatte. Aber den Künstlernamen hatte ich gefühlsmäßig in Nairobi zurückgelassen und damit auch vieles andere abgestreift.

Wir saßen draußen vor der Bar. Auch von hier genoss ich den wunderbaren Blick über den Strand und auf das Meer hinaus. Am Strand waren die Beach Boys eifrig damit beschäftigt, den Touristen etwas überteuert anzudrehen oder abzuschwatzen – und wenn es nur deren Turnschuhe waren. Oder sie bettelten um Geld – angeblich, um zur Schule gehen zu können. Sie boten auch Kontakte zu minderjährigen Mädchen an. Statistisch gesehen verdiente hier jedes dritte Mädchen zwischen 12 und 18 Jahren ihr Geld mit Sex – illegal, aber geduldet.

Ich trank Apfelsaft. Ganz bewusst keinen Passionsfruchtsaft, da dies Teil der Erinnerungen war, die ich abschütteln wollte. Und Apfelsaft war für mich ein so typisch deutsches Getränk, was mir wiederum passend schien, wenn ich mit einem Deutschen vor einer Bar saß. Frank hingegen trank Caipirinha. Das weckte allerdings wieder Erinnerungen in mir. Aber die streifte ich rasch ab. Wahrscheinlich war Caipirinha bei den Deutschen gerade einfach in Mode.

Ich erfuhr, dass Frank alleinstehender Lehrer aus Deutschland war.

Er erzählte mir viel über Deutschland und dann wollte er auch etwas über mich erfahren.

„Ich bin erst seit gestern hier. Ich war vorher in Nairobi. Da gibt es leider keine Jobs. Deshalb bin ich hierher gezogen. Hier hoffe ich, im Tourismus etwas zu finden." Etwas Besseres fiel mir nicht ein. Tatsächlich hatte ich noch keine Idee, was ich wirklich machen würde.

Es war rasch klar, dass Frank hier im Hotel wohnte. Ich erzählte ihm auch, dass ich gerade erst angekommen bin und meine Wohnung noch einrichten müsse. Deshalb könne ich nicht die ganze Zeit mit ihm in der Bar sitzen. Als er hörte, dass ich zwei Elektroherdplatten kaufen wollte, bot er an, mitzukommen und diese zu tragen. Es war schön, dass er so offensichtlich Interesse zeigte.

Als wir mit den Elektroplatten in meinem Appartement ankamen schloss er mir diese noch an. Er stellte fest, dass meine Wohnung noch sehr karg sei. Ich erklärte ihm, dass ich mit meinem Geld haushalten müsse und mit weiteren Investitionen warten wolle bis ich einen Job hätte.

„Aber wenigstens Geschirr, Besteckt usw. musst Du doch haben. Komm, wir holen das rasch." Wir gingen zurück in den Supermarkt. Ich wollte nicht so teure Sachen, aber er drängte immer wieder darauf, dass ich mir die besseren Sachen gönnen sollte.

„Aber ich kann mir das nicht leisten!", gab ich zu bedenken.

„Mache Dir darüber keine Sorgen." Tatsächlich zahlte er am Ende an der Kasse. Wir hatten Sachen für mehr als 25.000 KSH (250 €) eingekauft. Er trug mir die Sachen noch in die Wohnung und wir räumten alles in der Küche ein.

Das Klima an der Küste ist wesentlich heißer als in Nairobi. Die feuchtheiße Luft bringt einen Europäer ordentlich zum Schwitzen, auch wenn er nur zwei große Plastiktüten getragen hat. „Du bist ja klatschnass geschwitzt!"

Ich streichelte seine Brust und es schien ihm ganz offensichtlich zu gefallen. Allerdings schien er nicht recht zu wissen, wie er nun selbst reagieren sollte. Ich zog ihm sein T-Shirt aus. „Du musst erst einmal duschen. Komm!" Ich zog ihn in mein Badezimmer und öffnete dort seine Hose. Das war ihm offensichtlich eindeutig genug, denn nun begann auch er, mich zu entkleiden. Wir gingen zusammen unter die Dusche, nur um dann zu merken, dass ich noch keine Handtücher besaß. Zum trocknen legten wir uns nebeneinander in mein Bett. Ich streichelte ihn. Ich weiß nicht, ob es wirkliches Verlangen war oder einfach nur Routine. Doch spätestens als mich seine Berührungen sehr erregten, hatte es mit Routine nichts mehr zu tun. Wir stellten fest, dass wir keine Kondome hatten und auch für ihn war es klar, dass es ohne nicht ging. Wir streichelten uns und hatten Oralsex. Dann beschlossen wir, dass es so nicht weitergehen könne. Wir zogen uns an und gingen ein drittes mal in den Supermarkt. Wir kauften Handtücher, Kondome und allerlei Sachen zum Essen, wie Marmorkuchen, Weißbrot, Maismehl, Sukuma Wiki, diverse Kochzutaten, zwei Töpfe und vieles andere mehr. Einige Sachen, wie beispielsweise Nutella, die er aus seiner Heimat kannte, gab es auch hier. Allerdings waren solche Luxusartikel in Kenia extrem teuer. So zahlte er diesmal noch mehr als beim ersten Einkauf. Ich dachte bei mir, dass es für ihn teurer sei als hätte er im Club regulär für mich bezahlt. Aber er drängte sich regelrecht auf beim bezahlen, und mir war es natürlich mehr als recht.

Daheim packten wir nicht einmal aus, sondern er holte nur die Kondome heraus. Ich nickte und er zog mich behutsam aus. Dabei begann er, mich sanft zu streicheln. Ich genoss das, denn ich bin eher der Typus, der auf zärtliche Berührungen sehr empfindsam reagiert. Auch ich versuchte, ihn zu entkleiden. Das ging ihm möglicherweise zu langsam, denn er half kräftig mit. Er nahm mich in den Arm und drückte mich fest an sich. Es war sehr schön, seine Haut auf meiner Haut zu spüren. Dann schenkte er meinem ganzen Körper Aufmerksamkeit. Mal streichelte er mir übers Haar, dann küsste er meinen Hals, spielte vorsichtig mit meinen Nippeln, küsste jeden meiner Finger und Zehen einzeln. Dann näherten sich seine Küsse über meine Arme und Beine immer mehr meinem Bauchnabel. So viel Ausdauer beim Vorspiel hatte ich zuvor noch nie erlebt. Früher hatte ich oft den Eindruck, dass es Männern darum geht, nur eine weitere Kerbe im Gürtel machen zu können, indem sie auch mich auf ihrer virtuellen Liste abhaken. Diesmal hatte ich das Gefühl, dass es ihm vor allem auch darum ging, dass es mir Spaß machte. Er liebkoste meinen ganzen Körper und machte mich ganz aufgeregt. Meine Vagina wurde feucht und ich war froh, dass er nicht so der rauf-rein-raus-runter-Typ war. Die meisten Männer kamen lange vor mir und dann war Ende. Ich hoffte, mich heute endlich im 7. Himmel fühlen zu dürfen.

Nachdem eigentlich alle Stellen meines Körpers schon mit Küssen bedacht waren, küsste er meine Nippel. Nun streichelte er meine Oberschenkel-Innenseiten. Als wäre es der Höhepunkt seiner vielen Küsse, küsste er sodann meine Schamlippen. Männer hatten sich bisher darüber beklagt, meine Klitoris nur schwer ertasten zu können. Er saugte an ihr, biss ganz vorsichtig darauf und ich konnte es kaum noch aushalten. Ich war kurz davor, ihn wegzustoßen. Nicht weil ich es nicht gerne hätte, was er tat, sondern weil es fast zu viel war, um es noch aushalten zu können. Seine Zunge brachte mich fast zum Wahnsinn. So hatte ich meinen ersten Orgasmus noch bevor er in mich eingedrungen war. Ich spürte, wie feucht ich unten war, aber es hielt ihn nicht davon ab, mit seiner Zunge in mich einzudringen und an meinen Schamlippen oder meiner Klitoris behutsam zu saugen. Wie gut, dass ich in Vihiga nicht beschnitten wurde, meine Klitoris noch hatte und dies spüren durfte! Als er merkte, dass ich einen Orgasmus hatte, küsste er erst einmal meinen Bauch und streichelte gleichzeitig meinen Po. Das dauerte einige Zeit. Dann signalisierte ich ihm, dass er fortfahren könne. Ich wollte den nächsten Schritt, ich wollte ihn endlich in mir spüren.

Doch statt nun einfach in mich einzudringen, spielte er mit seinem Glied an meiner Vagina. Mal schien es so als würde er jetzt eindringen, dann zog er seinen Penis wieder heraus. Während es mir bei allen Kerlen vorher immer zu schnell ging, hatte ich heute den Eindruck, dass er es nicht übertreiben sollte und jetzt endlich loslegen sollte. Ich war so überreizt. Ich weiß nicht, ob ich diesen Schwebezustand als einen weiteren Orgasmus bezeichnen sollte. Aber es fühlte sich ganz wunderbar an. „Du bist so feucht für mich, Liebling!" Ich betrachtete es als Kompliment.

Er legte sich auf mich. Als er in mich eindrang, sah er mir in die Augen. Ich hatte das Gefühl, als achte er auf jede meiner Bewegungen, meinen Atem, meinen Gesichtsausdruck. Er schien jede Sekunde bereit, zu reagieren, sollte ich den Eindruck vermitteln, etwas wäre nicht perfekt. Soviel Einfühlungsvermögen hatte ich noch bei keinem Mann erlebt.

Endlich begann er rhythmisch in mich hineinzustoßen. Zunächst tat er das sehr langsam, steigerte dann aber das Tempo und die Intensität zusehends. Plötzlich brach er ab und drehte mich um. Er bedeute mir, mich auf alle Viere zu begeben und ich streckte ihm meinen Po entgegen. Er küsste meine Pobacken. „Du hast einen sehr schönen, festen Po!" Das Kompliment mitten beim Sex kam unerwartet, aber war schön. Er gab mir lachend einen kleinen Klaps auf den Po. Nein, an dieser Stelle wirkte das nicht erniedrigend, sondern sehr schön. Es machte mich sogar irgendwie zusätzlich an. Dann drang er von hinten wieder in meine Vagina ein. Dabei spielte er mit seinen Fingern an meinen Nippeln oder zupfte an meinem Haar. Immer mal änderte er bewusst den Winkel und probierte unterschiedliche Weisen aus, mich sein Glied in mir spüren zu lassen. Zeitweise fühlte es sich mehr wie ein auf und ab an, nicht wie ein rein und raus. Schließlich wurden seine Stöße kraftvoller. Er setzte Po und Hüften ein, um seinen Stößen mehr Nachdruck zu verleihen. Fast hatte ich den Eindruck, als wolle er ganz bewusst mit mir mit stöhnen – im selben Rhythmus. Ich konnte nicht länger ruhig bleiben und mir entglitt ein kleiner Schrei. Es war ein wunderbarer Moment. Er flüsterte: „Mädchen, Du bist ganz großartig!" Kurz danach hörte er auf und zog sein Glied hinaus. Das Reservoir in der Spitze des Kondoms war gut gefüllt. Es war sehr aufregender Sex, wie ich ihn noch niemals zuvor erlebt hatte. Früher benutzten die Männer meinen Körper nur, um zu masturbieren. Sie fickten stumm und dumpf in mich hinein. Wie schön war dagegen dieser Kontrast.

Das war der beste Sex meines Lebens. Er schien unseren gesamten Sex als seine verantwortungsvolle Aufgabe zu sehen, mich zu befriedigen. Etwas Sorge hatte ich, ich könnte selbst ihm nicht das selbe geboten haben wie er mir. Es war auch der erste Sex in meinem Leben, den ich nicht bezahlt bekam. Und es war wunderschön.

Dann machte ich uns Ugali mit Sukuma Wiki. Das war für ihn völlig neu. Danach gingen wir erneut zusammen ins Bett. Natürlich blieb er über Nacht, was klar war, nachdem wir im Supermarkt ja bereits unabgesprochen Sachen für ein gemeinsames Frühstück gekauft hatten.

Unbeschwerte Tage

Wir verbrachten auch an den folgenden Tagen viel Zeit damit, dass wir einfach nebeneinander nackt im Bett lagen und uns im Arm hielten und gegenseitig sehr viel streichelten. Die Stunden mit Frank waren wirklich sehr schön. Als ich beim Streicheln sein Glied berührte, wurde es binnen Sekunden richtig steif.

„Wie groß das ist! Und vorher sooooo klein!", staunte ich.

„Ja, das ist tatsächlich ein Unterschied zwischen Europäern und Afrikanern. In eregiertem Zustand ist der Penis bei beiden näherungsweise gleich groß. Im erschlafften Zustand ist der Penis des Europäers aber deutlich kleiner. In der Evolution war es ein Vorteil, in kalten Gebieten wie Nord- und Mitteleuropa einen kleineren Penis zu haben. Eine geringere Oberfläche bedeutete weniger Wärmeverlust und dadurch bessere Chancen. Der Unterschied kann tatsächlich statistisch belegt werden." Bei solchen Erklärungen kam bei Frank immer wieder der Lehrer durch. Aber ich war immer wieder erstaunt, was er alles wusste.

„Gibt es bei Frauen auch Unterschiede da unten?", wollte ich wissen.

„Natürlich sehen auch Frauen da unten sehr verschieden aus. Manche haben richtig dicke äußere Schamlippen, bei Dir sind die ja sehr flach und das gefällt mir sehr gut." Dabei streichelte er mich da unten. „Manche haben große innere Schamlippen, die deutlich zwischen den äußeren Schamlippen hervortreten. Bei Dir sind die ja sehr dezent. Auch das finde ich richtig schön." Dies unterstrich er ebenfalls durch zärtliche Berührungen. „Bei manchen Frauen kann die Klitoris eregieren wie ein Penis. Leider kann ich die Klitoris bei Dir nur sehr schwer ertasten." Auch das setzte er sofort in die Tat um.

„Das ist sehr schön, wenn Du mich da streichelst. Aber manchmal kann es sein, dass es zu viel ist, wenn Du direkt meine Klitoris berührst. Dann wäre es mir lieber, Du würdest nur die Umgebung streicheln. Ist leider so unterschiedlich."

„Übrigens gibt es auch dazu einen wissenschaftlichen Hintergrund. Wenn ein Mädchen steht, dann sind die Schamlippen nahezu vollständig verdeckt. Bei Affen, die auf allen Vieren laufen, kann man die Vagina jedoch ganz deutlich von hinten sehen. Damit ging beim Menschen durch den aufrechten Gang zunächst ein Sexualreiz verloren. Tatsächlich entwickelten sich parallel die Lippen um den Mund deutlicher. Durch ihre Größe und Färbung übernehmen sie die Botschaft, die früher von den Schamlippen ausging. Wenn eine Frau ihre Lippen mit Lippenstift betont, dann wirkt das auf den Mann im Unterbewusstsein, wie stark durchblutete, also erregte Schamlippen. Frauen können Männer so schon ganz schön wild machen."

„Das habe ich so noch nie gesehen." Ich war immer wieder überrascht, wie einfach Frank Dinge erklären konnte. „Ich werde trotzdem weiterhin Lippenstift benutzen und es gibt keinem Mann das Recht daraus irgendetwas Falsches abzuleiten!"

„Natürlich nicht! Aber das geht noch weiter. Bei den Affen, die auf allen Vieren liefen, wurde der Po dem Hintermann quasi direkt ins Gesicht gestreckt. Tatsächlich ist bei Affen der Po ein ganz wichtiges Sexsignal, dazu geeignet, das Interesse der Männchen zu wecken. Auch das fiel beim Menschen durch den aufrechten Gang weitgehend weg. An die Stelle des Pos übernahmen die Brüste die selbe Funktion. Mädchen haben nur Busen, um damit Männer zu beeindrucken."

„Ich dachte, wir haben die, um Kinder zu stillen." Ich dachte, jetzt übertreibt er maßlos.

„Wieviel von Deiner schönen Brust, denkst Du, ist wirklich Milchgewebe? Das meiste ist einfach ein Fettpolster. Affen stillen auch ihre Babies. Aber Affenweibchen haben keinen großen Busen. In der Evolution des Menschen führte ein größerer Busen zu mehr Attraktivität und damit besseren Chancen zur Fortpflanzung. Damit übernahm der Busen die Rolle, die bei den Affen der Po hat. Und nebenbei ist es natürlich mein Lieblingsspielzeug." Das hätte er nicht sagen müssen, denn seine Hände spielten die ganze Zeit mit meinem Busen.

„Du kennst ja auch die Traummaße einer Frau? Man sagt, das sei 90-60-90. Tatsächlich ist es optimal hinsichtlich der Wirkung auf Männer, wenn die Taille nur zwei Drittel der Hüfte ist. Und es ist natürlich auch klar, warum das biologisch Sinn macht."

„Ich weiß nicht!"

„Zum Einen signalisiert ein breites Becken Gebärfreudigkeit. Zum Anderen signalisiert eine schlanke Taille: 'nicht schwanger'. Das Signal macht das Mädchen für den Mann zu einem begehrenswerten Ziel für dessen Samen, wohingegen Mann eine schwangere Frau nicht erfolgreich befruchten kann. Das spielt im Unterbewusstsein des Mannes eine große Rolle."

„Wow. Weisst Du noch mehr?" Ich hörte Frank sehr gerne zu.

„Erinnerst Du Dich, wie Du gestern Abend am Tisch gesessen hast? Die Arme auf der Tischplatte verschränkt, Dein Busen darauf. Normalerweise wären vor der Brust verschränkte Arme eine Abwehrhaltung. Nicht aber, wenn ein Mädchen einem Mann gegenüber sitzt. Du schiebst damit Deinen Busen hoch. Das lässt den Busen im Ausschnitt größer wirken. Du musst das nicht wirklich bewusst gemacht haben. So etwas passiert oft ganz mechanisch. Aber im Unterbewusstsein geschieht das, um Männer zu beeindrucken. Du preist Dich auf diese Weise an. Du bedeutest damit: 'Schau mal, was ich hier habe!'" Ich hob meinen Busen mit meinen Händen etwas an und sagte zu Frank: „Schau mal, was ich hier habe!" Es war eine der viele Gelegenheiten, bei denen wir Sex hatten - immer mit Kondom.

Die Zeit mit Frank

Frank kam allerdings danach nicht mehr zu mir. Er fand es in seinem Hotelzimmer weitaus komfortabler. Er hatte mit der Hotelleitung arrangiert, dass ich für den Rest seines Urlaubs Hotelgast bin. So übernachtete ich nicht nur im Hotel, sondern ich nahm auch alle Mahlzeiten dort ein. Die unterschiedlichsten Buffets am Morgen, Mittag und Abend waren sehr verführerisch. Ich glaube, ich habe in meinem ganzen Leben noch nicht so viel gegessen.

Franks Hotelzimmer war sehr schön. Man hatte eine tolle Aussicht über die Pools, den Strand und das Meer. Wir lagen viel am Strand in der Sonne, immer mal wieder unterbrochen von etwas sportlicher Betätigung im Hotelzimmer. Es schien, als wolle er die kurze Zeit mit mir richtig genießen.

Wir gingen in den Ort. Er bot neben zwei Supermärkten eigentlich nur touristische Angebote: Holz- und Speckstein-Schnitzereien, Massai-Schmuck, exotisches Obst und Gemüse oder afrikanische Musik. In einem Geschäft kleidete er mich sehr elegant ein. „Damit Du abends auch kleidungsmäßig so hervorstichst wie durch Deine Schönheit!" Er hatte immer ein Kompliment auf den Lippen. Ich erwischte mich abermals bei dem Gedanken, dass er in Summe wesentlich mehr Geld für mich ausgab, als hätte er einfach für jeden Tag für mich 10.000 KSH bezahlt. Ich schämte mich sogleich für diese Gedanken. Diesmal hatte ich keinen Sex gegen Bezahlung. Das war etwas völlig anderes. Ich hatte das Leben als Malaya hinter mir gelassen.

Am letzten Abend lagen wir nebeneinander im Bett und streichelten uns. Ich griff über ihn, um ein Kondom zu holen, doch die Packung war leer. „Oh. Das ist schade. Ich hätte Dich jetzt so gerne in mir gespürt." Ich musste solche Sätze nicht heucheln. Es war wirklich schön mit Frank.

„Warte, ich ziehe mich an und besorge welche im Ort. In 30 Minuten bin ich zurück.", bot er an.

„Nein, lass mich jetzt nicht alleine." Ich verwöhnte ihn mit dem Mund, was er sichtlich genoss.

„Wie ich das vermissen werde." Damit sprach er an, was wir als Thema bislang beide vermieden hatten. Morgen würde er abreisen.

„Bleibe einfach länger!", schlug ich vor.

„Das geht nicht. Ich bin Lehrer. Am Montag beginnt wieder der Unterricht. Ich muss zurück." Ich brach den Oralverkehr unvollendet ab und setzte meine gesamten Verführungskünste ein, schmiegte mich eng an ihn und spielte mit seinem Penis an meinen Schamlippen.

„Du weißt, dass ich nicht widerstehen kann, wenn Du das machst!"

„Niemand zwingt Dich zu widerstehen!", entgegnete ich.

So hatten wir an diesem Abend ungeschützten Sex. Allerdings zog er sein Glied heraus kurz bevor er kam und spritzte alles auf meinen Bauch. Jeder weiß, dass dies keine zuverlässige Verhütung ist, weil schon vor der eigentlich Ejakulation Spermien austreten können. Aber insgeheim wäre es mir durchaus recht gewesen, von diesem Mann schwanger zu werden. Es würde ihn hoffentlich dauerhaft mit mir verbinden und so müsste nicht alles mit dieser einen, wunderschönen, luxuriösen Woche enden.

Am nächsten Morgen mussten wir so zeitig das Zimmer räumen, dass uns nach dem gemeinsamen Duschen keine Zeit mehr blieb für Sex. Er deponierte sein Gepäck an der Rezeption und half mir dann, meine Sachen in mein Appartement zu tragen. Gekommen war ich in sein Hotel mit nichts als der Kleidung auf meinem Körper. Ich verließ es mit hochwertiger Kleidung, Kosmetika, einem gut sortierten Kulturbeutel und vielen kleinen Geschenken.

„Wird es ein Abschied für immer sein?", fragte ich sorgenvoll.

„Würdest Du mich denn gerne wiedersehen?", fragte er provozierend.

„Frank, in dieser Woche habe ich Dich kennen und lieben gelernt. Ich wollte, diese Woche würde niemals zu Ende gehen. Ich werde Dich sehr vermissen!"

„Dann lass uns in Kontakt bleiben und in den Weihnachtsferien komme ich hierher zurück. Das sind ja nur zwei Monate hin!" Mein Herz sprang vor Freude und das zeigte ich ihm auch deutlich.

„Wie können wir denn in Kontakt bleiben?", fragte ich.

„Lass uns Emailen oder besser chatten. Hast Du whatsapp?"

„Schau hier, das ist mein Handy!" Ich hatte immer noch das Tastentelefon meiner Tante. Es konnte telefonieren und ich nutzte es, um meiner Großmutter über Safari.com jeden Monat Geld zu schicken. „Es kann keine Apps."

So ging er mit mir nochmals in den Ort und kaufte mir ein Smartphone samt der notwendigen Bundles zur Internet-Datenübertragung. Mit dem WLAN im Hotel hatte er rasch die notwendigen Apps installiert und wir testeten die Verbindung. Es war kinderleicht und vor allem vermittelte es mir das Gefühl, dass wir uns wirklich wiedersehen würden. Er würde kaum so viel Geld in mich investieren, wenn es ihm nicht ernst wäre. Einerseits ärgerte ich mich erneut über mich selbst, dass ich unsere Beziehung schon wieder so materiell betrachtete. Andererseits half mir das Smartphone über den Abschiedsschmerz hinweg. Er würde wiederkommen.

Am Flughafen versprach ich Frank unaufgefordert: „Du bist mein Ehemann. Ich warte auf Dich! Niemand wird mich anrühren! Wenn Du Weihnachten zurückkommst, wirst Du mich so vorfinden, wie Du mich zurückgelassen hast. Ich liebe Dich!"

Tatsächlich reagierte er auf diesen Liebesschwur eher ausweichend. Das erkenne ich, wenn ich heute zurückdenke. Aber damals, in dem Liebestaumel, in dem ich mich befand, fiel mir das nicht auf. Wehmütig blickte ich ihm hinterher als er durch die Abfertigungsschalter verschwand. Frank hatte mir seine restlichen Kenianischen Schilling überlassen. Das reichte immerhin für ein Taxi vom Flughafen zurück zu meinem Appartement. Dort saß ich auf meinem Bett und plötzlich wurde mir bewusst, dass ich zwar eine tolle Zeit erlebt hatte, aber immer noch ohne Einkünfte war. Nur könnte ich nach dieser Woche mit Frank nicht mehr als Malaya arbeiten, denn damit würde ich meinen Ehemann – als solchen sah ich ihn bereits - betrügen.

Die Zeit ohne Frank

<< Hallo Liebling, bin gut angekommen

Franks Nachricht in whatsapp machte mich glücklich. Mehr als 8 Stunden Flug von Mombasa nach München hatte er hinter sich. Der Flieger war spät abends gestartet und als einer der ersten in den frühen Morgenstunden in München gelandet. In der S-Bahn sitzend schickte er weitere Nachrichten über seinen Flug. Allerdings war er ziemlich müde, wie er schrieb. Deshalb legte er sich erst einmal schlafen. Aufgrund der im Winter zweistündigen Zeitdifferenz war es in Mombasa schon nach Mitternacht als der Vibrationsalarm meines Handys eine neue Nachricht von ihm anzeigte. Kurz danach klingelte mein Handy wie bei einem Telefonanruf. Tatsächlich konnte er mich über whattsapp richtig anrufen. Es tat so gut, seine Stimme zu hören. „Was machst Du so?", erkundigte ich mich. Irgendwie konnte ich mir so gar nicht vorstellen, wie es in Deutschland wohl aussehen würde.

„Nach so vielen Stunden im Flieger und der S-Bahn habe ich mich Schlafen gelegt. Da brauchte ich einfach einige Schritte." Das konnte ich gut verstehen. Rasch kam er im Chat auf das, was ihm offenbar besonders wichtig war.

„Ich habe viel zu wenig Fotos von Dir gemacht. Vor allem habe ich keines, was Dich ganz zeigt." Da er auf diesem Thema beharrte, zog ich mich aus und schickte ihm einige Selfies. Er wollte Nahaufnahmen auch meiner intimen Stellen. Warum hätte ich sie ihm verweigern sollen. Er hatte in den letzten Wochen ohnehin alles gesehen. Er war mein Ehemann. Also bekam er, was er wollte: zuerst Fotos, dann mit dem Smartphone aufgenommene Videos. Diese verbrauchten allerdings enorm schnell meine Bundles. So schickte er mir am nächsten Tag via worldremit.com einhundert Euro auf mein Handy, das waren mehr als 10.000 KSH. Das empfand ich allerdings in keiner Weise als Bezahlung, sondern nur als Umsetzung seiner Wünsche. Einen guten Teil davon gab ich in den nächsten Tagen tatsächlich für neue Bundles aus, um ihm immer wieder neue Fotos und Videos zu schicken. Er war schier unersättlich.

Im Gegenzug erbat ich nicht nur das Geld für Bundles, sondern ich fragte immer wieder nach Bildern seines Appartements, der Stadt München, wo er Lehrer war und anderen Dingen aus Deutschland. Ich war hungrig darauf, mehr über dieses ferne Land zu erfahren. Und je mehr ich sah, desto neugieriger wurde ich. Allerdings war das nicht nur auf das Land oder die Stadt bezogen. Bei Bildern seines Appartements stellte ich mir vor, wie ich als seine Ehefrau darin wohnen würde.

Eines Abends bat ich ihn, heute auf weitere Videoaufnahmen zu verzichten. Mir gehe es gar nicht gut. Tatsächlich hatte ich meine Periode bekommen und das war bei mir oft mit heftigen Kopfschmerzen verbunden. Ich wollte ihn nicht mit Frauenangelegenheiten belästigen und so erwähnte ich nur die Kopfschmerzen und dass ich mich hatte übergeben müssen.

<< Bist Du schwanger?

Ich kann nicht mehr sagen, weshalb, aber ich gab mich ganz bewusst naiv:

\>> Ich weiß nicht. Woran erkennt man das?

<< Mach einen Test.

\>> Was für einen Test denn?

<< Du kaufst in der Drogerie einen Teststreifen, den hältst Du in den Mittelstrahl Deines Morgenurins und je nachdem, wie er sich ver-

färbt, weißt Du, ob Du schwanger bist.

>> Ich weiß nicht, ob es so etwas hier gibt. Ich kann zum Arzt gehen. Allerdings kostet das Geld. Ich glaube nicht, dass ich mir das leisten kann, denn unsere Ärzte nehmen rasch mal 20.000 KSH.

Es brauchte keine weiteren Argumente. Er schickte sofort Geld, diesmal 200 €, also über 20.000 KSH. Irgendwie dachte ich, ich könnte Frank mit dieser Geschichte dauerhafter an mich binden und ging tatsächlich zum örtlichen Krankenhaus. Der Chemist dort verkaufte solche Teststreifen. Aber was sollte ich damit? Ich wusste, dass ich nicht schwanger sein konnte. Ein anderes Mädchen war hingegen ganz verzweifelt. Sie fürchtete schwanger zu sein, hatte aber nicht genug Geld für einen solchen Teststreifen. Ich kaufte ihr einen, behielt ihn aber zunächst. Wir verabredeten uns für den nächsten Morgen. Um fünf Uhr stand ich mit dem Teststreifen neben ihrer Hütte. Sie hockte sich hin, urinierte darauf, der Streifen verfärbte sich. Sie war schwanger, was sie offensichtlich aber gar nicht glücklich machte. Doch das war mir egal. Gemäß unserer Abmachung bekam ich den Streifen und ging nach Hause. Ich fotografierte den Streifen mit dem Smartphone und schickte das Foto über whattsapp an Frank:

>> Dies gab mir der Doktor

Obwohl es in Deutschland noch vier Uhr in der Frühe war, kam die Antwort fast umgehend.

<< Du bist schwanger!

Offensichtlich kannte er sich gut damit aus.

>> Dann wirst Du Vater!

Diese Vision schien er allerdings nicht so sehr herbei zu wünschen, wie ich das erhofft hatte. Er meinte, die große Distanz sei ein Problem. Die Gesetze seien so, dass er mich nicht einfach als seine Frau nach Deutschland holen könne, auch dann nicht, wenn er die Vaterschaft anerkenne. Schließlich kam er zu der wohl unweigerlichen Frage, ob ich mir vorstellen könne, das Kind abzutreiben.

Während ich anfangs nur irgendwie in diese Schwangerschaftsgeschichte rein geschlittert war, spielte ich jetzt die Lügengeschichte ganz bewusst weiter. Ich war enttäuscht, dass ihm ein gemeinsames Baby so wenig willkommen war. Ich hatte mir eine ganz andere Reaktion erhofft. Dabei wäre ein Heiratsantrag meinen Hoffnungen wohl am nächsten gekommen.

\>\> Abtreibungen sind in Kenia illegal

\>\> Nicht nur ich kann bestraft werden. Der Arzt auch!

Das stimmte wirklich. Obwohl Abtreibungen in Kenia geübte Praxis sind, so sind sie doch illegal. Ausnahmen bilden die Gefährdung des Lebens der Mutter oder Vergewaltigungen. Doch man konnte problemlos zum Arzt gehen, wenn man das erforderliche Kleingeld hatte. Etwa 8.000 KSH (80€) können bei einem nicht ausgebildeten Sanitäter reichen. Allerdings kommt es bei diesen Stümpern immer wieder zu Todesfällen. Ärzte verlangten oft deutlich mehr. Aufgrund meiner Verärgerung darüber, dass Frank so wenig erbaut war von dem Gedanken an ein gemeinsames Baby, beschloss ich, ihn dafür bluten zu lassen.

\<\< Im Internet kann man aber lesen, dass es trotzdem in Kenia gemacht wird

\>\> Zu einem Quacksalber will ich nicht. Ich könnte sterben. Und das Geld für einen richtigen Arzt habe ich nicht.

\<\< Wieviel kostet das denn?

>> In Mombasa macht das einer für 50.000 KSH

Der Betrag war nicht völlig willkürlich. Es war der Maximalbetrag, den man mit worldremit.com damals in einer einzigen Transaktion an safaricom, also auf mein Handy überweisen konnte.

>> Bekommst Du!

Kurz darauf kam die SMS, die den Zahlungseingang avisierte. Ich ging zur nächsten MPESA-Station und ließ mir das Geld auszahlen. Ich ließ Frank noch ein Wenig zappeln und hielt ihn mit einem angeblichen Termin für den Schwangerschaftsabbruch hin. Dann meldete ich, ich hätte es getan, aber ich solle nun unbedingt noch ein Medikament nehmen. Dafür bräuchte ich weitere 20.000 KSH. Er antwortete nicht. Er antwortete niemals wieder. Mich hatte er geblockt. Und damit war klar, dass er auch Weihnachten nicht kommen würde.

Damit bewahrheitete sich etwas, was sich die Mädchen untereinander erzählen: „Mädchen können einen Orgasmus vortäuschen. Männer können eine komplette Liebesbeziehung vortäuschen."

Ernst

Erneut musste ich mir bewusst machen, dass ich zwar ein gewisses finanzielles Polster hatte, das tatsächlich durch Frank noch angewachsen war, aber keine Vorstellung, wie meine finanzielle Zukunft aussehen sollte. Anfangs hoffte ich, es könnte sich das wiederholen, was ich mit Frank erlebt hatte. Ich verbrachte viel Zeit rings um die Gegend, in der mich Frank das erste Mal angesprochen hatte. Hier, in der Nähe der Hotels, gab es viele europäische Touristen. Nur wurde ich nicht wieder angesprochen. Die Männer waren zumeist schon in Begleitung, fast immer waren es europäische Männer oberhalb der 40 oder gar 50 mit sehr jungen afrikanischen Frauen. Erst jetzt wurde mir bewusst, wie viele Mädchen genau das bereits seit langem taten, was ich gerade beabsichtigte: sich einen Mann angeln. Dabei waren die Mädchen wenig wählerisch, was Aussehen oder Alter der Männer betraf. Ihr Standardspruch war: Alter und Gewicht sind nur Zahlen, wenn man im Herzen das Richtige fühlt. Wer als europäischer Tourist sich eines dieser Hotels leisten konnte, konnte nicht völlig verarmt sein. Hier lief man nicht Gefahr an einer dieser Rucksacktouristen zu geraten, die oft nicht einmal genug Geld hatten in ihrem eigenen Land ein angemessenes Leben zu führen. Sie kamen mit einem Schnäppchen-Ticket nach Mombasa, übernachteten in billigsten Hostels und waren stolz darauf, ihr Essen aus den einfachsten Garküchen zu beziehen. Nur so, das glaubten die fest, könne man ein Land wirklich entdecken. Für uns Mädchen waren sie definitiv kein geeignetes Ziel. Die reichen Hotel-Gäste hingegen hatten das Potential ein Mädchen für einige Zeit finanziell zu versorgen. Nur das war interessant. All das Gefasel von Liebe auf den ersten Blick war natürlich gelogen. Die Mädchen waren gute Schauspielerinnen und wurden genau dafür von den Männern bezahlt. Jede Nacht boten sie dem Mann die Illusion geliebt zu werden und körperliche Befriedigung. Eine perfekte Show, die jeden Cent wert war.

Tagsüber war der Strand für Nicht-Hotelgäste tabu. Die Hotel-eigene Security kam sofort, wenn man versuchte, sich den Gästen zu nähern. Doch am Abend, wenn es dunkel war, konnte man sich problemlos am Strand aufhalten. Davon machten allabendlich alleine hier rund 200 Mädchen Gebrauch. Sie alle waren auf der Suche nach einem zahlungskräftigen Mann. Keine verlangte Geld für Sex. Preisverhandlungen wie in Nairobi auf dem Straßenstrich gab es hier nicht. Jede machte es ohne einen Schilling zu verlangen. Die Touristen zahlten freiwillig, oft nicht nur für die Dauer ihres Aufenthalts, sondern auch weit darüber hinaus. Die meisten überwiesen rund 100€/Monat und hofften, dass ihr Mädchen so nicht auf den Strich müsse. Die meisten Mädchen hatten drei oder vier solche Supporter und die größte Herausforderung bestand darin, zu managen, dass niemals zwei von ihnen gleichzeitig in Mombasa waren. Sex in heimischen Bordells wäre für die Mzungus viel billiger als diese Zahlungen an die Mädchen, die Flugtickets und die Hotels. Aber das Gefühl, ein so junges Mädchen für sich ganz alleine zu haben, scheint für ältere europäische Männer einfach unwiderstehlich. Das, was ich per Zufall herausgefunden hatte, betrieben zwischen Vanga und Malingi abertausende Mädchen.

Hier in Diani Beach machte das Hotel es sogar zu einem Teil des eigenen Geschäftsmodells. Während man tagsüber den Schein wahrte und die Mädchen verscheuchte, war der Strand nachts eine einzige Kontaktbörse. Das Hotel hatte dutzende Strandliegeflächen aufgestellt, die Zeltdächer und bei Bedarf herunterzulassende Stoffwände hatten. Niemand konnte mehr sehen, was dann darin geschah. Die morgendlichen Sportflecken auf den Matratzen der Korbgeflechtliegen ließen die nächtliche Aktivität vermuten. Das Hotelpersonal war emsig bestrebt, diese bei Sonnenaufgang zu reinigen. Der Schein musste unbedingt gewahrt bleiben.

Vorsichtig gesellte ich mich gegen 20 Uhr zu dem großen, verstreut herumlungernden Pulk von Mädchen. Ich wurde argwöhnisch betrachtet und schnell als mögliche neue Konkurrenz eingestuft. Rasch begriff ich, wie die erfolgreichen Mädchen vorgingen. Einige gingen auf neu ankommende Gäste zu und sprachen sie an. Andere gingen zu den nur von einem Mann belegten Korbgeflechtliegen. Oft sah man, wie die Mädchen sich drehen mussten, um sich betrachten zu lassen. Die meisten hatten ohnehin kaum etwas an, was an einem solchen Strand aber viel weniger auffällig war als in der Koinange-Straße in Nairobi. Tatsächlich genossen die Männer diese Laufsteg-Atmosphäre. Kaum hatten sie ein Mädchen abgelehnt und fortgeschickt kam die nächste, nur um sich ebenfalls abweisen zu lassen. Oft begutachteten die Männer so nacheinander zwanzig Mädchen, gelegentlich nicht ohne diese dabei bereits anzufassen, bis sie sich dann für eines der Mädchen entschieden. Rasch wurden die Stoffseiten der Liege heruntergelassen und nach kurzer Zeit ließ sanftes Schaukeln der Zeltwände erahnen, was darin geschah.

Ich fasste meinen Mut zusammen und sprach eines der anderen Mädchen an, obwohl diese mich anfangs fast hasserfüllt betrachtet hatte. „Hallo. Ich bin Flora. Ich bin das erste Mal hier. Kannst Du mir einen Tipp geben?"

Sie zögerte. Offensichtlich überlegte sie, ob sich mich beschimpfen, verprügeln oder wie einen Menschen behandeln sollte. Glücklicherweise entschied sie sich für Letzteres.

„Ich bin Mercy. Wir machen einen Deal. Ich beantworte Deine Fragen, aber Du wartest bis ich einen Kerl gefunden habe."

„Deal!", ging ich darauf ein. Ohne genau zu wissen, wie das hier ablief, konnte ich ohnehin nicht viel Erfolg haben. Ich hatte also nichts zu verlieren.

„Was willst Du wissen?" Wirklich freundlich klang das noch immer nicht.

„Was verlangst Du, wenn Du zu einem Mann an die Strandliege gehst?"

„Nichts. Wenn Du nach Geld fragst, dann kann er Dich wegen Prostitution der Hotelleitung melden. Du bekommst Hausverbot und die übergeben Dich der Polizei. Dann verbringst Du den Rest der Nacht in einer Zelle. Oft musst Du auch noch einem Polizisten zu Willen sein, um wieder rauszukommen oder Du zahlst 500 Bobs. Also frage die Kerle am Strand niemals nach Geld. Du kannst sie gratis ficken oder es lassen."

„Das Geschäftsmodell verstehe ich nicht." Ich gab mich bewusst geschäftsmäßig in meiner Wortwahl. Das machte dieses Thema zumindest für mich leichter.

„Deine Chance ist es, so gut zu sein, dass er Dir freiwillig etwas gibt oder Dich wiedersehen will. Mit Glück machst Du ihn zu Deinem Stammfreier. Mit Geschick melkst Du dann in den ein oder zwei Wochen, die der Kerl hier Urlaub macht, mehr Geld aus dem, als Du auf der Straße je bekommen würdest."

„Aber er kann Dich nach dem Sex einfach wegschicken ohne einen Bob zu zahlen."

„Ja, kann er. Es gibt Arschlöcher, die das von vornherein vorhaben und die Situation nur ausnutzen. Andere machen es, weil das Mädchen einfach nicht gut genug war. Wenn er Dir in den Arsch ficken will und Du verweigerst Analverkehr, dann solltest Du damit rechnen, dass er Dich wegschicken wird. Wenn er ohne Kondom will, dann machst Du es oder er jagt Dich fort. Wenn er will, dass Du seinen Samen schluckst oder er ihn Dir ins Gesicht spritzen will, dann mache das besser mit. Er kann Dich jederzeit wegschicken und es kommen genug andere Mädchen, die glücklich sind, sofort Deinen Platz einzunehmen. Mzungus sind alles Schweine. Keiner besser als der andere. Aber wir haben keine Wahl!"

Mir war sofort klar, dass ich das nicht wollte. Niemals darf der Mann die Kontrolle haben. Bei Masinde schützte der Club mit seinen Regeln und seinem Personal. Hier hatten die Mädchen weder Rechte noch Schutz. Wer sich dagegen wehrte landete im Polizeigewahrsam. Die Touristen waren zu wichtig, brachten der Region zu viel Geld, als dass man es sich mit ihnen hätte verscherzen dürfen. Deshalb standen alle Behörden 100% hinter dieser Vorgehensweise. Hinzu kam, dass wohl nicht wenige Beamte des Countys und Polizisten von den Hotels bestochen wurden. Zu viele Touristen kamen nur des Sex wegen nach Diani Beach. Dieses Business durfte nicht gefährdet werden. Tausende Kenianer lebten direkt oder indirekt davon, nicht nur die Mädchen.

Mercy versuchte mehrfach ihr Glück bei Einzelherren auf den Strandliegen. Einer öffnete sogar ihre Bluse und begrapschte sie, nur um sie dann doch wegzuschicken und sich danach für eine andere zu entscheiden. Deutlicher konnte man seine Verachtung gegenüber Frauen nicht zum Ausdruck bringen. Jede Geste dieser Männer machte deutlich, dass sie Mädchen als Ware betrachteten, die man ansah, abtastete und bei Nichtgefallen achtlos zurückwarf. Aber selbst die Mädchen, die dann genommen wurden, hatten damit nicht sicher einen Treffer gelandet. Gemäß einer Empfehlung des Hotels kamen die Männer abends ohne Geld zum Strand. Wer es nicht schaffte, mit aufs Hotelzimmer genommen zu werden oder eine Verabredung für den nächsten Tag zu bekommen, ging trotz geleistetem Service völlig leer aus.

„Arschloch!", meinte Mercy nachdem der Grapscher sie wieder weggeschickt hatte. „Meine Dinger würden sich unecht anfühlen. So ein Schwachsinn. Wovon hätte ich denn eine OP bezahlen sollen? Kein Mädchen hier am Strand hat Implantate. Dem haben sie doch ins Hirn geschissen!"

Während der langen gemeinsamen Wartezeit kamen wir weiter ins Gespräch. Sie hatte eine Pouch, eine bei den Mädchen sehr beliebte Handtasche und ich wollte wissen, was darin ist.

„Naja, zunächst einmal das Übliche. Ein Deo, Taschentücher, eine Binde. Ich weiß nie so ganz genau, wann ich meine Tage habe. Also bin ich besser immer vorbereitet. Dann habe ich immer ein paar Kondome dabei. Die Kerle erwähnen oft erst im letzten Augenblick, dass sie ihre Kondome vergessen haben. Und ich mache es am Strand niemals ohne Kondom. Es müssen immer noch Wünsche offen bleiben. Sonst haben sie ja keinen Grund mit mir aufs Zimmer zu gehen oder mich wiederzusehen. Und wenn er mich dafür wegschickt, nehme ich das in Kauf. Besser als es ohne Kondom zu machen und danach weggeschickt zu werden. Und wer mich aufs Zimmer mitgenommen hat, der hat mir am Ende immer Geld für ein Taxi gegeben. Mindestens. Natürlich nehme ich kein Taxi. Ich rufe meinen Mann an, der holt mich dann ab. Deshalb habe ich immer mein Handy dabei."

„Du bist verheiratet und Dein Mann weiß, was Du hier machst?" Ich war mehr als erstaunt.

„Klar. Er ist nie weit weg und passt auf mich auf. Ein Anruf und er ist hier."

„Und es macht ihm nichts aus, dass Du mit anderen Männern fickst?"

„Ich muss ihm sogar immer alles ganz genau erzählen. Jedes Detail. Es macht ihn richtig geil. Danach haben wir dann den besten Sex!" Ich war verblüfft. Je mehr ich über Männer erfuhr, desto weniger konnte ich sie verstehen.

„OK! Also ein Handy hast Du auch in der Tasche."

„Ja, ein ganz billiges. Es kann immer mal sein, dass die Polizisten Dir alle Sachen wegnehmen. Oder auch Kunden. Außerdem habe ich das hier immer dabei. Meine Lebensversicherung!"

Mercy zeigte mir einen länglichen Gegenstand, der zunächst im Dunkel der Nacht fast wie ein Kugelschreiber aussah. Doch dann ließ sie mit einem Knopfdruck eine Klinge vorne herausspringen. „Lang genug, um so ein Schwein abzustechen, wenn es notwendig sein sollte. Wenn es drauf ankommt würde ich nackt ohne alle Klamotten wegrennen, aber niemals ohne meine Pouch!"

„Hast Du es schon einmal gebraucht?", wollte ich wissen.

„Nein. Ich würde es nur in Notsituationen benutzen. Wenn mir jemand nichts geben will, dann ist das keine Notsituation. Wenn mir einer eine Ohrfeige gibt, was schon vorgekommen ist, dann ist das keine Notsituation. Aber wenn mein Leben bedroht ist, dann würde ich ohne Zögern und Reue das Messer in den Kerl rammen und schön drin rumdrehen. Genau hier und hier soll es ziemlich tödlich sein." Dabei zeigte sie auf Herz und Leber.

Es war gegen zwei Uhr früh als eine Gruppe offensichtlich angetrunkener Männer sich in einer Liege sammelte. Sie waren für diesen

Teil des Strandes ungewöhnlich laut.

„Besoffene. Und auch noch mehrere. Eigentlich sollte da niemals ein Mädchen hingehen. Aber ich brauche dringend Geld. Drück mir die Daumen." Mit diesen Worten ging sie auf die Gruppe zu. Ich konnte noch sehen, wie sie sich mit denen unterhielt. Zwei der fünf Männer gingen weg. Die übrigen drei machten die Wände runter und Mercy war bei ihnen.

Mir war nun klar, dass ich das definitiv nicht wollte. Ich beschloss, lieber etwas darüber nachzudenken, wie ich in Zukunft Geld verdienen könne, als mich tagtäglich auf diesen Kampf am Strand einzulassen. Noch hatte ich mein Finanzpolster und keinen Druck. Doch Mercys Worte klangen mir noch im Ohr: „Ich brauche dringend Geld!" Ich wusste aus meinen ersten Tagen in Nairobi, dass man in Grenzsituationen geraten kann, in denen man alles machen würde. Ich betete, dass mir das niemals mehr widerfahren möge. Dennoch tat ich heute das genaue Gegenteil. Ich setzte mich in eines der besseren Restaurants und bestellte ein Steak mit Reis. Auch für den Kellner war das ungewöhnlich. Er kassierte bei mir vorsichtshalber im voraus. Zusammen mit dem Passionsfrucht-Smoothy zahlte ich dafür 2.000 KSH (20€). Ich wollte mir einfach etwas gönnen. Oder ich wollte mir beweisen, dass ich das Elend am Strand nicht nötig hatte. Aber für einen kurzen Moment fühlte ich mich richtig gut.

„Hallo, junge Frau, so alleine?" Ein Mann Mitte sechzig stand plötzlich neben meinem Tisch. Von Frank wusste ich, dass Mzungus mit diesem speziellen Englisch-Dialekt Deutsche sind. „Ich bin auch alleine hier. Darf ich mich dazu setzen?"

Ich sah den Mann verblüfft an und wollte schon entrüstet ablehnen. Doch dann wurde mir wieder bewusst, weshalb ich überhaupt am Abend losgezogen war. Ich wollte einen zahlungskräftigen Europäer abschleppen. Das schien schon völlig misslungen und nun kam einer zu mir. Das musste Schicksal sein.

„Wenn Sie nicht beißen!" Er setzte sich mir gegenüber und bestellte sich ein Steak mit einer Ofenkartoffel. Auch das erhärtete meinen Verdacht. Diese Deutschen essen immer Kartoffeln – egal wie zubereitet.

„Na, Schätzchen, wie heißt Du denn?" Besonders respektvoll war seine Ansprache nicht. Ich sollte wohl besser nicht zu viel Erwartung in diesen Kerl stecken.

„Ich heiße Flora!" Plötzlich war er wieder da, der Künstlername. Es war einfach mein inneres Gefühl, das mir sagte, dass ich gerade nicht aus Zuneigung handelte, sondern dass das hier jetzt Business war.

„Ich bin der Ernst. Kennst Du ja, nicht wahr? Aus Spaß wurde Ernst und Ernst ist heute 65 Jahre alt!" Er lachte, als hätte er den Kalauer des Jahres gerissen. Damit war schon mal klar: Der Typ war 46 Jahre älter als ich. Theoretisch könnte man einen Großvater in dem Alter haben. Aber wer das mit dem Senator damals überstanden hatte, ohne sich dabei zu übergeben, der sollte den Typen auch schaffen.

„Darf ich Dich einladen?" Das kam unerwartet und unpraktisch.

„Ich habe schon bezahlt. Das ist die Art und Weise in der wir Kenianer uns gegenseitig diskriminieren. Weiße dürfen nach dem Essen zahlen, Landsleute im voraus."

„Kindchen, das ist großartig, wie Du das siehst. Du scheinst was auf dem Kasten zu haben. Du sprichst gutes Englisch und es kommt nicht nur Müll raus, wenn Du den Mund aufmachst. Sehr gut. Sehr gut. Das gefällt mir." Zumindest er schien seinen Spaß zu haben.

Wir unterhielten uns eine ganze Weile. Tatsächlich fand ich an dem Gespräch mit zunehmender Dauer mehr Gefallen. So übel war der Kerl nicht. Nach dem Essen, ich wollte schon fast gehen, war er dann plötzlich unerwartet offen: „Kindchen, ich habe mir sagen lassen, dass Ihr Kenianer viel offener seid als wir verklemmten Deutschen. Man soll bei Euch ganz offen heraus sagen, was man will. Erlaube mir, das auch einfach zu tun. Hast Du Lust, noch mit mir ins Hotel zu kommen?"

Wenn ein älterer Herr ein junges Mädchen Kindchen nennt, so ist das eine Sache. Das Kindchen dann aber aufs Zimmer abschleppen zu wollen, passte irgendwie gar nicht dazu. Trotzdem sagte ich zu.

Er winkte dem Kellner. „Was hat die junge Dame gezahlt?"

„3.000 KSH einschließlich Drinks", log dieser. Offenbar hatte der auch seinen Spaß daran, den Mzungu auszunehmen. Oder er hatte einfach Mitleid mit mir.

Nachdem er sein eigenes Essen bezahlt hatte, schob er mir 3.000 KSH (30 €) rüber. „Ich habe ja gesagt, dass ich Dich einlade."

Wir gingen zum Leopard Beach Resort & SPA. Aber dann bog er ab und statt zur Rezeption ging er auf einen Bungalow zu. Er hatte tatsächlich für sich ganz alleine einen eigenen Bungalow auf dem Hotelgelände. Ich staunte nicht schlecht. Ein sauberes, hochwertiges Badezimmer mit Dusche und im großen Studio war auf der einen Seite ein großes Bett und auf der anderen Seite war ein Jacuzzi. Draußen vor dem Bungalow hatte er sogar noch einen privaten Pool. Den großen an der Decke aufgehangenen Flatscreen konnte man drehen, so dass er wahlweise vom Bett, von der Sitzgruppe oder von draußen, vom Pool aus betrachtet werden konnte.

Er bemerkte, wie sehr mich dieser Luxus erstaunte: „Na, Kindchen, sowas hast Du noch nicht gesehen, was?" Mein Staunen schien ihm Spaß zu machen und ich beschloss, es nicht zu verbergen.

„Das ist ein Jacuzzi." Er merkte, wie ich interessiert diese übergroße Badewanne betrachtete. „Wir lassen einfach mal direkt Wasser ein." Damit war klar, wie das ablaufen würde. Wir würden zunächst baden. Das ist sicherlich nicht der schlechteste Start, denn noch immer hasste ich nichts mehr als unsaubere Männer.

Ich schaute mich weiter um und er versuchte, mich mit dem übrigen Luxus zu beeindrucken. Er schaltete den Fernseher ein, zeigte mir den Pool. „Kindchen, sei mir nich' bös' wenn ich die Tür' wieder zumache. Sonst kommen hier die Moskitos rein." Sein Dialekt klang irgendwie noch drolliger als bei Frank. Er schloss nicht nur die Türe, sondern ließ auch elektrisch eine Jalousie davor gleiten, sodass uns von außen niemand würde sehen können.

„Kindchen, Deine Augen faszinieren mich. Du weißt, was Du mit diesen Augen bei Männern alles bewirken kannst?" Ich freute mich über das Kompliment. Aber sollte nicht eigentlich ich dem Kunden Komplimente machen? Der ganze Luxus rings herum ließ mich alles Gelernte vergessen.

Ich ging zu dem riesigen Fernseher. Einen so großen Flatscreen hatte ich noch nie zuvor gesehen. Ernst umfasste mich von hinten. Ich ließ seine Berührungen ziemlich lange geschehen. Als er irgendwie nicht richtig vorankam, half ich und zog mein T-Shirt selbst aus. Das begriff er und öffnete daraufhin meinen BH. „Die Wanne ist gleich voll!", meinte er. Daraufhin zog ich mich ganz aus und stieg hinein. Er kam nach und setzte sich mir gegenüber. Mit seinem Fuß spielte er an meinen Nippeln. Aber so richtig Spaß schien ihm das nicht zu machen.

„Kindchen, das habe ich mir anders vorgestellt. Ich komme ja an nichts heran. Setzt Dich mal anders herum!" Ich drehte mich und lehnte mich mit meinem Rücken an ihn. Nun war mein Busen in Reichweite seiner Hände. Offenbar war es das, was er vor allem wollte. Nur selten bewegten sich seine Hände auf Abwegen und spielten an meiner Vagina. Mein Busen erhielt seine volle Aufmerksamkeit.

„Wir sollten es nicht übertreiben. Meine Haut wird schon ganz runzelig." Mir mochten wohl eine halbe Stunde so in der Wanne verbracht zu haben, ohne dass er bisher versucht hätte Sex mit mir zu haben. Fummeln hatte ihm gereicht. Wir stiegen aus der Wanne und er trocknete mich fürsorglich ab. Eigentlich war er ganz nett. Nur die Zuneigung wie ich sie anfangs für Frank hatte, mochte bei ihm überhaupt nicht aufkommen. Trotzdem war es nicht unangenehm.

Er winkte mir, ihm zum Bett zu folgen. Nebeneinander liegend streichelten wir einander lange. Es kostete mich ziemlich Überwindung, sein Glied in meinen Mund zu nehmen, doch ich nahm an, dass er das von mir erwarten würde. Offensichtlich gefiel ihm das auch sehr. Dann schob er sich und mich so zurecht, dass er gleichzeitig meine Klitoris lecken konnte. Er war erstaunlich geschickt mit seiner Zunge. Das hatte ich nicht erwartet und war überrascht, dass ich plötzlich mehr spürte als jemals bei Frank. Ich erinnerte mich kurz an Ingo, der das genauso gut gekonnt hatte. Aber dann konnte ich mich nicht mehr wirklich konzentrieren.

Als er merkte, dass ich nun soweit war, kam er auf mich. Ohne Kondom drang er rücksichtsvoll und langsam in mich ein. Nach wenigen Sekunden ejakulierte er. Dann legte er sich neben mich. Ich nahm ein neben dem Bett bereit liegendes Handtuch und trocknete erst sein bestes Stück und dann mich. „Ich hoffe, Du warst auch fertig,

Kindchen? Wenn nicht, Dein Pech! Du hattest genauso viel Zeit wie ich!" Er lachte und ich wusste, dass er es als Scherz meinte. Überhaupt war er ein ganz fröhlicher Typ.

Wir streichelten uns noch lange Zeit, wobei er wieder meinem Busen die größte Aufmerksamkeit schenkte. „Kindchen, das hast Du gut gemacht!" Er machte mir ein Kompliment. Dabei wäre es an mir gewesen, ihn unaufgefordert zu loben. Das musste ich rasch nachholen. Dabei musste ich nicht einmal lügen. „Auch für mich war es toll. Du bist spitze mit Deiner Zunge. Das habe ich noch nie so erlebt!" Naja vielleicht war der letzte Satz etwas übertrieben, insbesondere an Ingo zurück denkend. Aber gänzlich unbegründet war diese Aussage sicher nicht.

„Hast Du denn keine Angst vor Aids?", wollte ich wissen.

„Nein, Du denn?", fragte er zurück?

„Doch, irgendwie habe ich schon sehr Angst. Und auch Angst davor schwanger zu werden, da ich nicht verhüte. Aber es war vorhin so schön, dass ich daran nicht gedacht habe. Ich war im 7. Himmel!" Jetzt hatte ich es wieder drauf mit dem Lob für den Gast, so wie mir Ajuza es beigebracht hatte. Und es verfehlte seine Wirkung nicht. Er öffnete sich und erzählte:

„In meiner Heimatstadt gibt es ein altes Sprichwort: 'Et is wie et is, et kütt wie et kütt un et iss noch immer jut jejange'. Mädchen, bei mir musst Du keine Angst haben. In den letzten Monaten bin ich einer der am besten untersuchten Menschen auf dieser Erde. Ich habe bestimmt kein Aids. Bei mir wirst Du Dich sicher nicht anstecken. Und umgekehrt? Naja, sicher könntest Du infiziert sein. Aber für mich spielt es keine Rolle mehr. Ich habe letzte Woche meine Medikamente weitgehend abgesetzt. Ich halte die Nebenwirkungen nicht mehr aus. Ich habe Krebs. Du musst nicht erschrecken! Das ist nicht ansteckend!"

„Das tut mir so Leid!" Ich war sehr betroffen von diesem Schicksal und beeindruckt davon, wie ruhig dieser Mann darüber sprach, dass er wohl bald sterben würde.

„Der Arzt hat mich vor der Flugreise nach Kenia gewarnt. Ich könnte es vielleicht nicht überleben. Daheim habe ich realistisch vielleicht noch qualvolle 6 Monate, wenn alles gut geht. Da gönne ich mir lieber hier etwas solange ich die Schmerzen noch halbwegs aushalten kann. Und Du, Kindchen, Du bist mit Abstand das Beste, was mir überhaupt hätte passieren können."

Ich hatte Tränen in den Augen und konnte nichts sagen. Mir tat dieser nette alte Mann so leid. Er dimmte das Licht. Uns umarmend schliefen wir irgendwann beide ein. Am Morgen weckten mich seine Hände, die an mir herauf- und herabglitten. „Schöne weiche Haut hast Du. Ich könnte Dich stundenlang anschauen." Wir zogen uns an und er ließ das Frühstück in den Bungalow bringen. Danach schickte er mich nach Hause. „Hier," damit drückte er mir ein Bündel 1.000 KSH-Scheine in die Hand, „für's Taxi und kauf Dir ein paar nette Klamotten. Komme bitte um 19 Uhr wieder her und trage, was Du Dir gekauft hast. Ich würde mich sehr darüber freuen!"

Erst zu Hause zählte ich die vielen Scheine. Es waren 96.000 KSH (960,-€). Ich fuhr nach Mombasa und kaufte ein. Nicht in der Touristenhochburg zu den überhöhten Preisen, sondern dort, wo man gute Kleidung relativ erschwinglich bekam. Ich kaufte ein langes, rotes Kleid und neue Unterwäsche, wobei die BHs auch hier unverschämt teuer waren. Allerdings wollte ich nicht die billige Qualität. Ernst sollte sehen, dass ich seinen Wunsch respektierte, mich für ihn schön zu kleiden. Dazu gehörten auch neue Schuhe mit hohen Absätzen und ich ergänzte meine Schminkutensilien. Dennoch behielt ich das meiste Geld über. Ich war davon überzeugt, dass dies auch in seinem Sinne war. Als ich mit dem Matatu zurück kam, war es schon 18 Uhr vorbei. Ich sprang rasch unter die Dusche, machte mich schick und ging zum Leopard Beach Resort & SPA. Möglichst unauffällig lief ich zu dem Bungalow. Doch da war unerwarteter Hochbetrieb. Sanitäter und die Polizei waren dort zu Gange. Der nette, alte Mann hatte am Nachmittag seinen Kampf gegen den Krebs verloren. Sehr traurig kehrte ich nach Hause zurück. Ich musste heulen. Nein, die Liebe meines Lebens war dieser Mann sicherlich nicht. Aber ich hatte ihn irgendwie anders geliebt.

Schwanger war ich von ihm übrigens nicht. Ich hatte kurz zuvor erst meine Periode gehabt. Das hatte mich vor dieser Folge bewahrt. Aber er war ein guter Mensch. Seine Gene wären für mein Baby nicht die Schlechtesten gewesen. Und in mir gab es eine ganz seltsame Sehnsucht, schwanger zu werden. Ich konnte nicht erklären wieso. Es war etwas gänzlich Irrationales. Nur die Angst davor, erneut kein Geld zum Leben zu haben, hielt mich davon ab, dieser Sehnsucht tatsächlich zielstrebig nachzugeben. So war dies gleichzeitig etwas, was mir irgendwie Angst machte. Allerdings bezog sich diese Sehnsucht nur auf den Wunsch, ein Baby zu haben. Einen Mann wollte ich nicht wirklich. Männer gaben mir das Geld, um täglich satt zu werden. Zu mehr schienen sie mir nicht zu gebrauchen. Es war ohnehin kein Verlass auf die Kerle. Sie betrogen ihre Frauen bei der erst besten Gelegenheit. In diesem Punkte schienen mir inzwischen alle Männer gleich. Darauf konnte ich gut verzichten. Aber so ein süßes, kleines Baby hätte ich schon gerne gehabt.

Roger

Nach dem Erlebnis mit Ernst glaubte ich, meine Marktnische entdeckt zu haben. Wieder einmal, wie schon so oft zuvor in meinem noch so jungen Leben, war mir der Zufall behilflich gewesen. Anders als die anderen Mädchen suchte ich meine Kunden nicht am Strand, wo die Konkurrenz groß war. Ich ging auch nicht in die billigen Bars. Ich ging dahin, wo Malayas eigentlich nicht geduldet wurden: in gute Restaurants. Aber ich war gut gekleidet, ich bestellte für mich selbst und ich zahlte selbst. Schon beim zweiten Mal verlangte man von mir nicht länger Vorauszahlung. Irgendwann wurde ich als vollwertiger Gast akzeptiert. Fünf Abende konsumierte ich so und es kamen bereits erste Zweifel in mir auf, dass ich vielleicht einen ganz seltenen Zufall erlebt haben könnte, der mir niemals wieder passieren würde. Doch dann setzte sich ein Gast mir gegenüber.

„Na, auf Kundensuche?" Das war allerdings nicht die Ansprache, die ich mir gewünscht hätte.

„Wenn Sie pöbeln wollen, gehen Sie bitte woanders hin!", erwiderte ich.

„Komm Mädchen, ich habe mit dem Kellner gesprochen. Du bist schon mal mit einem mitgegangen. Da sollte es Dir bei mir nicht so schwer fallen." Und zum Kellner gewandt, rief er, ohne selbst etwas zu bestellen: „Kellner, zahlen bitte!" Er zahlte für mich und ich folgte. Ich hatte also so schnell schon meinen Ruf weg. Aber immerhin hatte mir dieser Ruf einen Kunden eingebracht. Wenngleich dieser Kunde merkwürdig war.

Wir gingen zum Swahili Beach Resort. Es war ein neues Luxushotel. Erichs Bungalow war zwar eine Hausnummer besser, aber auch der übertriebene Luxus dieses Hotels stand in einem krassen Kontrast zu dem Leben vieler Kenianer am Rande des Existenzminimums. Doch diese Touristen brachten immerhin Geld in dieses Land. Sollten wir ihnen dafür nicht dankbar sein?

„Setzt Dich mal dahin!" Ich hatte schon einige erste Sätze im Zimmer erlebt. Kommandos wie 'Strip' oder 'dreh Dich mal' waren noch die harmlosesten. Aber die Aufforderung, mich hinzusetzen, hatte ich bisher noch nicht. Dieser hier war anders.

„Ich rede nicht gerne um den heißen Brei herum. Ich zahle vernünftig, aber ich will keine Verpflichtungen. Komme mir nicht mit Schwangerschaft oder so einem Scheiß. Das kann ich nicht ab. Wir werden heute geschützten Sex haben. Morgen gehst Du zu einem Arzt und lässt Dich untersuchen. Wenn Du gesund bist, kommen wir dauerhaft ins Geschäft. Du gehst fortan regelmäßig zum Arzt und wirst die Pille nehmen. Ab da werden wir ungeschützten Sex haben. Wenn Du mir fremd gehst, so betrachte ich das als einen Angriff auf mein Leben. Solange Du mir treu bist, wirst Du es auch finanziell bei mir gut haben. Wenn Dir die Bedingungen nicht passen, kannst Du gehen. Heute oder irgendwann in der Zukunft. Hast Du das verstanden?"

„Ja. Verstanden." Ich war völlig verdutzt. So etwas hatte ich noch nicht erlebt. Er wollte offensichtlich seine Privat-Nutte.

„Achja, bevor ich es vergesse. Ich bin jetzt für drei Wochen hier. Dann bin ich für zwei Wochen weg. Auch in der Zeit in der ich weg bin gilt unsere Vereinbarung. Du bekommst Dein Geld, Fremdgehen ist nicht. Und glaube mir, Du würdest es bereuen, wenn Du Dich irgendwo anders anstecken solltest. Das könnte ich nicht verzeihen."

Irgendwie sah er meine Zustimmung als gegeben an. Dann öffnete er eine Flasche Wein und schenkte uns beiden ein.

„Ich trinke keinen Alkohol!" Noch niemals hatte ich Alkohol getrunken und wollte das auch heute nicht ändern.

„Bist Du Moslem?", erkundigte er sich?

„Nein, ich bin Christin. Aber ich trinke keinen Alkohol", bekräftigte ich meine Absicht.

„Wein ist doch gar kein richtiger Alkohol!", beteuerte er.

„Ich bin nicht dämlich, wenn Du das meinst!" Das schien gesessen zu haben. Allerdings probierte er es nun anders:

„Was machst Du denn beim Abendmahl in der Kirche?" Er dachte, nun hätte er mich.

„Ich nippe nur. Man trinkt da symbolisch, nicht wirklich richtig."

Er trank demonstrativ schnell sein Glas aus und dann genüsslich langsam meines. Die ganze Zeit bot er mir nichts an. Erst danach fragte er: „Was trinkst Du denn?"

„Passionsfruchtsaft!" Der gute alte Nektar. Was hatte ich mit ihm nicht schon alles erlebt.

„Die Minibar hat ja vieles. Aber so was Exotisches nicht. Mal sehen, ob das Hotel sowas kennt." Er rief den Zimmerservice an und bestellte. Dann setzte er sich mir gegenüber und musterte mich demonstrativ. „Verdammt bist Du schön! Wie heißt Du?"

„Das fragst Du mich jetzt?", wunderte ich mich statt zu antworten.

„Vorher wusste ich ja nicht, ob wir uns einig würden. Falls nicht, wäre Dein Name völlig belanglos gewesen. Jetzt bist Du mir wichtig." Na, das war wenigstens mal der erste Anschein von etwas Respekt. Ich war ihm wichtig.

„Flora!" Er schaute etwas irritiert. „Ich heiße Flora!"

„Schön. Ja, eine wirklich schöne Blume. Ich heiße Roger." Er sprach das französisch aus, also nicht das englische Roger.

„Hallo Roger!"

„Hallo Flora!"

Der Kellner brachte tatsächlich Passionsfruchtsaft in einer Kristallkaraffe. Ich vermutete, dass das Umschütten aus dem Tetrapack in diese Karaffe den Wert mindestens verzehnfacht haben dürfte. Aber mein Gegenüber machte nicht den Eindruck als würde ihn das sonderlich beeindrucken. Er goss mir ein. „Und? Kann man ihn trinken?"

Ich nippte an dem Saft. „Ja, schmeckt wie Passionsfruchtsaft."

Daraufhin goss er sich auch etwas in sein Weinglas und trank. „Süß. Aber kann man trinken. Ist so übel nicht. Hatte ich bisher immer ignoriert das Zeug."

„Wie lange bist Du schon Prostituierte?", wollte er wissen.

„Ich bin keine Prostituierte.", beteuerte ich. Hätte ich das eingestanden, wäre meine Position dadurch geschwächt, glaubte ich.

„Mädchen. Ich werde Dich dafür bezahlen. Und das scheint Dir auch nicht unangenehm zu sein. Du hattest neulich schon einen Kunden, sagt der Kellner. Einen älteren Herrn. Erzähl mir nicht, Du stehst auf Mumien und hast von dem kein Geld genommen."

„So war das nicht!" Meine Empörung war nicht gespielt.

„Was war nicht so? Hast Du von ihm Geld genommen oder nicht?"

„Doch, schon, aber..." Er unterbrach mich.

„Mehr wollte ich nicht wissen. Aber lassen wir das Thema. Ich wollte Dich nicht beleidigen. Von nun an bist Du keine Prostituierte mehr. Du bist meine feste Freundin. Du bekommst, nun nennen wir es

Haushaltsgeld. So wie viele Frauen Geld von ihren Ehemännern bekommen. Du wirst mich befriedigen und Du wirst mich zu Veranstaltungen begleiten. Anders als manche Hausfrau musst Du nicht meine dreckige Wäsche waschen oder für mich kochen. Du siehst also, Du wirst es bei mir weit besser haben als die meisten Hausfrauen es bei ihren Ehemännern haben. Um das auch klar zu machen: Wir werden niemals heiraten. Das hat einen einfachen Grund. Ich bin bereits verheiratet. Meine Frau ist in Deutschland. Wir sehen uns fast nie. Aber sie hat das Vermögen. Deshalb kommt eine Scheidung nicht in Frage. Wir wahren nach außen den Schein. Das ist ihr wichtig. Ich lebe hier, weil ich sie nicht ertragen kann. Aber zu besonderen Anlässen fliege ich nach Frankfurt und spiele den braven Ehemann. Solange ich hier bin, bist Du meine Frau." Das war keine Frage, das war ein Kommando. Was hätte ich anderes machen sollen als dies hinzunehmen?

Er hatte wohl plötzlich selbst den Eindruck, dass es genug der Kommandos war. Er goss uns beiden Passionsfruchtsaft nach. Ohne zu warten, bis wir ihn getrunken hätten, stand er auf und zog mich bei den Händen hoch. Er drehte mich um und öffnete hinten mein Kleid, streifte es auf den Boden sodass ich in Slip, BH und hohen Schuhen vor ihm stand. So dicht bei ihm stehend nahm ich auch seinen sehr angenehmen Duft wahr: ein Mann, der Parfüm benutzte.

„Ich glaube, ich habe eine sehr gute Wahl getroffen." Routiniert öffnete er vor mir stehend meinen hinten verhakten BH. Mein Busen war die letzte Zeit deutlich angewachsen. Regelmäßige Mahlzeiten führten erkennbar zu Gewichtszunahme und das hatte bei mir bislang keine nachteilige Auswirkung meine Kurven betreffend.

„Deine Nippel schielen." Tatsächlich war eine Folge des Anwachsens meiner Brust, dass meine Brustwarzen nach rechts und links schauten. „Ansonsten perfekte Bällchen. Schön straff und stabil, da hängt nichts. Zieh mal die Stelzen aus."

Kaum hatte ich meine Schuhe aus, nahm er meine Hand und zog mich vor den großen Spiegel, der die Front des Kleiderschranks bildete. Er stellte sich hinter mich und ließ seine Hände an mir herabgleiten, ganz so wie Tom es immer getan hatte. Doch Roger war gleichzeitig auch Zuschauer, denn er betrachtete mich dabei im Spiegel. Und es schien ihm sehr gut zu gefallen, was er da sah. Er umfasste mich von hinten und hob vor das Bett. Dann fasste er mit einem Arm unter meine Knie, mit dem anderen um meine Schulter und hob mich auf das Bett. Es war wie ein Deja Vue. Ich fühlte mich sehr an die Show erinnert. Allerdings gab es diesmal nur diesen einen einzigen Zuschauer.

Anschließend machte er seine Ankündigung wahr. Wir hatten in dieser Nacht nur geschützten Sex. Selbst beim Blasen bestand er darauf, ein Kondom zu nutzen. Dieser Mann entsprach keinem der mir bisher bekannten Prototypen eines Kunden.

Luxus pur

Am nächsten Morgen frühstückten wir zusammen am Frühstücksbuffet unten im Restaurant. Dabei gab mir Roger 10.000 KSH (100 €). „Das ist Dein Haushaltsgeld. Du bekommst das jeden Tag, auch dann, wenn wir mal nicht zusammen sein sollten. Dafür lässt Du Dich mit keinem anderen ein."

Er ließ mich an der Rezeption als Gast registrieren. Dazu musste ich dort meine ID-Card vorweisen. Er riss sie mir aus der Hand und las sie. „Wilkister, nicht Flora, soso. 10. März 1994. Na wenigstens bist Du volljährig. Ich will keinen Ärger haben. Und ich möchte in Zukunft nicht mehr angelogen werden."

„Meine Freunde nennen mich übrigens alle Kister."

„OK, so soll es sein!"

Am Vormittag waren wir dann beim Arzt. Es war genauso wie damals in Nairobi. Die selben Fragen. Der gleiche Stuhl mit den Schienen, auf den man sich mit gespreizten Beinen legen musste. Anders war jedoch, dass Roger mit im Behandlungsraum war. Seine und die Blicke des Arztes auf meine Vagina brachten in mir aber auch die Erinnerungen an die Show wieder hoch.

Danach gingen wir zusammen einkaufen. Er war durchaus nicht geizig. Dafür konnte man seine ruppige Art ertragen. Ohnehin hatte ich den Eindruck, dass unter dem rauen Mantel ein weicher Kern steckte. Er war gar nicht so übel, wie er sich gerne gab.

Wir aßen mittags eine Kleinigkeit im Dorf. Ich erklärte ihm unsere heimischen Speisen. Er hatte noch nie Sukuma Wiki gegessen. Von ihm weiß ich, dass es wie deutscher Grünkohl schmeckt. Ich zeigte ihm mein Appartement. Das währte nur sehr kurz. Nichts reizte ihn, hier zu verweilen. Er bevorzugte den Luxus seines Hotels, in das wir am späten Nachmittag zurückkehrten. Wir duschten, liebten uns und gingen dann perfekt gekleidet zum Abendessen.

Nach dem Abendessen machten wir einen Strandspaziergang. Dabei kamen wir zwangsläufig auch zu den Strandliegen. Ich erzählte ihm von meinen Erfahrungen und meiner Abneigung gegen die Art und Weise, wie hier mit Mädchen umgegangen wurde. Dabei schilderte ich es als Erzählung von Mercy, um nicht selbst als leichtes Mädchen zu gelten. Er musste nicht wissen, dass ich unlängst dicht davor war, das Schicksal dieser Mädchen zu teilen. Ich bin mir jedoch sicher, dass er sich seinen Teil dachte. Er machte sich ja ohnehin keine Illusionen über meine vorherige Tätigkeit.

Wir legten uns auf eine der Liegen. Natürlich wurde er nicht angesprochen, denn er war ja nicht alleine. Mit dem Blick auf den offenen indischen Ozean war es sehr schön, hier zu liegen.

„Wir können uns ausziehen und ins Wasser gehen", schlug er vor. „Es ist dunkel. Niemand sieht etwas."

„Mich kriegen keine zehn Pferde ins Wasser!" Tatsächlich war ich noch niemals im Meer gewesen, konnte nicht schwimmen und hatte eine panische Angst davor.

„Du musst keine Angst haben. Der feinkörnige Sandstrand fällt ganz flach ab. Und da draußen sind Riffe. Die halten die Haie ab. Hier passiert nichts." Meine heftige Gegenwehr machte ihm dann aber deutlich, dass ich keinesfalls gewillt war, seinem Vorschlag zu folgen. Alleine wollte er natürlich auch nicht ins Wasser.

Um diese Zeit war die Luft auch weitaus angenehmer als tagsüber. Wie viel besser war das Leben aus Sicht des Hotelgastes. Ob sich diese Menschen überhaupt vorstellen konnten, was sie den Mädchen hier am Strand allabendlich antaten?

Als er die Seiten des Zeltes herunterließ, um neugierige Blicke auszusperren, ging mir durch den Kopf, dass ich nun doch noch erleben würde, wie es den Mädchen hier am Strand allabendlich erging. Aber schnell wurde mir klar, dass ich die bessere Version erwischt hatte, ohne jeden Vergleich zu den Mädchen, die hier jede Nacht ihre Chance suchten.

Jeden Morgen bekam ich unaufgefordert zehn Scheine je 1.000 KSH (10 €). Er hatte sie immer abgezählt dabei und gab sie mir stets unauffällig. Da die tausend Schilling-Note die größte Banknote Kenias ist, war es jedes Mal ein eindrucksvolles Bündel. Es war ein gutes Gefühl. Anfangs empfand ich es als eine Art Belohnung dafür, dass ich ihm in der Nacht zuvor zu Willen war. Mit der Zeit wurde es jedoch mehr und mehr zu einer Gewohnheit ohne tiefere Bedeutung. Ich fühlte mich immer mehr als seine Frau. Nur das Wissen, dass er tatsächlich in Deutschland schon verheiratet war, störte mich zunehmend. Aber da war nichts, was ich daran hätte ändern können. Also verdrängte ich es einfach – oder versuchte es zumindest.

Von nun an sandte ich regelmäßig jede Woche Geld zu meiner Großmutter. Außerdem finanzierte ich den Stromanschluss für das Haus in Vihiga und den Bau eines Brunnens mit Wasserfilteranlage. Das gab meinem Handeln irgendwie einen Sinn. Immer wenn in mir der Gedanke aufkam, dass es Unrecht sein könne, eine Beziehung mit einem verheirateten Mann zu haben und dafür auch noch Geld zu bekommen, beruhigte mich die Gewissheit, dass ich damit nicht nur mir, sondern auch den Lieben daheim sehr helfe. Ausgaben hatte ich kaum noch und konnte so das meiste Geld zurücklegen.

Das Hotel hatte so viel zu bieten. Den Tag über konnte man ins Dampfbad und den großen Wellnessbereich nutzen. Niemals zuvor hatte ich eine solche Massage bekommen. Die Gesichtsbehandlung,

Maniküre und Pediküre waren nicht zu vergleichen mit den sehr einfachen Dienstleistungen in den Kenianischen Friseurläden. Ich bestaunte das Serviceangebot des Beauty-Centers. Roger meinte dazu nur scherzend: „Wenn ich gestern erwähnte, dass ich es sehr mag, wenn Du komplett rasiert bist: Die Augenbrauen waren dabei nicht gemeint!" Tatsächlich gab es viele Frauen, die sich ihre Augenbrauen zupfen ließen. Ich empfand es als eine Art der Verstümmelung.

Das Angebot an Parfüms und Kosmetika war gewaltig und Roger überhäufte mich mit Geschenken aus diesen Läden. Bald besaß ich eine große Sammlung davon. Es war ein ganz besonderes Vergnügen, mich für Roger immer wieder aufs Neue ganz besonders hübsch zu machen. Alles hier war so neu und so fremd für mich.

Ein solches Luxushotel war einfach eine andere Welt. So konnte man das feuchtheiße Klima genießen, das vor allem für Roger nur auszuhalten war, weil er sich immer wieder in klimatisierte Bereiche zurückziehen konnte. Aber auch für mich war dieses Wetter ungewohnt und die Annehmlichkeiten der Hotelanlage umso willkommener.

Am Nachmittag gingen wir durch den nahe gelegenen 'heiligen' Wald, den Kinondo Sacred Forest. In einem kleinen Kaya, einem Dorf in diesem tropischen Regenwald begrüßten uns Gesang und rasselnde Kayambas, kleine Glöckchen an den Schultertüchern der Tanzenden. Kayamba ist auch der traditionelle Tanz des Digo-Stammes. Bei diesem Tanz wird der Oberkörper mit kleinsten Bewegungen in Schwingung versetzt, um die kleinen Glöckchen zum Klingen zu bringen. Die Menschen hier waren alle so fröhlich.

Kaya bedeutete so viel wie Zuflucht. Hierhin waren die Stämme gezogen, um vor Angriffen kriegerischer Stämme geschützt zu sein.

Und irgendwie glaubte auch ich, dass mein Aufenthalt hier eine Art Zuflucht sei, um die Erlebnisse von Nairobi hinter mir zu lassen.

Beim Spaziergang durch den Wald war ich beeindruckt von den Urwaldpflanzen mit ihren langen Lianen, die auf einem Boden von Korallen und Muscheln wuchsen. Dieser Boden war einst Meeresgrund gewesen. Das gab dem Wald sein verwunschenes Aussehen. Zwischen den Bäumen flogen unzählige Schmetterlinge. Nashornvögel waren mit ihrer Gefiederpflege beschäftigt. An den Lianen schwangen Meerkatzen und präsentieren zirkusreif Kunststücke. Oben in den Bäumen waren immer wieder kleine Gruppen von schwarz-weißen Stummelaffen zu sehen. Roger bewunderte diese Tiere: „So ein Leben würde mir gefallen. Ein Männchen lebt mit fünf bis sechs Weibchen zusammen und paart sich mit allen."

„Ich bin Dir also nicht genug?" Sein Spruch machte mich eifersüchtig. Gleichzeitig erkannte ich, wie unsinnig diese Eifersucht war. Er bezahlte mich. Ich war sehr verwirrt über das, was ich fühlte.

„Das war doch nur ein Scherz!" Auch wenn er es betonte, so war ich davon nicht überzeugt und wollte das meinerseits mit einem Scherz überspielen: „Naja, ich habe da auch Phantasien mit zwei Männern. Der eine putzt, der andere kocht für mich!"

Am Abend genossen wir die Show des Hotels. Mein Leben kam mir irgendwie unwirklich vor.

Der Arzt meldete am Folgetag, dass alles OK sei. Als ich einige Tage später meine Periode bekam, nahm ich wieder die Pille, die ich seit dem Schließen des Clubs nicht mehr hatte nehmen können. Nach Abklingen meiner Periode hatten wir das erste Mal Sex ohne Kondom. Es war etwas Feierliches, etwas Besonderes. Irgendwie hatte ich den Eindruck, dass dies das letzte Stück war, dass uns von einem Ehepaar unterschied – vom Trauschein selbst einmal abgesehen. Nach seinem Samenerguss ließ ich sein Glied noch sehr lange in mir. Es war ein sehr schönes Gefühl der Verbundenheit.

Safari

Das Wort Safari kennt fast jeder. Es ist der Sprache Suaheli entnommen und bedeutet Reise. Zumeist wird es von Europäern jedoch gebraucht, um damit deutlich zu machen, dass man sich auf der Reise Wildtiere in einem afrikanischen Nationalpark anschaut. Roger kündigte an, dass wir am nächsten Tag auf eine Safari fahren würden. Unser Ziel sei das Massai Mara Dreieck. Dies ist ein vergleichsweise kleiner Zipfel der Serengeti, der nach Kenia hinein reicht. Auf einer Höhe von 1.800 m waren hier die Big Five in freier Wildbahn anzutreffen. So stand am nächsten Morgen ein Toyota Geländewagen vor dem Hotel. Mit der Likoni Ferry setzen wir über nach Mombasa, fuhren durch die Stadt, am Flughafen vorbei und dann immer weiter westlich, sogar noch an Nairobi vorbei. Diese Strecke ging mit dem Auto weitaus schneller als mit dem Zug und das obwohl Roger eher zurückhaltend fuhr. Das fahren auf der linken Straßenseite war er nicht gewohnt und musste sich immer besonders konzentrieren. Am Nachmittag erreichten wir schließlich den Naivashasee. Dieser hoch gelegene, große See ist anders als viele andere Seen des Rift Valleys nicht stark alkalisch, sondern ein Süßwassersee mit abertausenden von Vögeln. Besonders eindrucksvoll sind die riesigen Flamingoschwärme. Er hatte uns hier ein schönes Zimmer gebucht. Von der Terrasse des Hotels hatten wir einen wunderschönen Überblick. Es war das erste Mal, dass ich mich in einem Urlaub fühlte. Das also war es, wofür die Touristen herkamen. Ich konnte verstehen, dass dieses Leben den Touristen gefiel.

Am nächsten Morgen starteten wir nach dem Frühstücksbuffet und erreichten dann am Nachmittag das Oloololo-Tor. Von dort fuhren wir dann weiter zum Fuß des Embarkments. Es war bereits dunkel als wir im Camp ankamen. Ich hatte nicht wenig Angst, denn das

Camp hatte keinen Zaun. Theoretisch hätte jedes Raubtier einfach in das Camp hinein laufen können. Es gab zwar Tag und Nacht bewaffnete Wachen, aber, so sagte die Camp-Leitung, diese seien noch niemals zum Einsatz gekommen. Nur einmal hatte ein neugieriges Zebra sich in das Zeltlager verirrt. Das hatte aber weder für das Zebra noch für das Camp irgendwelche Folgen.

Ansonsten durfte man sich das Camp allerdings nicht als primitives Zeltlager vorstellen. Zwar nur von Zeltplanen bedacht hatten die Unterkünfte richtige Glasfenster und einen Holzboden. Es gab ein richtiges Bett und ein Sofa, alles wie in einem Luxushotel. Der einzige Grund dafür, dass es Zelte waren, bestand in den gesetzlichen Auflagen. Im Park durfte nichts fest gebaut werden. Am Abend saßen wir auf der Terrasse und sahen unter uns am Fuße eines Steilhanges an einem kleinen See die Tiere trinken. Diese schönste Seite des Landes eröffnete sich wirklich nur den reichen Touristen. Wir Kenianer hatten im Normalfall keine Chance, dies jemals zu erleben. Ich fühlte mich durch Roger wie eine reiche Mzungu. Ich erkannte, welches einmalige Erlebnis sich mir hier bot.

Roger war bei alledem immer rührend um mich bemüht. Er gab mir nie das Gefühl, eine Prostituierte zu sein. Er machte sein Versprechen wahr, mich als seine Frau zu behandeln, was mir von Tag zu Tag besser gefiel. Als ein Mzungu seine Frau einmal sehr ruppig behandelte und sie in Anwesenheit der anderen Gäste böse verbal anging, wurde mir erst bewusst, dass die zärtliche und fürsorgliche Behandlung durch Roger keineswegs selbstverständlich war. Seine Frau musste schwachsinnig sein, einen solchen Mann nicht wollen.

Abends wiesen wir unseren Pagen an, dass er uns wecken möge, wenn es unten am See interessante Tiere zu sehen gäbe. Tatsächlich weckte er uns und als wir auf die Terrasse hinaus gingen sahen wir eine große gemischte Herde aus Gnus und Zebras dort trinken. Der Mondschein gab dem ganzen Szenario etwas gleichermaßen Romantisches wie Gespenstisches. Aber ind en Armen von Roger fühlte ich mich sicher.

Die drei Tage im Nationalpark waren atemberaubend. Eigentlich habe ich eine panische Angst vor Tieren aller Art. Aber in diesen Geländewagen mit Roger neben mir fühlte ich mich ganz sicher. Auf Fahrten durch den Park mit Geländewagen sahen wir Nashörner und sich faul in der Sonne räkelnde Löwen. Giraffen und Zebras waren allgegenwärtig. Es war ein großartiges Erlebnis, das viel zu schnell zu Ende ging. Nun wusste ich, wie sich die Frauen der Europäer fühlten, wenn sie Afrika besuchten. Ob diese jemals ahnten, wie dicht an diesem Paradies das Elend der Bevölkerungsmehrheit Kenias lag?

Es war das erste Mal in meinem Leben, dass ein Mann etwas mit mir unternahm und nicht nur an Sex interessiert war. Mit Roger hätte ich stundenlang aufzählen können, was alles ich in meinem Leben mit ihm das erste Mal erlebt hatte. Ich fühlte mich wie auf Wolke sieben, wie man in Deutschland sagen würde – obwohl wir hier eher von 'cloud nine', also Wolke neun sprechen. Wir haben einfach mehr Wolken in Kenia.

Auf der Rückfahrt bog Roger plötzlich von der Hauptstraße Richtung Mombasa auf eine kleine Nebenstraße ab. Auf kleinen, holprigen Straßen kurvte er langsam und vorsichtig quer durch das Land. Dabei rückte er nicht wirklich mit der Sprache raus, wohin wir eigentlich wollten. Allerdings wunderte ich mich sehr, dass er den Weg genau zu kennen schien. Das Navi zeigte schon lange keine befahrbaren Straßen mehr an. Aber ich hatte nicht den Eindruck, dass er sich verfahren hatte, wenngleich sich die Strecke auch lange hinzog.

Dann hielt er an. Ringsherum war ein karger Boden, kaum von Gräsern oder gelegentlich mal einem Strauch bewachsen. „Da sind wir! Das ist Mwabura!"

Ein Mann kam auf uns zu. Roger stellte ihn mir vor: „Das ist meine rechte Hand hier vor Ort. Er organisiert alles. Kister, das ist Jisu! Jisu."

Wir gingen ein Stück über das Gelände auf dem völlig vertrocknete Dornenbüsche wucherten. Immer wieder musste uns Jisu mit seinem riesigen Messer, er nannte es Machete, den Weg frei machen.

„Na, wie gefällt Dir das?", wollte Roger wissen.

„Ich weiß nicht!" Was hätte ich sagen sollen? Es war mitten in der Wildnis.

„Das hier kaufe ich gerade!" Er klang ganz stolz. Ich versuchte zu erkennen, ob er mich gerade verschaukeln wollte, doch er schien es sichtlich ernst zu meinen. Diesen Dreckhaufen hier, so empfand ich es, wollte er ernsthaft kaufen. Das einzig Beeindruckende hier war, dass man in großer Ferne im Südwesten den Kilimandscharo erahnen konnte.

„Warum? Was möchtest Du damit? Hier ist nichts, nicht einmal Wasser!" Wären hier annehmbare Bedingungen, dann würden hier Menschen siedeln. Die Abwesenheit von Menschen machte eines ganz deutlich: Hier war ein Bewirtschaften unmöglich.

„Das hier ist eine Goldgrube! Wir werden hier eine Farm bauen und Blumen züchten. Die Blumen verkaufen wir nach Deutschland. Wir werden ein Vermögen damit verdienen!"

„Aber Blumen brauchen doch Wasser. Viel Wasser!"

„Genau deshalb ist das hier eine Goldgrube!", antwortete er bedeutungsvoll.

„Was siehst Du, was ich nicht sehe?" So weit das Auge reichte, war alles knochentrocken. Und dabei war dies noch nicht die trockenste Zeit des Jahres.

„Komm mit. Ich zeige Dir was." Wir gingen ein ganzes Stück bis zu einem Steilhang. Eine Schlucht zog sich wie eine Schleife einmal rund um dieses große Plateau.

„Siehst Du das da unten?" Roger zeigte auf das Tal. Man sah eigentlich nichts.

„Ich sehe einen ausgetrockneten Fluss." Man konnte erahnen, dass er einmal richtig Wasser gehabt haben musste. Aber so weit das Auge reichte, war jetzt nicht einmal eine Pfütze zu erkennen.

„Das trockene Flussbett da unten verwandelt sich immer wieder in einen reißenden Strom. Wir bauen Rückhaltebecken und haben daraus genug Wasser, um unsere Felder hier oben das ganze Jahr zu bewässern. Wir bauen eine Photovoltaik-Anlage. Die erzeugt den Strom für die Unterkünfte und die Bewässerung. Wir schaffen hier 30 neue Arbeitsplätze und helfen so Kenia bei seiner weiteren Entwicklung. Dafür habe ich bereits den Segen des Präsidenten Uhuru Kenyatta persönlich. Vor allem aber können wir hier drei bis viermal im Jahr ernten. Die Entfernung zum Flughafen in Nairobi ist erträglich. Täglich bringen wir eine Ladung nach Nairobi, von wo sie nach Deutschland geflogen wird und in Frankfurt auf dem Großmarkt angeboten wird. Und wenn das erst einmal läuft, dann steht bereits Landgaard bereit. Die sind sehr daran interessiert von hier noch sehr viel mehr saisonale Blumen zu bekommen. Die Nachfrage in Deutschland ist gewaltig. Blumen sind ein riesiger Markt!"

„Und Du bist Dir sicher, dass das hier möglich sein wird?", zweifelte ich.

„Du wirst erstaunt sein, was Wasser und Kunstdünger aus diesem Boden machen!" Er schwärmte von seinem Projekt. Offensichtlich arbeitete er bereits sehr lange daran.

„Da unten bauen wir die Reservoirs. Hier werden die Felder sein. Dort hinten kommen die Wohngebäude für die Arbeiter hin. Jisu wird das alles hier leiten und dann auch dort wohnen." Vor seinem Auge schien das alles schon zu entstehen. Für mich war dies eine sehr öde Gegend. Das nächste winzige Dorf war Kilometer entfernt und auch da gab es nichts. Ich hoffte, dass wir nicht hier würden Leben müssen. Ich würde sterben vor Einsamkeit. Als ob er diese Bedenken spürte, erklärte er: „Wir werden unser Zuhause und Büro in Nairobi haben müssen. Von dort managen wir den Transport und Verkauf. Den Standort hier besuchen wir bei Bedarf. Den Rest hier machen Jisu und ein Gartenbaumeister. Der lernt die Kenianischen Hilfskräfte an."

„Ich hoffe nur, dass dies wirklich alles so funktionieren wird, wie Du Dir das vorstellst, und das nicht schief geht." Ich sorgte mich wirklich. Ich konnte mir so gar nicht vorstellen, dass hier etwas entstehen könnte.

Mwabura

In den folgenden Wochen war Roger mehrfach in Deutschland, oft sogar recht lange. Er sagte, er müsse in Deutschland wichtige Dinge für das Projekt abklären. In mir brannte jedoch die Eifersucht. Ich konnte den verdacht nicht loswerden, dass er dann mit seiner Frau zusammen war. Meine Einkünfte liefen auch in seiner Abwesenheit weiter. Dafür hatte er unaufgefordert Sorge getragen. Wenn er in Mombasa war, dann drehte sich inzwischen unser gesamtes Leben nur noch um Mwabura. Ich unterstützte ihn trotz meiner Zweifel am Erfolg des Projekts gerne dabei. Irgendwie gab dieses Projekt auch meinem Leben einen Sinn und Inhalt.

In den nächsten Wochen waren wir immer wieder in Mwabura. Aber auch in Nairobi, um Verträge zu unterschreiben und Genehmigungen einzuholen oder in der County-Verwaltung, um schlicht Beamte zu bestechen. Ohne Bestechung waren solche Projekte in Kenia leider unmöglich.

Selbst als die Gebäude standen sah das Gebiet noch wüst aus. „Warte bis zum nächsten Regen, dann wir es hier bunt!"

Wir hatten ein kleines Appartement in dem Gebäude für die Arbeiter, das wir bei unseren gelegentlichen Besuchen nutzten. Die Abende verbrachten wir jedoch bei dem Gärtnermeister, dem die Leitung vor Ort anvertraut war. Er war mit einer Kenianerin verheiratet und deshalb sehr froh, einen der weniger Jobs für Ausländer in Kenia bekommen zu haben. Wir saßen auf der Terrasse vor seiner Dienstwohnung. Da kam ein Wagen angefahren. Roger ging sofort auf den Mann zu. Er begrüßte ihn wie einen langjährigen Freund, aber nannte ihn respektvoll Mister Nganga. Er stellte mich vor. Die anderen kannte er offensichtlich bereits.

„Roger, Sie haben eine wunderschöne kenianische Frau. Ich beglückwünsche Sie zu Ihrer Wahl!"

„Ja, ich bin auch sehr glücklich mit ihr. Sie und dieses Projekt verbinden mich bereits sehr mit diesem wundervollen Land!" Er präsentierte mich als wäre ich ein Kunstobjekt und er der stolze Sammler. Ich selbst kam nicht zu Wort. Männer sprachen untereinander über Frauen, nicht mit ihnen. Manchmal hasste ich unsere Sitten und Gebräuche.

Gemeinsam gingen sie an den Steilhang. Sie diskutierten lange miteinander. Dann kamen sie zur Terrasse zurück. Der Besucher verabschiedete sich.

„Das war Mister Nganga, ein sehr wichtiger Beamter. Von ihm brauche ich eine letzte wichtige Genehmigung von der ich nicht wusste, dass man sie überhaupt braucht. Meine Regierungskontakte signalisieren nur, ich solle mich mit ihm einigen. Heute hat er mir einen Einigungsvorschlag gemacht. Ich denke, ich werde ihn annehmen. Alles andere wäre zu riskant."

„Will er viel Geld?", wollte ich wissen.

„Ja, er will Geld. Aber das ist nicht weiter erstaunlich. Ich habe schon so viel Bestechungsgelder gezahlt. Da kommt es darauf auch nicht mehr an. Er fordert noch etwas anderes. Und ich habe ihm vorhin zugesagt."

„Was denn?" Nun wurde ich neugierig.

„Er möchte, dass Du am Wochenende bei ihm bist!" So wie er das sagte, war klar, was er damit meinte.

„Bei ihm sein? Du meinst …?" Ich konnte es nicht fassen, dass er in Erwägung zog, mich zu verleihen. Irgendwie zerbrach in diesem Augenblick in mir eine Welt.

„Ja. Es ist zu wichtig. Ich musste Ja sagen. Du wirst es überleben. Du machst das ja nicht zum ersten Mal."

„Du hast ohne meine Zustimmung bereits Ja gesagt?" Er hatte mich also für ein Wochenende diesem korrupten Kenianischen Beamten versprochen, um die fehlende Genehmigung zu erhalten. Vielleicht wäre alles nicht so schlimm gewesen, wenn er mich gefragt und gebeten hätte. Aber er hatte bereits entschieden ohne mich zu fragen. Er hat einfach so zugesagt, dass ich ein Wochenende mit diesem anderen Mann verbringen sollte. Das schmerzte ganz besonders.

„Das Projekt ist zu wichtig. Fick ihn halt und gut ist. Meine Ehefrau hätte das übrigens auch getan – und es umgekehrt von mir verlangt, wenn es dieses wichtige Projekt erfordert hätte. Freitag Nachmittag bringe ich Dich hin und Sonntag Nachmittag hole ich Dich wieder bei ihm ab. Montag sind wir beim Arzt. Solltest Du Dich bei ihm mit irgendetwas anstecken, wird der Arzt Dir sofort helfen. Keine Sorge!" Er hielt es also nicht einmal für unwahrscheinlich, dass ich mich bei diesem Ausgeliehen-werden mit etwas infizieren könnte. Ich war völlig fertig. Das hätte ich ihm niemals zugetraut.

„Was ist, wenn ich nein sage?"

„Warum solltest Du? Dir geht es gut bei mir. Sehr gut. Es wäre unlogisch, dass Du Dich ausgerechnet jetzt und hier von mir trennen willst." Ich kannte ihn lange genug. Mein Nein wäre die Trennung. Sein Projekt liebte er mehr als mich. Und die Betonung von hier und jetzt bedeutete wohl dass ich selbst sehen könnte, wie ich von hier weg käme. Nicht einmal im nächsten Dorf gab es einen Bus.Und dann? Würde ich mir einen neuen Kunden suchen? Wie hoch wären die Chancen, dass ich es bei diesem besser haben würde? Irgendwie hatte ich mich an den Luxus gewöhnt. Es war nicht so sehr die Abscheu vor einem mir fremden Menschen. Ich hatte schon mit einigen Kunden Sex. Allerdings war es immer meine Entscheidung. Doch selbst das störte mich weniger als die plötzlich zerstörte Hoffnung, Roger könnte in mir mehr sehen als eine Prostituierte. Ich war ziemlich fertig.

Roger genoss die vorerst letzte Nacht mit mir. Tatsächlich gab er sich wieder ganz besondere Mühe. Er war einfühlsam. Nur konnte ich es diesmal nicht so genießen wie das erste Mal. Es war klar, dass er nach dem Wochenende erst einmal die Ergebnisse des Arztes abwarten würde, bevor er wieder mit mir schlafen würde. Zeitweise hielt ich es nicht einmal für unmöglich, dass er mich danach vielleicht überhaupt nicht mehr würde haben wollen. Doch dann schwärmte er von gemeinsamen Plänen. Er wollte mich nach Deutschland holen. Eigentlich mein großer Traum. Dieses ferne Land faszinierte mich, seit ich damals die Bilder von Frank bekommen und von ihm soviel darüber erfahren hatte. So beschloss ich, gute Miene zum bösen Spiel zu machen und zu tun, was er mir befahl.

Am Freitag Nachmittag brachte Roger mich in die Provinzhauptstadt. Vor einem der besseren Häuser der Stadt hielt er. Das Tor öffnete sich und wir fuhren auf das ummauerte Grundstück. Oben auf den Mauern war Stacheldraht. Das Grundstück wirkte wie eine Festung.

Der Beamte begrüßte uns. Roger blieb nicht lange, ließ mich zurück und fuhr davon.

„Hallo Mister Nganga!"

„Nicht so förmlich. Nenne mich bitte Thairu."

„Ich bin Kister!"

„Komm bitte ins Haus, Kister." Wir gingen in einen Bungalow, der für hiesige Verhältnisse sehr luxuriös war. Er zeigte mir mein Zimmer. Beim Anblick des Doppelbettes war mir klar, dass er mich wohl in diesem Zimmer nehmen würde. „Du kannst Dich kurz frisch machen. Hier ist Dein eigenes Bad. Die Handtücher sind alle frisch. Die Bettwäsche natürlich auch. Reichen 15 Minuten?" Ich nickte. „Dann bin ich in einer Viertelstunde wieder da!"

Die 15 Minuten kamen mir vor wie das Warten auf das Schafott. Thairu machte keinen so fürchterlich unangenehmen Eindruck und ich hatte schon viele Männer in mich gelassen, von denen ich noch weniger wusste als von diesem. Aber die besonderen Umstände machten es mir diesmal sehr viel schwerer. Vielleicht kam das auch dadurch, dass ich mich längst nicht mehr als Malaya gefühlt hatte, sondern in Gedanken schon fast die Frau eines Europäers war. Und nun hatte mich dieser Mann verliehen wie eine Ware. Ich war so enttäuscht.

Es klopfte und draußen wartete Thairu. Jetzt würde es also geschehen. Doch statt mich auf das Bett zu ziehen führte er mich in ein geräumiges Wohnzimmer und wir setzten uns auf die Couch. Im Kamin knisterte ein Feuer. Kleine Snacks standen auf dem Tisch und er bat mich zuzugreifen.

„Kister, woher kommst Du?" Seine Stimme klang fast wie die meines Vaters.

„Ich komme aus West Vihiga!"

Dann musst Du eine Luhya sein."

„Ja, das ist richtig. Genau genommen bin ich eine Tiriki."

„Ich komme ursprünglich aus Kakamega. Auch ich bin ein Tiriki. Wir sind somit fast Geschwister. Du musst also keine Angst vor mir haben."

„Ich habe keine Angst. Ich weiß, was mich hier erwartet. Ich weiß, was von mir verlangt wird. Ich bin bereit, zu tun, was nötig ist. Ich werde es tun."

„Dein Mann schickt Dich her, das zu tun? Denkst Du, er liebt Dich wirklich, wenn er das von Dir verlangen kann?"

„Ich dachte es. Bis gestern. Aber ich muss es hinnehmen."

„Warum musst Du das? Du bist eine stolze Tiriki. Du bist nicht die Sklavin eines Mzungu. Dies hier ist unser Land. Warum lassen wir uns von den Weißen so viel bieten?" Ich musste ihm innerlich so Recht geben.

„Nun vermietet Dich Dein Mann, um leichter eine Genehmigung zu bekommen." Ich erinnerte mich an meine früheren Überzeugungen: „Ich möchte meinen Mann nicht teilen und nicht geteilt werden!" Das hatte ich damals der Ajuza gesagt. Und nun wurde ich geteilt.

„Kister, ich verrate Dir etwas. Das soll Dir zeigen, wie sehr ich darauf hoffe, Dir vertrauen zu können. Wir sind vom selben Stamm, vom selben Blut. Du bist wie eine Schwester für mich. Und meiner Schwester werde ich vertrauen." Mir war plötzlich überhaupt nicht mehr klar, worauf dies hinaus laufen würde. War ich nicht hier, um ihm eine lustvolle Nacht zu bieten? Und nun faselte er etwas von Schwester und Vertrauen? Warum? Er wusste doch bereits, dass ich es tun würde. Er musste nur sagen, wann und wo.

„Kister, das Geheimnis, das ich Dir anvertrauen möchte ist: Die Genehmigung, die Deinem Mann fehlt, mussten wir erst erfinden. Eigentlich hatte er bereits alles, was erforderlich ist. Leider. Denn die Regierung in Nairobi hat ungeprüft alle Genehmigungen erteilt. Sie wussten nicht, welches große Unheil, sie damit hier anrichten würden. Keiner der Genehmiger hat auch nur versucht, herauszufinden, wie die Situation vor Ort ist."

„Wie ist denn die Situation?", wollte ich wissen.

„Das werde ich Dir morgen zeigen. Wir machen morgen einen kleinen Ausflug. Ich baue darauf, Deine Hilfe zu erhalten. Wir haben keine andere Hoffnung mehr. Alle Dörfer von hier flußabwärts bis zur Mündung setzen alle Hoffnung nur in Dich. Bitte hilf uns."

Ich erinnerte mich an die Worte meines Vaters: „Wann immer ein Mitglied unseres Stammes Hilfe braucht, versuche ernsthaft, sie ihm zu gewähren." Zumindest Thairu war von meinem Stamm. Wie hätte ich ihm meine Hilfe verweigern können? Ich nickte nur.

„Lass uns heute einfach zusammen zu Abend essen. Dieses Mango-Smoothy hier kann ich vorweg wirklich empfehlen." Dann rief er laut nach hinten: „Faith, wir wären empfänglich für ein Abendessen!" Es kam eine Frau, die wohl in Thairus Alter gewesen sein mochte. „Darf ich Dir meine Frau vorstellen? Das ist Faith! Faith, das ist Kister!" Ich war verblüfft, welche Wendung dieser Abend nahm. Wir unterhielten uns wunderbar. Ich erzählte viel von Vihiga und Faith erzählte viel von Kakamega. Es war sehr schön, aus der Heimat zu hören.

Ich schlief in dieser Nacht alleine in dem Gästezimmer. Ich lag noch sehr lange wach. Aber nicht, weil ich fürchtete doch noch ungebetenen Besuch zu bekommen, sondern weil mir die Bitte Thairus nicht aus dem Kopf ging. In dieser Nacht behelligte mich niemand. Ich war alleine mit meinen Gedanken. Was erwartete er von mir? Was könnte ich kleines Mädchen tun, was meinem Stammesbruder und den Menschen hier so sehr helfen würde? Immer wieder musste ich an die Worte meines Vaters denken: „Nur von den Brüdern und Schwestern Deines Stammes wirst Du Hilfe erfahren, wenn Du sie wirklich brauchst." Natürlich sollte Thairu von mir nicht enttäuscht sein. Das war ich schon alleine dem Gedenken an meinen Vater schuldig. Je länger ich darüber nachdachte, desto mehr erschien es mir, als sei es der persönliche Wunsch meines Vaters, Thairu und den Menschen hier zu helfen. So grübelte ich lange vor mich hin.

Am nächsten Morgen fuhren wir in ein kleines Dorf. „Kister, schau Dir diese Menschen an. Sie haben nicht viel. Aber sie können von den Erträgen ihrer Felder leben. Bald werden sie das nicht mehr können. Denn Dein Mann wird ihnen das Wasser nehmen, das sie brauchen, um ihre Felder zu bewässern. Die riesigen Auffangbecken oberhalb lassen bei vielen kleinen und mittleren Regenschauern dann nichts mehr hier ankommen. Diese Menschen werden verhungern. Unterhalb bis zur Mündung gibt es zwanzig weitere Siedlungen. Sie alle werden das selbe Schicksal erleiden. 50 Menschen je Siedlung mal 20 Siedlungen ergibt 1.000 künftig hungernde Kenianer. Die Regierung hat das genehmigt, mit der Begründung, dass oben dreißig Arbeitsplätze neu geschaffen würden. Diese Art Arbeitsplätze bedeutet, dass Kenianer zu Niedrigstlöhnen einfachste Arbeiten verrichten dürfen. Dafür bekommen sie so wenig Geld, dass damit nicht einmal jeder die eigene Familie ernähren kann. Niemand in Nairobi wollte von diesem Missverhältnis hören, denn Dein Mann hat die wichtigen Personen alle bestochen. Wir konnten nichts machen. Das Geld, das ich als Bestechung von ihm erhielt, wollen wir einsetzen, um einen Brunnen zu bohren. Aber ein Brunnen kann die früheren Wasserfluten nicht ersetzen. Die Fluten brachten auch nährstoffreichen Schlamm, mit dem die Felder gedüngt würden. Das alles fällt in Zukunft weg. Die Existenz unseres Volkes wird vernichtet."

Ich war sprachlos. Aus diesem Blickwinkel hatte ich das nie gesehen.

„Da oben werden Blumen wachsen. Doch Blumen machen niemanden satt. Aber wir brauchen dringend Mais und Bohnen. So viele Menschen in anderen Teilen unseres Landes hungern noch. Da sind Blumen nicht das Wichtigste."

„Aber diese Blumen bringen Geld ins Land!" Das hatte ich von Roger gehört. Er war stolz darauf, so diesem Land zu helfen.

„Die Blumen bringen kein Geld nach Kenia. Alle Gewinne werden abgeschöpft und fließen nach Deutschland. Hier fristen dreißig Hilfsarbeiter ein Dasein am Rande des Existenzminimums während dafür 1.000 andere zu Hungerleidenden werden. Wie soll das unserem Land helfen?"

„Ich wusste das alles nicht. Wir müssen das Roger sagen. Er wird mit Sicherheit nicht wollen, dass dieses Leid geschieht!"

„Kister, Roger weiß das alles. Ich habe ihn viele Male angefleht, seine Pläne zu überdenken. Ihm ist nur sein Projekt wichtig. Deshalb bist Du unsere letzte Chance. Als ich hörte, dass er mit einer Kenianerin kommen wird und nicht mit seiner Frau, wusste ich, dass ich es schaffen müsste, Dich alleine zu sprechen. Das ist mir gelungen. Ich hoffe, ich konnte Dir zeigen, was für ein Mensch Roger wirklich ist, wie er zu Dir steht und was er unserem Land antut. Nun ist es an Dir. Nur Du kannst diese ganzen Menschen hier noch retten." Dabei zeigte er hinüber zu den spielenden Kindern, zu den Bauern auf den Feldern und den vor ihren Hütten kochenden Frauen. „Kister, Du sagtest gestern, Du seist bereit, zu tun, was nötig ist. Bist Du auch bereit, zu tun, was nötig ist, um diese Menschen hier zu retten?"

„Ich will gerne tun, was in meiner Macht steht. Aber wie sollte ausgerechnet ich helfen können?"

„Das will ich Dir gerne erklären. Komm!" Wir fuhren zurück zu seinem Haus und tranken Tee zusammen. Dann erzählte er mir seinen Plan. Wir diskutieren alle denkbaren Möglichkeiten und Risiken über Stunden. Am Ende waren wir beide davon überzeugt, dass es funktionieren müsste. Mein Vater hatte damals gesagt: „Dieses Land ist unser Land, und wir sollten es uns niemals nehmen lassen. Und es kann der Tag kommen, dass wir dafür mit allem kämpfen müssen, was wir haben – vielleicht auch mit unserem Leben." Ich glaubte, es gerade auch meinem Vater schuldig zu sein, jetzt nicht nur meinen eigenen Vorteil zu suchen, sondern etwas für mein Land zu tun und diesen Menschen zu helfen. Jetzt würde es an mir sein, meinen Brüdern und Schwestern zu helfen, sie zu retten und unser Land vor der Ausbeutung zu schützen.

Auch in dieser Nacht schlief ich unbehelligt im Gästezimmer. Schon die Anwesenheit seiner Frau machte deutlich, dass er das niemals anders vorhatte.

Am Sonntag Nachmittag brachte er mich nach Mwabura zurück.

„Na, wie war's? Alles in Ordnung?", erkundigte sich Roger.

„Frage nicht. Bitte frage mich niemals wieder. Ich möchte nicht darüber sprechen! Jetzt nicht und auch in Zukunft nicht. Lass uns diese beiden Tage so schnell wie möglich vergessen und von hier abreisen, bitte."

Am nächsten Tag fuhren wir zurück nach Mombasa.

Der Notar

„Fuck! Fuck! Fuck!" Obwohl Deutscher hatte sich Roger inzwischen angewöhnt in Englisch zu fluchen, wenn ihm etwas völlig gegen den Strich ging. Er hatte eben die Post geöffnet und las sie beim Frühstück. „Dieses korrupte Land! Jetzt fällt denen plötzlich ein, dass eine Gesellschaft, die ausschließlich im Besitz einer deutschen Frau, meiner Frau, ist, keinen Grundbesitz in Kenia erwerben kann. Jetzt muss ich einen Strohmann finden. Ich muss den Anwalt das wasserdicht in Verträge fassen lassen, damit ich nicht eines Tages von diesem Strohmann ausgebootet werden kann."

Er verließ den Frühstückstisch und telefonierte mit seinem Anwalt. Nach zwanzig Minuten kam er zurück.

„Alles nicht so einfach. Der Anwalt wollte wissen, ob ich in Kenia jemanden kenne, dem ich vertraue. Kister, kann ich Dir vertrauen?"

„Das fragst Du? Was habe ich für Dich schon alles getan? Deine Frage beleidigt mich." Tatsächlich konnte mich nichts mehr wirklich treffen, was dieser Mann tat. Ich hatte verstanden, wie er unser Verhältnis beurteilte, wenn es wirklich darauf ankam.

„Du hast Recht. Ich werde einige Verträge aufsetzen lassen. Wir fahren morgen nach Mombasa. Dann unterzeichnest Du die Verträge."

„Was sind das für Verträge?", fragte ich interessiert nach.

„Das ist nicht so wichtig zu wissen. Du musst sie nicht einmal lesen. Bitte unterzeichne sie einfach. Als Belohnung verspreche ich Dir, Dich nach Deutschland zu holen. Das wolltest Du doch immer, oder? Wir werden Dich bei uns einstellen. Damit bekommst Du ein Visum und Du bekommst eine Wohnung in Frankfurt. Wann immer ich in Frankfurt bin, werde ich bei Dir schlafen." Damit war klar, dass er nur gelegentlich vorhatte, bei mir zu schlafen. Die meiste Zeit würde er in Deutschland eher mit seiner Frau verbringen. Inzwischen hatte ich mitbekommen, dass die Ehe nicht so zerrüttet sein konnte, wie er es immer vorgab: Seine Frau war von ihm schwanger.

„Nach Deutschland? Das wäre ein Traum!" Die Begeisterung in diesem Satz musste ich nicht heucheln.

„Allerdings musst Du Deutsch können. Sonst ist ein Visum unmöglich zu bekommen. Du ziehst nach Nairobi um. Am Goethe Institut wirst Du den Kurs A1 besuchen. Du bist ein cleveres Mädchen. Das wirst Du schaffen. Sobald Du fertig bist, wirst Du nach Deutschland kommen. Es wird Dir gefallen."

„Das wäre mein größter Traum!" Ich musste nicht heucheln. Tatsächlich war es seit Langem mein größter Wunsch, einmal dieses merkwürdige Land besuchen zu können, aus dem so viele dieser Männer kamen, die ich kennen gelernt hatte.

„Kister, Dir wird es in Deutschland an nichts fehlen. Dafür werde ich sorgen. Ich habe da ein sehr schönes Appartement auf der Westhafenmole in Frankfurt. Das bekommst Du. Diese Stadt wird Dir gefallen. Und wer weiß, vielleicht möchtest Du ja ein Baby bekommen?" Dieser letzte Satz holte mich aus den Träumen wieder in die Realität zurück. Ja, es wäre mein Wunsch, ein Baby zu haben. Aber nicht von diesem Mann. Seine Frau war gerade hochschwanger von ihm. So erschien mir seine Planung wie Hohn.

Wir fuhren nach Nairobi zum Notar. Auf der gesamten Fahrt schwärmte er mir davon vor, wie schön es in Deutschland sei. Er hätte es mir nicht so ausmalen müssen. Tatsächlich war es mein sehnlichster Wunsch in dieses ferne Land zu reisen – vielleicht sogar für immer, wenn das möglich sein sollte.

In Nairobi angekommen hatten wir noch etwas Zeit bis zum Notartermin. Erneut versuchte er mich einzuschwören und mir ein Leben in Deutschland in den schillerndsten Farben zu beschreiben. Ich erkannte, dass es ihm sehr wichtig war, was ich heute für ihn tun sollte. Natürlich würde ich alles unterschreiben, was er wollte.

Beim Notar wurden mir viele Papiere vorgelegt. An den Überschriften erkannte ich, dass es Grundstückseigentumsurkunden waren. Ich bekam die Seiten aber stets schon aufgefaltet vorgelegt. Ich hatte keine Chance, die Dokumente zu lesen.

Schließlich erklärte der Notar: „Ich weise Sie darauf hin, dass ein ganz wichtiges Dokument noch fehlt und Sie ohne dieses Dokument Ihr Vorhaben nicht werden verwirklichen können!"

„Ja, das ist mir bekannt. Es wird in den nächsten Tagen nachgeliefert. Dann sollten wir komplett sein! Muss ich dafür nochmals persönlich hier erscheinen?" Man merkte Roger deutlich an, dass ihn das fehlende Dokument mehr als ärgerte.

„Es reicht, wenn die junge Dame dann kurz hier erscheint. Es geht ja nur um eine einzige Unterschrift. Ich sende Ihnen die Unterlagen danach einfach zu. Ist das OK so?"

„Das ist absolut OK! Danke!" Am Ende hatte ich einen großen Stapel Dokumente unterschrieben. Für Roger schien dies ein großer Tag zu sein. Das Projekt schien ihm sehr wichtig. Nach dem Notarbesuch gingen wir nebenan in ein Restaurant namens POLO. Hier schwor er mich nochmals darauf ein, was ich noch zu tun haben würde:

„Sobald der Notar sich bei Dir meldet gehst Du sofort zu ihm hin und unterschreibst auch das letzte Dokument. Es ist völlig egal, was Du ansonsten vorhaben solltest. Du machst das einfach. Kein Wenn. Kein Aber. Keine Fragen. Ist das klar?"

Ich nickte. Nun war ich also sein Strohmann. Er hatte erwähnt, dass er seinem Strohmann vertrauen müsse. Auf Vertrauen alleine wollte er aber wohl nicht setzen. Deshalb sollte ich nicht wissen, was ich da genau unterschrieben hatte. Und damit niemand mich auf dumme Gedanken brächte, holte er mich ganz aus der Schusslinie – nach Deutschland. Aus seiner Sicht ein genialer Plan. Und ich spielte ihn mit, so gut ich konnte. Immerhin lockte ein möglicher Umzug nach Deutschland. Die Chance, Deutsch zu lernen, böte sich mir auch so rasch nicht wieder.

Westlands

Westlands ist ein westlicher Stadtteil von Nairobi. Er grenzt einerseits an die Innenstadt und mit seinem Siedlungsgebiet Parklands auf der anderen Seite an die UN-Büros. Das macht Westlands sehr begehrt und so ist es einer der teuersten Stadtteile Nairobis. Gleichzeitig ist dieser Stadtteil sehr westlich geprägt, was das Angebot an Einkaufsmöglichkeiten anbelangt. Hier ist sowohl das älteste große Einkaufszentrum Nairobis, das Sarit Center, zu finden als auch das modernste: Westgate. Gerade mit Letzterem verband ich ja grauenvolle Erinnerungen.

Roger mietete mir ein Appartement in diesem Nobelviertel. „Hier hast Du alles, was Du brauchst: Wohnzimmer, Schlafzimmer, Küche, Bad. Du hast warmes Wasser im Bad, Du hast einen Kühlschrank und Du hast einen Fernseher. Du hast Deinen eigenen Schreibtisch und einen Computer, um für die Schule zu üben. Das ist auch für Nairobi-Verhältnisse absoluter Luxus! Ich hoffe, Du weißt das zu schätzen, was ich alles für Dich tue. Du tust etwas für mich und ich tue etwas für Dich. Du siehst, ich weiß es zu schätzen, was Du im Bett und beim Notar alles für mich getan hast. Und in Deutschland wird es Dir noch weitaus besser ergehen. Du wirst in Deinem Leben keine Sorgen mehr haben. Nur bitte enttäusche mich nicht. Ich würde Dir ohne zu zögern, Jisu senden. Du weißt, was Jisu heißt? Großes Messer! Er hat seinen Namen nicht zu Unrecht! Er weiß, was man machen muss, damit Dein süßes Gesicht niemand mehr anschauen möchte. Bitte gib mir niemals Grund für eine solche Maßnahme!" Das war eine ganz unverhohlene Drohung. Ich fragte mich, ob er bereits etwas ahne.

Von meinem Appartement in Westlands waren es nur wenige hundert Meter bis zum Goethe Institut. Für eine Kursgebühr von 25.000

KSH (250€) bekam man drei Monate täglichen Unterricht, jeden Tag um 13:15 Uhr beginnend. Das waren immer zwei Zeitstunden, in denen wir 2,5 Unterrichtseinheiten bekamen. Wir waren zunächst 18 Schüler in einer Klasse, überwiegend Mädchen. Ich war die Jüngste. Einer wollte Deutsch lernen, um in der Tourismusbranche einen besseren Job zu bekommen. Alle übrigen hatten einen deutschen Freund oder eine deutsche Freundin, oft 30 Jahre älter, die den Kurs finanzierte. Das Ziel war dann, nach der Hochzeit nach Deutschland ziehen zu können. Der Nachzug eines Ehepartners nach Deutschland setzt jedoch den Nachweis von Deutschkenntnissen voraus. Deshalb waren die alle hier.

Man hätte meinen können, ich hätte zumindest versuchen sollen Winnie und Felister zu finden. Irgendwo in dieser großen Stadt würden sie inzwischen wohl ihrer Arbeit nachgehen. Sollte dies in der Koinange Straße sein, so wäre ich im Goethe Institut nicht weit von ihnen entfernt. Aber tatsächlich ergab sich nie ein zufälliges Treffen. Und mich trieb auch nichts, die beiden aktiv zu suchen. Vielleicht war meine Angst zu groß, dass ich mit den beiden wieder Zugang finden würde zu einer Welt, die ich längst hinter mir gelassen hatte. Vielleicht war aber auch einfach nur der Stress beim Lernen zu groß. Deutsch ist eine sehr schwere Sprache!

Bereits in der dritten Woche waren wir selten mehr als sieben Schüler in der Klasse. Nur fünf waren ein wirklich fester Kern, der immer da war. Andere ließen sich, einmal in der Stadt angekommen, vom Warenangebot so überwältigen, dass sie lieber shoppen gingen als zum Unterricht. Einige erhielten jede Woche 40.000 KSH (400€) als Taschengeld von ihrem deutschen Mann und genossen vor allem den dadurch möglichen Luxus. Deren Thema in der Schule war eher Mode als Lernen. Manchmal ging auch einfach eine Beziehung in die Brüche, das Geld blieb aus und entsprechend fehlte der- oder diejenige ab da im Unterricht.

Allerdings war es richtig schwierig. Zusätzlich zum Unterricht setzte ich mich in die Mediathek und hörte die DVDs an, die zum Kurs gehörten. Außerdem bekamen wir noch einen Computerlehrgang, um den besseren Umgang mit dem PC und den wichtigsten Programmen zu erlernen. Nach dem Unterricht traf man sich und wir sangen gemeinsam deutsche Lieder. Jeder bekam vier Bücher und aus diesen mussten wir täglich einige Hausaufgaben machen. Es galt, viele neue Vokabeln zu lernen. Kurz: Was sich wie zwei Stunden pro Tag anhörte war ein 10-Stunden Full-Time-Job, wenn man es wirklich ernst nahm. Bereits rasch machte ich im Unterricht durch aktive Mitarbeit einen guten Eindruck. Ich wurde sogar als Klassensprecherin gewählt.

In der dritten Unterrichtswoche ging ich nach dem Unterricht zum Notar. Ich befolgte Rogers Anweisung wortwörtlich. Ich akzeptierte sofort den ersten vom Notar vorgeschlagenen Termin. Thairu war für diesen Termin extra nach Nairobi gekommen. Wieder einmal unterschrieb ich einen Stapel von Dokumenten, ohne sie wirklich gelesen zu haben. Ich vertraute zwar darauf, dass dies alles in Einklang mit unserem gemeinsam geschmiedeten Plan war, aber ganz klar war mir das alles nicht. Auf meine Frage erklärte der Notar sodann:

„Sie haben in Ihrem ersten Termin mehrere Grundstücke und Konzessionen erworben. In weiteren Verträgen haben Sie die alleinige Verfügungsgewalt Ihrem deutschen Freund übertragen. Mit den heutigen Verträgen übertragen Sie diese Verfügungsgewalt und das Eigentum komplett an die Dorfgemeinschaft, die Thairu vertritt. Wenn Sie das so möchten, dann unterschreiben Sie bitte jeweils an den markierten Stellen."

Genau das hatten Thairu und ich so abgesprochen. Roger konnte als Ausländer selbst nicht Eigentümer des Landes werden und hatte mich deshalb als Strohmann eingesetzt. Alle Verträge wiesen mich als alleinigen Eigentümer aus. Allerdings waren die ihm von mir erteilten Vollmachten so wasserdicht, dass eine Änderung eigentlich ausgeschlossen war. Die Rechtswirksamkeit der neuen Besitzverhältnisse und Vollmachten wollte die Dorfgemeinschaft nun gerichtlich einfordern mit der Begründung, dies sei von Roger nur konstruiert, um ein bestehendes Kenianisches Gesetz auszuhebeln. Dieses Gesetz sah sinngemäß vor, dass Ausländer in Kenia keinen Grundbesitz erwerben konnten. Der damals von Thairu und mir geschmiedete Plan schien voll aufzugehen.

In der Schule gab es am Ende des ersten Unterrichtsmonats einen Test. Zum Bestehen sind 60% richtige Antworten erforderlich. Von den 18 Schülern hatten nur zwei den Test bestanden. Nicht ohne Stolz gehörte ich dazu.

Auch am Ende des zweiten Monats gab es einen solchen Test. Ich konnte mich sogar leicht verbessern während viele andere völlig den Anschluss verloren hatten. Wer oft im Unterricht fehlte und über den Unterricht hinaus nicht noch viel übte, hatte eigentlich keine Chance. Für uns ist deutsch eine sehr schwere Sprache. Besonders die vielen grammatikalischen Fälle (Nominativ, Akkusativ, Dativ und Genitiv) sind ungewohnt und verwirrend. Ich musste richtig ran, um wirklich mithalten zu können.

Rogers Besuche bei mir wurden immer seltener. Anfangs kam er jedes Wochenende. Dann jedes zweite. Er war wohl auch wieder viel in Deutschland. Mehrere Wochen nach dem neuerlichen Notartermin kam Roger unangemeldet mitten in der Woche nach Nairobi. Als ich aus der Schule nach Hause kam, saß er bereits im Wohnzimmer. Er nahm mich zur Begrüßung nicht in den Arm. Sein Gesichtsausdruck ließ erkennen, dass er keine freudigen Themen hatte.

„Du hast Mwabura verschenkt!" Grußlos brach es aus ihm heraus.

„Was habe ich?", fragte ich zurück. Thairu hatte mich gebeten, mich einfach völlig unwissend zu stellen.

„Du warst beim Notar!" Das war nicht zu widerlegen.

„Ja, natürlich. Ich denke, das ist zwischen Dir und Thairu alles so abgestimmt. Ich habe wunschgemäß alles unterschrieben. Du sagtest, ich solle keine Fragen stellen. Du weißt, ich tue immer alles, was Du möchtest!"

„Du solltest nur ein einziges fehlendes Dokument noch unterschreiben. Ich möchte doch nicht, dass Du mein ganzes Eigentum verschenkst!" Er tobte sichtlich.

„Wieso verschenken? An wen?" Ich gab mich weiter ahnungslos.

„An diese dummen Bauern dort. Du wirst das widerrufen!" Er stand bedrohlich dicht vor mir. Jeden Moment erwartete ich, dass er mich schlagen würde.

„Sage mir einfach, was ich machen soll. Ich werde tun, was Du verlangst!" Thairu hatte mir dies angeraten, um mich so aus der Schusslinie zu nehmen. Soll Roger mich ruhig für dämlich halten. Aber er sollte keinen Grund haben, mir Leid zufügen zu wollen. Ich wollte keine Bekanntschaft mit Jisu, dem großen Messer machen.

„Dann gehen wir morgen zum Notar und Du widerrufst alle Dokumente!"

Natürlich erklärte der Notar, dass ein Widerruf nicht möglich sei. Roger reiste wutentbrannt wieder ab. Ich habe ihn danach nie wieder gesehen. Aus seiner Sicht war Kenia ein korruptes Land, in dem er nicht mehr sein wollte. Es kam ab diesem Tage auch nicht mehr die vereinbarte Summe von ihm. Das war nicht kritisch, denn ich hatte in der letzten Zeit einiges Geld zurücklegen können. Fast ohne eigene Ausgaben hatte ich bisher täglich seine Zuwendung bekommen. Meine Rücklagen konnten sich sehen lassen. Es war eine bis dahin für mich schier unvorstellbar große Summe Geld.

Dann kam ein böser Brief. Ein Agent kündigte die Zwangsräumung des Appartements an. Ich würde also bald ausziehen müssen. Offenbar gab es aber einzuhaltende Fristen für eine solche Räumung. So hatte ich noch etwas Zeit, genug Zeit, um den Unterricht am Goethe Institut abzuschließen. Ich beschloss, nicht an die Zeit danach zu denken, sondern mich ausschließlich auf den Abschluss zu konzentrieren.

Thairu holte mich eines Tages nochmals in Nairobi ab und wir fuhren zusammen ein letztes Mal nach Mwabura. Die Wasserrückhaltung war inzwischen soweit zurück gebaut worden, dass nun wieder genug Wasser bei den Bauern unterhalb ankam. Oben wurden dafür Mais und Bohnen angebaut. Diese brauchten weitaus weniger Wasser als die Blumen. Damit war allen Beteiligten geholfen, denn die Mitarbeiter konnten im Maisanbau weiterbeschäftigt werden. Keiner musste seinen Job aufgeben. Natürlich brachte das nicht näherungsweise so viel Geld ein, wie der Verkauf der Blumen eingebracht hätte. Aber die zusätzliche Anbaufläche half den Bauern, schlechte Zeiten besser zu überbrücken oder durch den Verkauf der Überschüsse wenigstens kleine Investitionen zu ermöglichen. Roger hatte, auch wenn das nicht sein Ziel war, Entwicklungshilfe für mehr als 1.000 kenianische Bauern geleistet.

Mich hatte mental nie wirklich viel mit Mwabura verbunden. Doch als ich am Abend in der Siedlung zur Ehrenbürgerin gekürt wurde, war ich doch so angetan, dass ich am Ende Tränen in den Augen hatte. Musik in der Art, wie ich sie zuletzt beim Itumi gehört hatte, verfehlte seine Wirkung auf mich nicht. Diese ausgelassenen Menschen, die hier tanzten und feierten, beeindruckten mich sehr. Sie besaßen so wenig, gemessen an dem Luxus, den ich in der Zwischenzeit hatte kennen lernen dürfen. Aber sie waren erkennbar glücklich – viel glücklicher als ich es die ganze Zeit über war. Aus den letzten Blumen der Anlage hatten sie einen Blumenkranz geflochten und mir umgehangen. In einer langen Prozession zogen die Dorfbewohner an Thairu und mir vorüber und sagten uns auf ihre ureigene Weise Danke.

Plötzlich kam aus der Menge Jisu auf mich zugestürzt: „Wegen Dir bin ich nicht mehr Chef der Plantage und muss arbeiten wie ein gewöhnlicher Bauer. Stirb dafür." Mit diesen Worten wollte er mit seinem Messer auf mich einstürzen. Doch mehrere Dorfbewohner sprangen herbei und stießen ihn weg. Sein Hieb ging ins Leere. Doch mit seiner Machete wild um sich schlagend traute sich niemand an ihn heran. Plötzlich rannte Jisu davon und mehrere Dorfbewohner hinter ihm her. Man sah, wie Jisu halsbrecherisch über die Felsen im Flussbett sprang. Plötzlich stürzte er und fiel in seine eigene Machete. Wie ich später hörte, erlag er seinen schweren Verletzungen.

Am Ende fiel mir der letzte Abschied doch weitaus schwerer, als ich zunächst gedacht hätte. Sehnsüchtig blickte ich auf der Rückfahrt nach Nairobi aus dem Geländewagen zurück, wie Mwabura hinter mir immer kleiner wurde und schließlich ganz verschwand. Wehmut kam in mir auf. Thairu musste das gemerkt haben: „Solltest Du jemals hierher zurück kommen wollen, so wirst Du uns immer willkommen sein! Du bist unsere Schwester!"

Die Prüfung im Goethe Institut bestand ich. Als Jahrgangsbeste wurde ich zu einem Gespräch mit dem Direktor eingeladen, der wissen wollte, was ich nun machen würde. Aus meiner Antwort, dass ich das nicht wisse, entwickelte sich ein sehr langes Gespräch in dessen Verlauf ich ihm quasi meine ganze Lebensgeschichte erzählte. Aus seiner Frage, ob ich gewillt wäre, dies einmal vor Publikum zu erzählen, entstand der einmalige Vortrag im Goethe Institut.

Nach dem Vortrag ging ich langsam nach Hause. Nun stand ich wieder einmal vor einem Neuanfang. Mit der bestandenen Prüfung am Goethe Institut war nun auch dieses Kapitel abgeschlossen. Ich war mal wieder völlig allein. Morgen würde mein Appartement in Westlands zwangsgeräumt werden. Meine Anteile an Mwabura waren übertragen. Nichts verband mich mehr damit, außer der Gewissheit, 1.000 Menschen vor dem Hungertod bewahrt zu haben. Ich hatte immerhin einige Ersparnisse angesammelt, aber keine laufenden Einkünfte. Meine große Hoffnung, einmal Deutschland besuchen zu können, hatte sich in Rauch aufgelöst. Realistisch betrachtet hatte ich einmal mehr nichts und niemanden. Nur war ich inzwischen stärker geworden. Diesmal hatte ich keine Selbstmordgedanken mehr. Mein Leben würde weitergehen. Ich wusste nur noch nicht in welche Richtung.

Mit diesen Gedanken lief ich vom Goethe Institut kommend die Monrovia-Straße entlang. Plötzlich wurde ich durch die quietschenden Bremsen eines Busses aus meinen Gedanken gerissen. Er hätte mich fast überfahren. Ich schaute auf den Bus: Crown. Auf der anderen Straßenseite war das Ticketbüro der Crown Reisebuslinien. Sollte das ein Wink des Schicksals sein? Sollte ich nach Vihiga zurückkehren? Ich erinnerte mich an die Worte meines Vaters: „Auch wenn es uns in die Ferne zieht, so ist dies der Ort, an den wir immer zurückkehren können."

Ich ging hinein und kaufte für den nächsten Morgen ein Ticket nach Vihiga. Es war, als hörte ich dabei auch die Worte Mkuus in mir: „Deine Familie wird immer für Dich da sein. Vergiss das niemals. Und vergiss niemals Deine Familie!"

Über die Entstehung dieses Romans

Ich war im Dezember 2015 auf Safari im Massai Mara Dreieck. Damals hatte ich einen persönlichen Betreuer, David. Wir blieben auch nach meiner Rückkehr in Kontakt. Er wurde damals mangels Nachfrage vom Reiseveranstalter nicht wieder gebucht und beschloss seine ungewollte Auszeit sinnvoll zu nutzen. Er war der festen Überzeugung, dass Deutschkenntnisse ihm in der Touristikbranche Kenias ein Herausstellungsmerkmal verschaffen könnten. Er buchte den Kurs A1 des Goethe Instituts in Nairobi, ein Kurs, der bis Anfang April dauerte. Der Kurs hatte an fünf Tagen der Woche zwei Zeitstunden mit 2,5 Unterrichtseinheiten. Von den Teilnehmern wurde erwartet, die übrige Zeit den Lernstoff durch Hausaufgaben zu vertiefen.

Zur Orientierung der Teilnehmer über den eigenen Lernerfolg gab es Ende Januar 2016 einen ersten Test im Rahmen des Unterrichts. Dieser fiel jedoch für alle sehr deprimierend aus. Nur zwei aus der 18-köpfigen Klasse hatten bestanden. Unter diesen Zweien war zwar David. Doch sein nur ganz knappes Bestehen frustrierte ihn angesichts eines 10-Stunden Lerntages bei einer 7-Tage-Woche. Er erinnerte sich an mich, seinen Freund aus Deutschland. Fortan telefonierten wir allabendlich zwei Stunden via whatsapp und holten den Stoff nach. Von nun an hatte er immer korrekte Hausaufgaben. Vor allem hatte er den jeweiligen Stoff auch verstanden. Von den übrigen 18 Schülern gab es eine hohe Abwesenheitsquote. Oft waren nur fünf Schüler im Unterricht und die anderen fehlten unentschuldigt. Aber genau jene anderen vier neben David fragten ihn, wie er es geschafft habe, so schnell besser zu werden. Fortan war nicht nur David in unserer täglichen Telefonkonferenz, sondern auch die anderen vier. Diese drei jungen Frauen und zwei Männer haben im April 2016 die Prüfung bestanden.

Eine der jungen Frauen aus der Gruppe war Kister. In vielen langen whatsapp-Telefonaten abseits der Lerngruppe erzählte sie mir ihre Geschichte. Diese bildete das Grundgerüst dieses weitgehend authentischen Romans.

Kister hofft, durch den Roman einige Einnahmen zu erzielen, mit denen sie sich vielleicht einmal ihren großen Traum erfüllen kann: eine Reise nach Deutschland oder gar ein Studium. Mehr noch hofft sie, damit zur Aufklärung über die Lebensumstände in ihrem Land Kenia beizutragen. Vor allem hofft sie, deutlich zu machen, dass man Menschen nicht ein Leben lang dafür verurteilen sollte, was diese in jungen Jahren einmal aus Not falsch gemacht haben. Mich beeindruckt dabei, dass dieses Buch ein starkes Bekenntnis zur Familie ist.

Ich war beeindruckt von dieser starken, intelligenten Frau und ihrer Fähigkeit, viele gesellschaftliche Tabuthemen so offen anzusprechen. Ich freue mich, mit dem Zusammentragen der vielen Einzelgeschichten zu einem großen Roman, etwas zur Erfüllung ihres großen Traums beigetragen zu haben. Auch mein eigenes Bild von Kenia hat sich dadurch sehr verändert. Ich hoffe, sie wirklich einmal kennen zu lernen und bei einem Besuch in Deutschland willkommen heißen zu können, um ihr etwas von dem für sie so fernen Land zu zeigen, das sie bislang nur aus den Erzählungen ihrer 'Kunden' und aus dem Deutschunterricht kennt. Vielleicht heißt es ja eines Tages für sie: Karibu Ujerumani – Willkommen in Deutschland.

Hans-Peter Brill